ROLF ADERHOLD
Welfengold

HANNOVERS INDIANA JONES Jarre Behrend lebt als Kunsthistoriker und Unternehmer für Abenteuertouren in Hannover. Einer seiner ersten Klienten ist ein britischer Colonel. Jarre plant für ihn eine Route durch Niedersachsen, die die beiden auch nach Clausthal-Zellerfeld in die alte Sprengstofffabrik – Werk Tanne – und über die innerdeutsche Grenze führen soll. Der Colonel sucht nach verschollenen Teilen des Welfenschatzes, die sein Vater nach dem Zweiten Weltkrieg gefunden haben soll. Kurz darauf wurde dieser ermordet.

Nach und nach kommen die beiden dem Schatz auf die Spur – und werden dabei verfolgt. Als sie in einen Hinterhalt geraten, entkommt Jarre Behrend nur knapp. Er muss selber Nachforschungen anstellen, denn noch nicht einmal auf die Polizei kann er sich verlassen. Die hält ihn für einen Verdächtigen ...

Rolf Aderhold wurde 1966 in Hannover geboren, wo er Geschichte und Anglistik studierte. Er promovierte in Englischer Literaturwissenschaft und leitete an der Universität Hannover Seminare über James Bond und Strukturen von Populärliteratur. Er unterrichtet Wirtschaftsenglisch und war unter anderem im Bereich Tourismusmanagement tätig.

ROLF ADERHOLD
Welfengold
Kriminalroman

Die automatisierte Analyse des Werkes, um daraus
Informationen insbesondere über Muster, Trends und
Korrelationen gemäß § 44b UrhG (»Text und Data Mining«)
zu gewinnen, ist untersagt.

Bei Fragen zur Produktsicherheit gemäß der Verordnung
über die allgemeine Produktsicherheit (GPSR) wenden Sie
sich bitte an den Verlag.

Besuchen Sie uns im Internet:
www.gmeiner-verlag.de

© 2013 – Gmeiner-Verlag GmbH
Im Ehnried 5, 88605 Meßkirch
Telefon 07575/2095-0
info@gmeiner-verlag.de
Alle Rechte vorbehalten

Lektorat: Sven Lang
Herstellung: Mirjam Hecht
Umschlaggestaltung: U.O.R.G. Lutz Eberle, Stuttgart unter
Verwendung eines Fotos von: © FPG – Getty Images
Druck: Libri Plureos GmbH, Friedensallee 273,
22763 Hamburg
Printed in Germany
ISBN 978-3-8392-1402-2

*Personen und Handlung sind frei erfunden.
Ähnlichkeiten mit lebenden oder toten Personen
sind rein zufällig und nicht beabsichtigt.*

PROLOG: FREITAG, 10. JUNI 1966

Als die Sonne schon längst über Aktöbe am Rand der kasachischen Steppe aufgegangen war, herrschte in dem Büro noch immer eine beklemmende Dunkelheit. Die hölzernen Fensterläden, die die vier großen Fenster des Raumes verschlossen, ließen wenig von dem warmen Licht dieses Sommertags herein. Bereits seit vielen Jahren waren die Helligkeit und Wärme des Frühlings und des Sommers in diesem Haus nicht willkommen. Das ganze Haus roch nach altem Staub, nach alten Idealen.

In dem Büro saß ein Mann, dessen Haut so durchscheinend blass war, dass sie dem Weiß seiner Locken glich, die seinen Kopf umrahmten. Der Mann saß zusammengesunken hinter einem Schreibtisch, der nahezu die Stirnseite des Zimmers einnahm. In seinen vor Nervosität zitternden Händen hielt er ein Stück Papier. Es war das einzige Papier auf der riesigen Arbeitsplatte und der alte Mann betrachtete es mit einer Miene, als würde das Blatt für ihn alles Böse dieser Welt symbolisieren, und tatsächlich tat es das.

Als er das Papier zum ersten Mal in den Händen gehalten hatte, hatte er gewusst, dass die Vergangenheit ihn eingeholt hatte, wenn auch auf eine ganz unerwartete Weise. Er hatte nie geglaubt, dass die Geister, die seinen Vater seit so vielen Jahren plagten, auch ihn eines Tages heimsuchen würden, doch jetzt war es so weit.

Noch einmal sah er auf das Blatt. Es war ein Artikel von einer der wenigen Zeitungen der Stadt, die nicht nur die vom ZK verordneten Nachrichten druckte, sondern gelegentlich eigene Artikel veröffentlichte. ›Wertvolles Reliquiar aus Deutschland in Aktöbe gefunden‹ lautete die Überschrift.

Der Artikel beschrieb, wie die Familie von Oberstleutnant Rishkov, einem verdienten Veteranen der Roten Armee, der letztes Jahr im Alter von 69 Jahren gestorben war, in dessen Nachlass ein besonders hochwertiges Reliquiar entdeckt hatte. Die Tochter des Soldaten hatte den Fund Experten der Universität vorgelegt, die nach langen Untersuchungen zu dem Schluss gekommen waren, dass das Reliquiar ein überaus wertvolles Stück sein musste, das vermutlich im frühen 15. Jahrhundert in Deutschland gefertigt worden war. Dabei verwiesen die Experten auf ein Inventar des sogenannten ›Welfenschatzes‹ aus dem Jahr 1482, das dem Stück sehr ähnlich war.

Hier endete der Artikel, aber der alte Mann wusste trotzdem, was geschehen würde. Der Fund würde in Europa bald bekannt werden, und Raissa Rishkova würde dadurch zu einer berühmten Frau werden. Fragen nach der Herkunft des Reliquiars würden gestellt werden, und dann würde Colonel Kendrick-Wales, der schon seit Langem die Nemesis seines Vaters war, auf ihre Spur kommen, und er würde diese Spur ohne Zweifel bis zum Werk Tanne weiterverfolgen, wo einst alles angefangen hatte.

Er selbst hatte heute in aller Frühe mit Raissa Rishkova gesprochen, und sie hatte ihm die ganze Geschichte erzählt. Seitdem wusste er, was er tun musste. Er würde jemanden nach Deutschland schicken, in den Harz, zum Werk Tanne, und er würde dafür sorgen, dass Colonel Kendrick-Wales nicht zu viel erfuhr. Noch einmal nickte der Mann und schien sich selbst Mut zuzusprechen, dann griff er zum Telefon und wählte eine Nummer, die er sorgfältig auf einem Zettel in seiner Brieftasche verwahrt hatte. Er hatte keinen Zweifel, dass Leonid Leonow ihm helfen würde.

EINS: MONTAG, 1. AUGUST 1966

Oberst Leonid Leonow warf einen Blick auf die Leuchtzeiger seiner Poljot Sturmanskie, einer Uhr, wie sie Juri Gagarin, der Eroberer des Weltraums, bei seinem glorreichen Flug getragen hatte. Deswegen trug er diese Uhr, denn er konnte sich gut daran erinnern, wie seine Einheit am 1. Mai 1961 nach einer dreitägigen Zugfahrt in Moskau zum Roten Platz marschiert war, um dem großen Helden der Sowjetunion zuzujubeln. Der Wagen mit dem kühnen Piloten war nur wenige Meter von ihnen entfernt vorbeigefahren. Das war damals ein Tag des Triumphs gewesen, dachte er reumütig, doch die waren seitdem selten geworden. Er wollte dafür sorgen, dass es bald wieder mehr wurden.

Dann sah er in den dunklen Nachthimmel hinauf. Es blieb ihnen wohl knapp eine Stunde bis zum Morgengrauen, vielleicht etwas mehr bei diesem Wetter mit dem ständig bedeckten Himmel. Trotzdem, es wurde Zeit, zusammenzupacken und zu verschwinden, wenn sie nicht Gefahr laufen wollten, von irgendwelchen Jägern oder anderen Frühaufstehern gesehen zu werden, die sich auf den Weg zu den nahe gelegenen Teichen gemacht hatten.

Leonow war ein großer, durchtrainierter Mann mit einer harten Miene und kalten blauen Augen, deren Unerbittlichkeit ihn als professionellen Soldaten kennzeichnete. Er befehligte einen kleinen Trupp, den er eigens für die gefahrvolle Arbeit in der kapitalistischen Bundesrepublik angeworben hatte. Er war Pragmatiker und allein seine Aufgabe bestimmte, wie er die Gegend um das kleine Städtchen Clausthal-Zellerfeld wahrnahm, denn für den eigentlichen Reiz der Landschaft fehlte ihm jeder Sinn. Er fand seine Freude viel eher in der Betrachtung einer gut erledigten Arbeit oder beim Anblick des kalt schimmernden Stahls, aus dem Waffen geschmiedet wurden. Angeblich waren diese Teiche ein reizvolles Wandergebiet, das viele Deutsche hierher zog, aber es war ihm unverständlich, wieso das so sein sollte. Hier war alles grün und weich, es gab nichts, was einen forderte, nichts, was die Instinkte eines echten Mannes geprüft hätte, so wie in der Tundra an den eisigen Küsten Sibiriens, wo er bis vor Kurzem seinen Dienst versehen hatte.

Auf jeden Fall war es Zeit zu gehen, denn er wusste, dass einige Studenten der Technischen Hochschule von Clausthal frühmorgens hierher kamen, um ihrem Frühsport nachzugehen, egal ob es regnete oder nicht. Schon bei seinen ersten Erkundungen vor Ort wäre er beinahe einer Gruppe in die Arme gelaufen, und es hätte ihm damals gar nicht gepasst, wenn sie sein Gesicht gesehen hätten. Doch der Ärger, den er darüber empfunden hatte, war rasch verflogen, während er sich ausmalte, was er mit diesen jungen Leuten gemacht hätte, wenn er nicht gezwungen gewesen wäre, Rücksicht zu nehmen. Es hätte Spaß gemacht, zu sehen, wie lange sie seine Methoden ausgehalten hätten ...

Plötzlich knackte ein Zweig, knapp 20 Meter hinter ihm, auf der 5-Uhr-Position. Sofort wirbelte der Oberst herum und in der Drehung, während sich ihm die Schritte von hinten näherten, fuhr seine Hand in seinen Kampfanzug. Er holte seine Tokarev TT-30 heraus, die ihm mit ihrem 7.62er Kaliber schon mehrfach gute Dienste geleistet hatte. Ehe er die halbe Drehung beendete hatte, zielte die schwere Pistole mit tödlicher Genauigkeit auf den Kopf des Mannes, der durch das feuchte Gelände stapfte. Einen Augenblick später erkannte Leonow den jungen Mann, der arglos auf ihn zukam.

Irritiert steckte er die Pistole wieder ein, wischte sich mit dem Handrücken die Regentropfen aus dem Gesicht und musterte Chang Lin Wang, einen jungen Mann Anfang 20 aus Nanking, der Haltung annahm und zackig vor ihm salutierte. Chang war Archäologe und das jüngste Mitglied des Trupps, den Leonow in den letzten Nächten auf das Gelände der alten Sprengstofffabrik geführt hatte. In den zwei Wochen seit ihrer Ankunft hatte der Chinese rasch gelernt, sich Leonow gegenüber angemessen zu benehmen. Der Oberst freute sich, dass er ihm, seinem Vorgesetzten, den nötigen Respekt erwies und dass er Disziplin kannte. Das war gut, denn Leonow verlangte von seinen Leuten beides in hohem Maß – Respekt und Disziplin. Warum also, war der Kerl so plötzlich hier aufgetaucht?

»Haben Sie sich verlaufen?«, brummte Leonow und hob eine in Plastik gebundene Landkarte auf, die er mit dem Gelände abgeglichen und beim Ziehen seiner Waffe fallen gelassen hatte. Ruhig verstaute er sie in der Innentasche seines Militärparkas, so als habe er sie nur aus Versehen fallen lassen.

»Ein Gespräch für Sie, Herr Oberst«, meldete der junge Mann. Tatsächlich trug er das Funkgerät der Gruppe auf dem Rücken und hielt ihm jetzt das Mikrofon und einen schmalen Kopfhörer entgegen. Chang, der nebenbei für die Kommunikation zuständig war, hatte für das anstandslose Funktionieren der Funkgeräte zu sorgen, was besonders das Laden der unförmigen Akkus und die stete Überwachung der Frequenzen einschloss. Daher war natürlich er es, der jedes Gespräch als Erster annahm.

Er war sicher einer der Begabtesten des Teams, was den Umgang mit technischem Gerät anging, und er hatte bei archäologischen Grabungen im chinesischen Xi'an bewiesen, dass er es verstand, Luftbilder auf Spuren versunkener Schätze hin auszuwerten.

Leonow nickte ihm knapp zu und streckte die Hand aus, um das Mikrofon entgegenzunehmen. Mit dieser wortkargen Geste verbarg er sein Erstaunen, denn obwohl er erwartet hatte, dass ihr Auftraggeber sich melden würde, war er überrascht, wie früh die Nachricht kam. Er hatte gedacht, dass sie mindestens eine weitere Woche Zeit für ihre Arbeit hatten. So bewahrte er eine eiserne Miene und bedeutete Chang, sich umzudrehen, damit er die Frequenzanzeigen im Auge behalten konnte. Der junge Mann salutierte ein weiteres Mal, bevor er sich auf den Hacken drehte, damit Leonow den Anruf beantworten konnte.

»Aljo«, brummte er in das klobige Mikrofon und hörte die verzerrte, heisere Stimme seines Auftraggebers. Aufgrund der schlechten Verbindung war sein Gesprächspartner kaum zu verstehen.

»Er kommt heute am Flughafen in Hannover an, um ein Uhr, mit einer Maschine der BEA aus London«, murmelte der Mann.

»Ya budu tam«, entgegnete Leonow. »Ich werde da sein.« Er beendete ohne jeden weiteren Gruß das Gespräch und entband Chang seiner Aufgabe. Mit schweren Schritten folgte er ihm in Richtung der großen Halle der Fabrik und wandte sich dort an Lew Tzarkas, seinen Leutnant.

Genau wie Leonow war Tzarkas ein ehemaliges Mitglied der glorreichen russischen Armee, doch mittlerweile bot auch er seine beim Militär erlernten Fähigkeiten auf dem freien Markt an. Während Leonow das Ende seiner Karriere einer Knieverletzung zu verdanken hatte, war Tzarkas entlassen worden, weil er einen Unteroffizier im Streit erstochen hatte.

Tzarkas arbeitete bereits zum dritten Mal mit Leonow zusammen, und abgesehen davon, dass der hünenhafte Mann aus Leningrad darauf bestand, mit seinem ehemaligen Titel angeredet zu werden, hatte Tzarkas bei seinen Unternehmungen mit Leonow nie etwas zu klagen gehabt. Der Oberst erledigte seine

Aufträge effizient, rasch und mit einträglichem Ergebnis, vorzugsweise in amerikanischen Dollars.

»Wir packen zusammen«, befahl der Oberst. »Wir kommen heute Nacht wieder.«

»Jawohl«, quittierte Tzarkas den Befehl und deutete einen Salut an, der gerade ehrerbietig genug war, um nicht den Zorn hinter den sonst so emotionslosen Augen des Obersts zu wecken. Der Leutnant wusste, dass Geheimhaltung im Moment von höchster Bedeutung war und dass sie sich deswegen zurückziehen mussten. Obwohl das Gelände, auf dem sie sich befanden, abgesperrt war, gab es immer wieder abenteuerlustige junge Leute, die sich über das Verbot hinwegsetzten und eine der ehemals größten Sprengstofffabriken des Dritten Reichs erkundeten. An einem Abend hatten sie sogar eine Gruppe beobachtet, die einen Plattenspieler mitgebracht hatte, um hier ungestört die neuesten Beat-Platten zu hören. Leonow hatte sich beim Anblick von so viel Dekadenz sehr aufgeregt.

Auf jeden Fall wäre es fatal, wenn einer dieser Neugierigen auf den Trupp mit der unübersehbaren Ausrüstung träfe. Eine Elimination des Eindringlings wäre unausweichlich, aber keinesfalls erstrebenswert, da dessen Entsorgung immer mit Schwierigkeiten verbunden war. Daher packte der Trupp von zehn Mann, die alle in Militäruniformen ohne Rang- und Hoheitsabzeichen gekleidet waren, wie jeden Abend die schwere Ausrüstung wieder zusammen.

Die Männer schulterten die Pakete und machten sich auf den Weg zu der Stelle, an der sie gestern Nacht in das Gelände eingedrungen waren, so wie sie es in den Nächten zuvor getan hatten. Nach einem weiteren Marsch von 30 Minuten durch den Wald gelangten sie zur Bundesstraße, an der sie ihre Fahrzeuge, vier dunkelgrüne Land Rover IIA, geparkt hatten. Es war Routine, dass sich der Trupp jedes Mal, ohne ein weiteres Wort zu wechseln, aufteilte und in unterschiedliche Richtungen davonfuhr. Die Männer sollten in verschiedenen Orten ihre Zimmer beziehen, um ein paar Stunden schlafen zu können.

Auch Oberst Leonow und Leutnant Tzarkas fuhren wie in den letzten zwei Wochen in ihre Pension zurück, die südlich des kleinen Ortes Seesen lag, gut 20 Kilometer von Clausthal-Zellerfeld und der Fabrik entfernt. Ruhig und konzentriert steuerte der Oberst den Land Rover durch die noch schlafende Bergstadt, vorbei an der alten Holzkirche, die von den beiden keines Blickes gewürdigt wurde, und hinaus aus dem Ort, bis sie auf der kurvigen Harzhochstraße die Berge hinabfuhren. Erst als die Straße sie aus dem Harz hinausführte und sie die Berge hinter sich hatten, wandte sich Leonow wieder an seinen Leutnant.

»Das Paket kommt heute in Hannover an. Wir sollen es abholen.«

»Heute schon?« Im Gegensatz zu dem Oberst verbarg Tzarkas seine Überraschung nicht.

Leonow nickte. Ein Grinsen breitete sich auf dem Gesicht des Leutnants aus. Er fühlte unwillkürlich die

Pistole, die er wie Leonow unter seinem Parka verborgen hatte.

»Das wird bestimmt ein Spaß«, stellte er überflüssigerweise fest. Als ihm das auffiel, machte er sich auf eine Zurechtweisung von Leonow gefasst, doch diesmal nickte der Oberst sogar. Jetzt war sich der Leutnant sicher – es würde ein Spaß werden, das Paket abzuholen. Nur für das Paket selbst, für Colonel Daniel Kendrick-Wales, würde es sicherlich nicht lustig werden.

*

Es war noch recht früh, und aus dem Radio tönte Paul McCartney, der aller Welt mitteilte, dass er ein ›Paperback Writer‹ sein wolle. Das Lied, das dem Ansager zufolge der neueste Hit der Beatles war, erwies sich als die richtige Untermalung, während Jarre Behrend durch seine Wohnung hastete. Der Titel ging in die Beine und er war laut genug, um das Zetern von Frau Nölke wenigstens etwas zu übertönen. Er suchte unter dem Küchentisch nach dem Hannover-Teil der Zeitung, während er sich wunderte, dass die Beatles endlich ein Lied rausgebracht hatten, das kein Liebeslied war und bei dem der Bass richtig gut klang. Doch seine Gedanken wurden jäh unterbrochen, da Frau Nölke, seine Wirtin, mit besonders hoher Stimme zu wissen verlangte, warum er denn so lange brauchte.

Zugegeben, wenn man es genau nahm, hatte Jarre den Tag mit einem Diebstahl begonnen. Abgesehen davon, dass es kein schwerer Diebstahl gewesen war, und das Opfer genau wusste, wo die Beute und der Täter zu finden waren, war es trotzdem ein Eigentumsdelikt gewesen. Jedenfalls regte sich Frau Nölke vor seiner Tür ziemlich darüber auf und verlangte die Herausgabe ihrer Zeitung. Eigentlich fand Jarre, dass der ganze Aufstand, den sie machte, recht unverhältnismäßig war, doch er wusste es besser und wagte nicht, ihr zu widersprechen. Rasch drehte er das Radio leiser, raffte die Zeitung zusammen und spurtete zur Tür, wo er sie seiner Wirtin mit einem Grinsen übergab. Leider zeigte es sich, dass Frau Nölke damit nicht zufrieden war.

»Sehen Sie nur, Herr Behrend! Sie haben die Zeitung ja völlig ruiniert! Da, sehen Sie nur, Sie haben sie falsch zusammengelegt und völlig verkrumpelt!«, beschwerte sich Frau Nölke und wies auf die relativ normal aussehende Zeitung.

»Ich habe doch nur einen Blick hineinwerfen wollen, und ich dachte, Sie seien gar nicht da«, behauptete Jarre, der genau wusste, dass die einzige Person im Haus, die später aufstand als er, seine Wirtin war, und sie ihre Zeitung oft erst am Nachmittag hereinholte.

»Aber jetzt ist sie nicht mehr neu!«, fuhr Frau Nölke fort, die ihn offenbar gar nicht gehört hatte. »Dabei muss eine Zeitung neu sein, wenn man sie liest, sonst ...« Nun, offenbar wusste sie nicht, warum das so war, also ließ sie es vorerst sein, ihren unbelehrbaren Mieter zu einem anständigeren Menschen zu erziehen. Sie schimpfte noch ein bisschen mit Jarre, dem großen, gut aussehenden Akademiker mit seinen unzähmbaren schwarzen Haaren, dem man eigentlich gar nicht böse sein konnte, dann stapfte sie wieder in ihre Wohnung, wo sie die nächsten Stunden darauf warten würde, einen ihrer anderen Mieter bei einer Missetat zu entdecken.

Jarre gestand sich ein, dass er wohl eine Zeitung kaufen musste, wenn er wissen wollte, was am Wochenende los war. Und wenn er einmal vor der Tür war, konnte er sich eigentlich auch gleich Brötchen besorgen und richtig frühstücken, statt nur eine Tasse Kaffee zu trinken. Er wühlte in seinen Hosentaschen und fand eine Mark, die leicht für drei Brötchen und eine Zeitung reichen würde. Dann warf er sich sein Jackett über und lief rasch zum Bäcker zwei Straßen weiter, wonach er einen kleinen Umweg zum nächsten Kiosk machte, um eine Zeitung zu kaufen. Schon 20 Minuten später saß er wieder an seinem Küchentisch.

Da er das Gedudel von Radio Luxemburg mittlerweile leid war, stellte er die Frequenz von BFBS Radio 1 ein. Die Briten spielten wenigstens hin und wieder etwas anderes als die Beatles oder ›Strangers in the Night‹. Man konnte sich darauf verlassen, dass sie regelmäßig die Rolling Stones auflegten, was bei den Luxemburgern seltener der Fall war. Außerdem war der Empfang auf UKW einfach besser, selbst mit seinem Telefunken Opus 2550, den er sich Anfang des

Jahres gegönnt hatte und auf den er besonders stolz war. Das Riff von ›Satisfaction‹ klang auf dem Apparat besonders klar und es ging ihm jedes Mal in die Knochen, was die Beatles bis heute nicht geschafft hatten. Er wünschte sich, dass die Briten heute Morgen noch das eine oder andere Stück der Stones spielen würden.

Jarre war erleichtert, denn die Moderatoren hatten bisher nicht allzu viele Bemerkungen über die gewonnene Weltmeisterschaft verloren. Er rechnete ihnen das hoch an und fragte sich, was sein Kunde, den er heute Mittag vom Flughafen abholen musste, Colonel Kendrick-Wales, zum Sieg der englischen Mannschaft zu sagen hatte. Nicht viel vermutlich, hoffte er, wenn er wirklich Waliser war.

Dann goss er sich einen zweiten Kaffee ein und warf endlich einen Blick in die Zeitung, die er bislang nur überflogen hatte. Natürlich war auf der ersten Seite ein Foto der deutschen Nationalmannschaft, die als moralische Weltmeister aus England zurückgekehrt waren. Immerhin drei Seiten widmete die Zeitung dem Vizeweltmeister, und die Berichterstattung ließ ahnen, dass man eine Weile darüber reden würde, ob das 3:2 der Engländer nun ein Tor war oder nicht. Leider gab es auch ganz andere Schlagzeilen, die einen grimmigen Ausdruck auf Jarre Behrends Miene zeichneten. Die USA weiteten offenbar ihr Bombardement der entmilitarisierten Zone in Vietnam aus, während U Thant weiter versuchte, eine Eskalation des Krieges zu verhindern. Das war keine dankbare Aufgabe, die sich der

Generalsekretär der UNO gestellt hatte, dessen war sich Jarre sicher, zumal die bundesdeutsche Regierung erklärt hatte, den Krieg der USA in Vietnam zu unterstützen. So ein Quatsch! Der Anblick der brennenden Trümmer Hannovers, der sich ihm in seiner Kindheit unauslöschlich eingeprägt hatte, erinnerte ihn immer wieder daran, dass es sich niemand erlauben durfte, einen Krieg zu unterstützen.

Kopfschüttelnd blätterte Jarre weiter, aber auf den nächsten Seiten stand wenig, was ihn aufheitern konnte. Die Üstra wollte einmal wieder die Preise für Bus- und Straßenbahnkarten erhöhen, und die Briten hatten weiterhin Probleme mit dem hoffnungslos überbewerteten Pfund. Naja, das ging höchstens Colonel Kendrick-Wales etwas an, nicht ihn. Interessanter war da die Geschichte, dass eine Diebesbande in den letzten Minuten des Endspiels am Samstag in ein Geschäft am Friedrichswall eingebrochen war und Schmuck im Wert von 15.000 DM gestohlen hatte. Offenbar hatte sich in der Aufregung über das Finale niemand darum gekümmert, dass jemand dabei war, die Schaufensterscheibe des Kunstsalons einzuschlagen. Jarre nahm amüsiert zur Kenntnis, dass die Diebe offensichtlich richtig geraten hatten, welche Prioritäten eventuelle Zeugen setzen würden. Manchmal waren die Menschen doch zu leicht zu durchschauen, dachte er.

Egal, es wurde Zeit, dass er sich auf den Weg zum Flughafen machte. Mit einem Seufzen legte er die Zeitung beiseite, schaltete das Radio aus, schnappte sich sein Jackett und seine Autoschlüssel. Er lief die vier Treppen nach unten zu seinem vor dem Haus geparkten Auto.

Seit letztem Jahr war Jarre stolzer Besitzer eines dunkelroten VW 1600 TL. Er hatte sich damals gegen einen Variant und für einen Gepäckträger auf der Heckklappe entschieden. Er fand, dass das einfach besser aussah, und selbst in seiner Rolle als Veranstalter von Kulturreisen hatte er selten so viel Gepäck zu transportieren, dass es in der Limousine keinen Platz hatte. Das Auto hatte seinen neuen Geruch noch nicht ganz verloren, und er freute sich jedes Mal wieder, wenn er sich hinter das Steuer setzen konnte, mit dem er auf der Autobahn schon 130 Stundenkilometer gefahren war. Auch diesmal würde er ein gutes Stück Autobahn fahren, und er nahm sich vor, die 130 zu knacken, wenn er die Hildesheimer Börde hinabfuhr. Der Colonel war Soldat, dem würde das gefallen.

Jarre, der vor zwei Jahren mit ausgezeichneten Leistungen in Kunstgeschichte promoviert hatte, fand Spaß an kleinen Abenteuern und war daher seit einigen Monaten Eigentümer eines Reiseunternehmens für ausgefallene Kulturreisen. Colonel Kendrick-Wales, den er am Flughafen abholte, war sein erster Klient aus dem Ausland. So wie es aussah, würde er Hannover nicht von seiner schönsten Seite kennenlernen, sondern eher von seiner typischen Seite, grau und nicht besonders warm. Andererseits war er sicher nicht Besseres gewohnt, denn Jarre kannte das Wetter in London und wusste, dass es im Sommer weit entfernt davon war, selbst den bescheidensten Sonnenanbeter zu begeistern. Außerdem hatte sein Klient sowieso sonderbare Ideen, was die Gestaltung seines Urlaubs in Deutschland anging. Er hatte sich einige Ziele ausgesucht, die ziemlich sonderbar waren, und zahlte dafür sehr gut. Jarre freute sich auf das Treffen mit dem Colonel, denn er schien ein interessanter Kunde zu sein, und seine Pläne versprachen ein paar aufregende Tage.

Leider wusste Jarre in diesem Moment nicht, wer sich noch alles für den Colonel interessierte und dass ihm in der Tat Tage bevorstanden, die mehr als aufregend sein würden.

Als Jarre Behrend wenig später auf der Vahrenwalder Straße vor einer Ampel stand und auf die Autos vor ihm sah, hatte er wieder einmal Gelegenheit, sich einer seiner Lieblingsideen zu widmen – herauszufinden, welche wohl Hannovers langwierigste Straße war. Zugegeben, die Hildesheimer Straße mit ihren acht Kilometern Länge war sicher die längste Straße Hannovers, aber vermutlich nicht die langwierigste. Er hatte jedes Mal wieder den Eindruck, dass es weitaus länger dauerte, auf der deutlich kürzeren Vahrenwalder Straße voranzukommen. Auf dieser Straße war es schon ein Erfolg, wenn man eine Ampel gleich bei grün erwischte und nicht mehrere Phasen warten musste. Er erinnerte sich, irgendwo gelesen zu haben, dass es mittlerweile fast 100.000 Autos in Hannover gab, und er war der festen Überzeugung, dass alle im Moment auf der Vahrenwalder Straße unterwegs waren.

Ganz wie erwartet hatte Jarre an diesem Morgen genug Zeit, seinen Gedanken nachzuhängen, wobei er die Gelegenheit wahrnahm, in den Gesichtern der Menschen zu lesen, die neben ihm in ihren Autos saßen. Den besten Anblick bot heute eine Dame unbestimmbaren Alters, die ebenso stolz aus dem Auto schaute, wie der Windhund auf dem Sitz hinter ihr.

Während er den Mittellandkanal überquerte, kam er letztendlich zu dem Resultat, dass Wolken im August, übermäßige Zeitungslektüre am Morgen und Staus auf der Vahrenwalder seiner Laune weitaus abträglicher waren, als es gut für ihn war. Deswegen riss er sich zusammen und machte gute Miene zu einem Sommertag in Hannover, der so recht keiner sein wollte.

Wenig später erreichte Jarre Behrend den Flughafen in Langenhagen und fand sogar direkt vor dem Eingang der Abflughalle einen Parkplatz, was er als gutes Omen betrachtete. Nachdem er den VW abgestellt hatte, überquerte er rasch das kleine Rasenstück und hielt auf das weit geschwungene Dach vor dem alten Hangar zu, der in den Fünfzigerjahren zur Abflughalle des Flughafens umgebaut worden war. Er ertappte sich dabei, dass er die ersten Takte von ›Paperback Writer‹ summte, was ihm fast wie ein Verrat an den Rolling Stones vorkam. Er versuchte, sich an ›Get Off My Cloud‹ zu erinnern, blieb jedoch bei den Beatles, denn er merkte, dass das

Stück der Stones eigentlich von ihm verlangt hätte, lauthals singend durch den Hangar zu laufen.

In der Halle mit ihrer kühlen, funktionalen Atmosphäre warf er einen Blick auf die Anzeigetafel und stellte fest, dass der Flug aus London, mit dem Kendrick-Wales ankommen sollte, sich etwa 20 Minuten verspäten würde – endlich einmal eine positive Überraschung, denn dadurch hatte er genug Zeit, sein Frühstück um eine weitere Tasse Kaffee zu ergänzen, die seinen Koffeinspiegel auf einen erträglichen Wert heben würde.

Mit langen Schritten nahm er die Treppe am anderen Ende der Halle, die in einem weiten Bogen zur Galerie mit dem Café gleich hinter der Glasfassade der Halle führte. Dort fand er einen Platz auf der Außenterrasse, bestimmt ein gutes Zeichen. Bei der adretten Kellnerin mit der frisch gestärkten Schürze bestellte er ein Kännchen Machwitz-Kaffee und streckte behaglich die Beine aus, während er über den Flugplatz blickte. Er dachte darüber nach, was Colonel Kendrick-Wales für ein Mensch sein mochte. Aber der einzige Colonel, an den er sich erinnern konnte, war Alec Guinness in ›Die Brücke am Kwai‹. Irgendwie passte das zu dem Bild, das er sich gemacht hatte, denn Alec Guinness wirkte immer ausgesprochen geheimnisvoll und die erste Nachricht des Colonels hätte fast aus einem Agentenfilm stammen können.

Die Nachricht des Colonels war an Behrends Firma KultTouren gegangen, die ihren Kunden die einmalige

Chance bot, kultur- und kunsthistorische Zeugnisse in Norddeutschland und in einem Großteil Europas auf ganz eigene Art zu erleben. Jarre hatte die Firma hauptsächlich zu seinem eigenen Vergnügen gegründet, nicht um viel Geld damit zu verdienen. Denn obwohl er es nie zugab, so war Behrends Leben doch viel einfacher geworden, als er mit 18 Jahren 20 Prozent der Firma seines Vaters überschrieben bekommen hatte, obgleich er nie darum gebeten hatte. Direkt nach seinem Studium hatte er erhebliche Provisionen dafür kassiert, dass er einige im Zweiten Weltkrieg verschwundene Kunstwerke wieder aufgetrieben hatte. Somit konnte er es sich leisten, etwas zu warten, bis seine neue Firma Erfolg haben würde. Außerdem wusste er, wie abenteuerlich die Beschäftigung mit Kunst sein konnte, und er war fest überzeugt, dass auch andere Menschen seine Leidenschaft teilen würden. Er war sich sicher, dass er mit Touren, bei denen das Abenteuer im Vordergrund stand, gutes Geld zu verdienen war, selbst wenn es nur darum ging, die alten Stadtmauern von Hildesheim zu erkunden.

Daher hatte er ein Programm entwickelt, das seinen Kunden ein ungewöhnliches Angebot machte, indem sie Kunst und Kultur Deutschlands durch abenteuerliche Exkursionen näher kennenlernten. Dazu gehörten Klettertouren in den alten Bergwerken des Harzes genauso wie Kajaktouren auf den Flüssen, die durch die sehenswerten Städte Niedersachsens flossen. Natürlich durfte die Suche nach Schätzen jeder Art in seinem Programm nicht fehlen, obwohl er selbstredend keine Erfolgsgarantien gab, schon gar nicht, wenn die Kunden wieder einmal in irgendeiner Grube im Harz nach dem Bernsteinzimmer suchen wollten. Behrend erlaubte sich sogar, sehr wählerisch in Bezug auf seine Kunden zu sein. Denn für ihn waren der Erfolg und der Spaß an seinen Touren fast wichtiger als für seine Kunden. Es war sinnlos, eine Tour durchzuführen, bei der er sich selbst langweilte, und so verzichtete er lieber darauf, solche Angebote überhaupt durchzuführen.

Colonel Kendrick-Wales war für Jarre ein in vieler Hinsicht typischer Kunde. Er hatte anscheinend genug Geld, um sich seine Dienste leisten zu können, und er war versponnen genug, um mit Jarres Hilfe hinter den Geistern der Vergangenheit herzujagen. Der kurze Brief, den er vor ein paar Wochen geschickt hatte, hatte Jarre besonders hellhörig gemacht. Alle seine Sinne hatten automatisch auf ›Achtung! Interessanter Kunde!‹ geschaltet, als er die Zeilen las, die der Colonel auf Deutsch an ihn geschrieben hatte: ›Ich biete ihnen die besten Grusse von Trevor Haines. Seine Nachricht ist *Roma Eterna*. Das Angebot ist interessant. Rufen Sie mich an unter 0044-01-555736.‹

Das war der ganze Text, der handschriftlich auf einem kleinen Blatt gestanden hatte. Die Telefonnummer war offenbar eine der brandneuen Nummern, die es jetzt in London gab und die nur noch aus Ziffern bestanden. Dabei wies nicht allein die Telefonnummer, sondern auch die etwas barocke Ausdrucksweise des Schreibers darauf hin, dass die Nachricht von einem Briten stammte, und zwar von einem, der sein Deutsch eher mühsam gelernt hatte. Doch das war nicht das wirklich Spannende an dem Brief, sondern der Hinweis auf Trevor Haines, der voriges Jahr Jarres erster Kunde gewesen war.

Jarre musste unwillkürlich lächeln, als er an den exzentrischen Millionär dachte. Er hatte dessen Sohn, Gerald Haines, einen feingeistigen Snob, während seines Studiums am Courtauld Institute of Art in London kennengelernt. Geralds Vater besaß ein Transportunternehmen und etliche Schiffe, die bereits früh auf die neuen Container vorbereitet gewesen waren, wodurch er eine unanständige Menge Geld verdient hatte. Er konnte sich jeden Luxus leisten, den er wollte, und meistens hatte dieser Luxus etwas mit Geschichte oder Kunst zu tun. Nachdem Jarre Trevor Haines bei einer Party kennengelernt und der gerissene Geschäftsmann an dem unkonventionellen jungen Studenten einen Narren gefressen hatte, versuchte er immer wieder, Jarre zu unorthodoxen Unternehmungen anzustacheln.

Irgendwann hatte sich Jarre geschlagen gegeben und sich bereit erklärt, Trevor zusammen mit Gerald an eine Stelle im Nettetal am sogenannten ›Harzhorn‹ bei Northeim zu führen, wo den Gerüchten nach einst eine Schlacht zwischen Römern und Germanen stattgefunden hatte. Trevor Haines war geradezu besessen von der Idee gewesen, dass er dort alte Römerhelme und Schwerter finden könnte, die er seiner Sammlung einverleiben wollte.

Also war Jarre ins Nettetal gefahren und hatte anhand alten Kartenmaterials einen Plan entworfen, wo und wie er als römischer Feldherr die Germanen, die immerhin einst den großen Varus geschlagen hatten, angegriffen hätte, um herauszufinden, an welcher Stelle sie am ehesten die Überreste der Schlacht finden würden. Am nächsten Wochenende hatte er dann Trevor Haines an genau diese Stelle begleitet, wobei Gerald den leicht nöligen und gelangweilten Anhang gebildet hatte.

Nach intensiven Stunden, die die drei mit den neuesten Metalldetektoren verbracht hatten, hatten sie – sehr zu Jarres Erstaunen – tatsächlich Überreste einer Römerschlacht gefunden. Dabei waren sie über mehr Römerrüstungen gestolpert, als alle drei tragen konnten. Sogar Gerald Haines war begeistert gewesen, und sein Vater hatte noch vor Ort Behrends Honorar verdoppelt. Jarre hatte in den nächsten Tagen sehr lange überlegt, was er wohl richtig gemacht hatte.

Nachdem Haines sich einen reichlichen Finderlohn an römischen Schwertern und Helmen gesichert hatte und wieder abgefahren war, hatte Behrend ein paar Tage im Schock verbracht, ehe er ans Harzhorn zurückgekehrt war, um die Spuren von Haines' Raubzug und die Reste der Fundstelle möglichst gut zu verdecken, bis die Überbleibsel der Römerschlacht irgendwann einmal offiziell entdeckt werden würden. Das war sicherer so, und auch Trevor Haines, dem die aufpolierten römische Helme in seinem Arbeitszimmer weitaus wichtiger gewesen waren als jeder Entdeckerruhm, hatte mit dieser Lösung gut leben können. Das ungewöhnliche Ergebnis dieser Tour und sein beachtliches Honorar hatten Jarre überzeugt, dass er einen Job gefunden hatte, der ihm wirklich lag.

Dass sich der geheimnisvolle Briefschreiber auf dieses Abenteuer bezogen hatte, war vielversprechend gewesen, und Jarre hatte nicht lange mit seinem Anruf in London gezögert. Noch interessanter war die Summe, die ihm Colonel Kendrick-Wales bei ihrem ersten Ferngespräch angeboten hatte, falls Behrend sich nicht nur bereit erklärte, mit ihm zwei Wochen lang deutsche Archive und bestimmte Orte im Harz aufzusuchen, die mit dem Zweiten Weltkrieg in Zusammenhang standen, sondern auch versprach, darüber absolutes Stillschweigen zu bewahren. Da das eine von Behrends leichtesten Übungen war, hatte er schnell zugestimmt, den Colonel an die gewünschten Orte zu bringen. Dass dabei sogar Orte in der Ostzone vorgesehen waren, hatte ihn nur wenig berührt, da die Einreiseregelungen für Briten trotz des Mauerbaus nach wie vor relativ großzügig waren. Schließlich war es den Bonzen des Politbüros durchaus recht, wenn jemand ins Land hineinwollte. Sie wollten lediglich verhindern, dass jemand es verließ.

Nachdem der Colonel ihm eine präzise Wunschliste bezüglich der Orte, die er ansehen wollte, übermittelt hatte, waren arbeitsreiche Wochen für Jarre angebrochen. Er hatte feststellen müssen, dass es schwierig war, die sehr detaillierten Wünsche seines Kunden zu erfüllen. Aber da man im Harz offenbar auf jeden Besucher Wert legte und nicht vorhatte, einen zahlungswilligen englischen Colonel mit kleinlichen Vorschriften abzuschrecken, hatte Behrend alle Termine arrangieren können, selbst wenn es dazu mehrerer Ausnahmegenehmigungen bedurfte.

Behrend wurde aus seinen Gedanken gerissen. Er hörte das laute Dröhnen einer Maschine, die sich dem Flughafen näherte. Das musste der Flieger der British European Airways sein. Tatsächlich konnte er wenig später die Vickers Vanguard sehen. Sie flog noch mit Propellern, obwohl alle davon sprachen, dass das Zeitalter der Düsenjets angebrochen sei. Jarre musste daran denken, wie die Briten an längst überholten Traditionen festhielten. Das war eine Eigenheit, die er sehr charmant fand. Ob das auch für den Colonel galt?

Auf jeden Fall freute sich Jarre auf die sicherlich interessante Begegnung mit dem Engländer. Und als er wenig später auf das Rollfeld hinausging, um Daniel Kendrick-Wales zu begrüßen, konnte er nicht ahnen, wie interessant das Treffen mit dem Colonel wirklich werden würde.

*

Tatsächlich warteten in der Flughafenhalle zwei Männer auf Colonel Kendrick-Wales. Oberst Leonid Leonow und Leutnant Lew Tzarkas versuchten ihr Bestes, um nicht aufzufallen. Aber man sah ihnen an, dass sie sich in Zivilkleidung nicht wohlfühlten. Sie trugen ihre Anzüge mit den tadellos gebügelten Hemden und den schmalen Krawatten, als wären sie Kostüme, die man am liebsten rasch loswerden möchte. Der Eindruck wurde dadurch unterstrichen, dass Tzarkas seinen dunkelbraunen Hut in den Händen immer wieder kreisen ließ. Selbst an den anderen Reisenden, die fröhlich plaudernd durch die Halle eilten, nahmen sie sich kein Vorbild, sodass sich ihre Stimmung nicht einmal so weit besserte, dass sie zumindest den Anschein von Lockerheit erweckt hätten. Niemand hätte in den beiden Männern, die vor dem Schalter der Deutschen Bank standen, etwas anderes vermutet als Polizisten oder Soldaten.

»Wie erkennen wir ihn?«, fragte Tzarkas, nachdem die beiden sich mit finsteren Mienen fast zehn Minuten angeschwiegen hatten.

»Ich erkenne ihn schon«, brummte der Oberst und legte eine Hand auf die Tasche seiner Jacke, in der sich ein Foto des Colonels befand.

Tzarkas nickte, denn das war alles, was er wissen wollte. Solange von ihm nicht verlangt wurde, den Colonel zu identifizieren, würde er sich nicht darum reißen, dafür wurde er nicht bezahlt. Dann merkte der Leutnant, dass Leonows Haltung sich versteifte, als er zur Tür sah, die auf das Flugfeld führte. Dort betraten gerade die ersten Passagiere des Flugs aus London die Halle. Noch war das Paket nirgendwo zu sehen, aber es konnte nicht mehr lange dauern.

*

Aus sicherer Entfernung beobachtete Jarre Behrend, wie die Vickers Vanguard langsam ausrollte und dicht vor dem Hangar zum Stehen kam. Die Maschine hatte die roten Flügel, die ebenso typisch für eine BEA-Maschine waren wie der schwarze Streifen entlang der Fensterreihe, der an den Türen vom roten Logo der englischen Fluglinie unterbrochen wurde. Nachdem die Propeller der vier Motoren stillstanden, öffneten sich die beiden Türen und eine kleine Ladeluke am Heck, dann ließen die Stewardessen in ihren strengen blauen Uniformen die Treppen hinab.

Danach dauerte es nicht mehr lange, bis die ersten Passagiere das Flugzeug verließen. Zuerst stieg ein attraktives Pärchen Anfang 30 aus, das rasch mit seinen kleinen Koffern in der Halle verschwand. Ihm folgte ein gemütlich aussehender Mann mit rotem Rauschebart, den Behrend sofort für einen Schotten hielt. Jarre glaubte aber nicht, dass er ein Soldat war, dafür sah er viel zu nett aus, und er hatte ein paar Kilo zu viel auf den Rippen. Zwei Geschäftsmänner in dunklen Anzügen und mit dunklen Hüten folgten, danach sah Jarre einen drahtigen Mann mit einem hellen Strohhut und einem dünnen Schnurrbart, der kaum größer als 1,75 Meter war – Alec Guinness! Während Behrend auf ihn zutrat, um ihn zu begrüßen, sah er jedoch, dass der Mann vor ihm wenig Ähnlichkeit mit dem Schauspieler hatte. Er war kantiger und ein harter Zug um die Augen verriet, dass er es gewohnt war, zu befehlen, und dass ihm Gehorsam geleistet wurde.

»Colonel Kendrick-Wales?«, fragte Behrend, worauf sich die Mundwinkel seines Gegenübers ein paar Millimeter hoben und der dazugehörige Kopf nickte. Behrend hatte mit seiner Annahme, dass alle englischen Colonels gleich aussahen, also recht behalten.

»Und Sie müssen Jarre Behrend sein«, stellte der Colonel fest und machte mit seinem eindeutig walisischen Akzent aus Jarres Namen ein wahres Kauderwelsch. Jarre zuckte innerlich zusammen, sagte sich allerdings, dass er lieber ›Jerry‹ genannt werde, als dass jemand versuche, seinen Namen so auszusprechen, als sei er ein bekannter Komponist und Oscar-Gewinner. Nachdem Maurice Jarre letztes Jahr für ›Doktor Schiwago‹ seinen zweiten Oscar gewonnen hatte, versuchten jedenfalls immer mehr Leute seinen Namen französisch auszusprechen. Jarre bestätigte daher, dass das sein Name sei, und nachdem Kendrick-Wales zugegeben hatte, dass er einen ruhigen Flug gehabt habe, waren alle Formalitäten erledigt.

»Wenn Sie nichts dagegen haben, bringe ich Sie gleich in Ihr Hotel in Braunlage. Das ist ein kleiner Kurort. Dort habe ich ein Zimmer in einem traditionellen Hotel für Sie gebucht. Das wird unsere Ausgangsbasis sein. Ich bin sicher, dass es dort so ruhig und unauffällig ist, wie Sie das wollten. Die Fahrt dorthin wird etwa zwei Stunden dauern. Ich hoffe, das ist in Ordnung?«

Jarres Frage war rein rhetorisch, da der Zeitplan seit Längerem feststand. Der Colonel hatte klar zum Ausdruck gebracht, dass er keine Lust habe, mit Unsinn seine Zeit zu verschwenden, und so war Jarre noch nicht einmal seine neu entwickelte Hannover-Tour ›Bauboom oder Bausünde?‹ losgeworden. Er brachte den Colonel zur Pass- und Zollkontrolle und dann zu seinem VW, in dem er den schweren Lederkoffer des Colonels verstaute. Seinen eigenen Koffer hatte Jarre bereits auf den Gepäckträger geschnallt. Jarre war so sehr damit beschäftigt, das Gepäck zu verstauen, dass er nicht bemerkte, dass er und der Colonel von zwei Männern beobachtet wurden.

*

Oberst Leonow und Leutnant Tzarkas verfolgten Jarre und den Colonel mit ihren Blicken. Sie waren äußerst ungehalten.

»Der'mo!«, grollte Tzarkas. »Warum ist der nicht allein?«

»Ich weiß es nicht. So war es nicht geplant«, stieß Leonow zwischen den Zähnen hervor, voller Ärger über seinen durchkreuzten Plan. Der Deutsche, der den Colonel begrüßt hatte, machte es ihnen unmöglich, Kendrick-Wales gleich hier und jetzt in ihre Gewalt zu bringen. Wollten sie den Deutschen ausschalten, hätten sie eventuell ihre Schusswaffen benutzen müssen, aber das musste unter den wachsamen Augen der Polizei am Flughafen auf jeden Fall vermieden werden. Die Deutschen spaßten mit so etwas nicht.

Den Deutschen und ihr Paket im Auge liefen die beiden Männer über den Parkplatz zu ihrem Auto. Als sie Augenblicke später in den Land Rover stiegen, sahen sie, wie der dunkelrote VW 1600 zurücksetzte und über den Parkplatz davonpreschte. Mit einer Miene, die für Jarre und den Colonel nichts Gutes verheißen sollte, startete Leonow den Wagen und gab Gas. Im nächsten Moment folgte er dem VW auf dem Weg zur Autobahn.

ZWEI: MONTAG, 1. AUGUST 1966

Als er gegen sieben Uhr abends auf die Terrasse des kleinen Hotels in Braunlage trat, spürte Jarre Behrend einen nicht sehr willkommenen kalten Wind, der versuchte, durch sein Jackett und sein dünnes Nylonhemd zu dringen. Zugegeben, die Wolken hatten sich so weit verzogen, sodass es ein schöner Abend zu werden versprach. Trotzdem empfand er den Wind für einen Moment als unangenehm. Vielleicht erging es Colonel Kendrick-Wales nicht so, denn der besaß die typisch britische Unerschütterlichkeit, was den Umgang mit schlechtem Wetter betraf. Bestimmt würde er auch im Sommer bei zehn Grad minus noch in kurzen Hosen herumlaufen, nur weil Sommer war. Behrend fragte sich, warum sich der Soldat entschlossen hatte, das Abendessen auf der Terrasse vom ›Alten Forsthaus‹ einzunehmen. Es waren gewiss keine 20 Grad mehr, und man musste schon sehr abgehärtet sein, um ein Abendessen bei halbarktischen Temperaturen zu genießen.

Ihre Wirtin, die Jarre gerade ungläubig gefragt hatte, ob sie denn wirklich nicht im Speiseraum essen wollten, sah das offenbar genauso. Aber Jarre wusste natürlich, dass der Kunde König war, und so schenkte er der Frau sein bestes Lächeln und behauptete, dass es auf der Terrasse doch ganz wunderbar sei. Dann knöpfte er sein Jackett zu und gesellte sich zum Colonel.

»Oh, hallo, Jerry«, begrüßte der Offizier ihn und wies auf den Platz neben sich, wo schon ein Gin Tonic auf Jarre wartete. Er grinste, denn Kendrick-Wales wusste offenbar, wie man einen Abend richtig gestaltete und mit der Kälte umging. Er bedankte sich für den Drink, während er Platz nahm.

»Eine interessante Aussicht«, behauptete der Colonel, wobei er auf den Wurmberg und auf die brandneue Seilbahn wies, die sich direkt vor dem Hotel erhob. »Alles sieht so neu aus ...«

»Ist es auch«, erklärte Jarre. »Die Seilbahn wird erst nächstes Jahr eröffnet. Sie führt auf den Wurmberg, den höchsten Berg im Westharz.« Während er einen Schluck Gin Tonic nahm, betrachtete er fasziniert die verschiedensten Papierstapel, die der Colonel um sich herum verteilt hatte. Überall lagen Fotos, Landkarten und zahllose Zettel mit handschriftlichen Notizen. Er hatte beinahe ein schlechtes Gewissen, weil das einzige Papier, das er mitgebracht hatte, das Programm der nächsten Tage betraf.

Mit einem entschuldigenden Lächeln schob der Colonel ein paar Papiere hin und her, da er sah, dass er für Jarre keinen Platz auf dem Tisch gelassen hatte, jedoch ohne großes Ergebnis. Jarre beruhigte ihn, dass sie das schon irgendwie schaffen würden, und erkundigte sich, ob die Papiere ihre Exkursionen beträfen, was der Colonel natürlich bestätigte. Jarre nutzte die Gelegenheit, um gleich auf den Ablauf der nächsten Tage zu sprechen zu kommen.

»Ich muss sagen, Ihre Liste hat mich tatsächlich sehr beeindruckt – und mir viel Arbeit gemacht«, erklärte er auf Englisch, während er die Liste aus seinem Jackett holte. Er strich sie auf dem Tisch glatt und sah Kendrick-Wales an. »Sie enthält viele spannende und interessante Plätze und einige Orte, von denen ich noch nie etwas gehört habe, und das, obwohl ich den Harz ganz gut kenne.« Jarre fand, dass er nicht erwähnen musste, dass er den Harz bislang ausnahmslos auf privaten Touren kennengelernt hatte.

Kendrick-Wales ließ ein dünnes Lächeln sehen. »Das mag daran liegen, dass es eine sehr persönliche Liste ist. Die Orte hängen mit meiner Geschichte zusammen. Das ist alles etwas kompliziert zu erklären«, sagte er und tat geheimnisvoll.

Behrend nickte in einer Weise, die ausdrücken sollte, dass er zwar die Privatangelegenheiten des Colonels durchaus respektierte, aber dessen Geheimniskrämerei nicht verstand. Dann fuhr er fort, während er die Liste durchging. »Ein Besuch des Welfenschlosses in Herzberg war recht einfach zu organisieren, das steht morgen früh auf dem Programm. Aber das hier – Werk Tanne bei Clausthal? Das ist gesperrtes Territorium, da musste ich eine Sondergenehmigung für die Besichtigung einholen. Trotzdem werden wir am morgigen Nachmittag dorthin gehen, ich habe eine Führung organisiert. Ansonsten werden wir wohl viel Zeit unter Tage verbringen. Ich habe die nötige Ausrüstung dabei, und ich habe auch die Genehmigungen bekommen. Nur dieser Stollen hier, den Sie ›Stollen VII‹ nennen, und der nordöstlich der Eckertalsperre liegt. Das war ein echter Geheimtipp. Wenn ich das richtig sehe, sind die beiden einzigen lebenden Menschen in der Bundesrepublik, die überhaupt von dem Stollen wissen, im Moment hier am Tisch versammelt.«

»Es mag wohl sein, dass dieser Stollen nicht sehr bekannt ist«, gab der Colonel zu. »Ist das ein Problem für Sie? Ich weiß, dass es nicht einfach sein wird, dorthin zu gelangen.«

»Das könnte in der Tat ein Problem werden. Gerade heute wurde bekannt, dass die Verhandlungen über eine Ergänzung des Passierscheinabkommens mit der DDR abgebrochen wurden, weil man sich nicht über mögliche Härtefälle einigen konnte. Deshalb ist es für Bürger der Bundesrepublik äußerst schwierig, in die Sowjetzone einzureisen, und für West-Berliner ist es nahezu unmöglich. Die dürfen nicht einmal nach Ost-Berlin. Ich hatte unsere Reise allerdings schon vorher in meiner Eigenschaft als Reiseveranstalter aus speziellem kulturhistorischem Interesse beantragt, und bislang wurde in solchen Fällen für Bundesdeutsche ein Auge zugedrückt, wenn sie lediglich einen Reisenden eines anderen Staates begleiten – das heißt, solange kein längerer Kontakt mit Bürgern der DDR geplant ist. Da das nicht der Fall ist, habe ich den Passierschein für uns vor wenigen Tagen bekommen. Die Aussicht auf britische Devisen dürfte den Prozess sicher beschleunigt haben.«

Kendrick-Wales hob die Brauen. »Das hatte ich mir irgendwie anders vorgestellt, irgendwie gefährlicher und unheimlicher«, gab er zu. »Ich ging davon aus, dass wir über eine Grenze müssen, wo die NVA mindestens mit ein paar Panzern aufgezogen ist …«

Jarre nickte mit grimmiger Miene. »Das ist auch so, und es ist düster und unheimlich, verlassen Sie sich darauf, und es ist ein bisschen gefährlich, denn ich habe vergessen, ihren Rang anzugeben. Aktive Soldaten werden dort nicht gerne gesehen.«

»Meine Dienststelle wäre sicherlich nicht begeistert, wenn sie wüsste, dass ich in die DDR einreise. Daher ist es gut, wenn ich gewissermaßen inkognito reise. Trotzdem wäre es schön, wenn wir vermeiden könnten, erschossen zu werden.«

»Keine Sorge, die Grenztruppe schießt meistens nur auf Leute, die rauswollen, nicht auf Leute, die reinwollen.«

Daniel Kendrick-Wales war so begeistert, dass seine Augen aufleuchteten. »Ich bin jedenfalls sehr gespannt. Trevor Haines hat mir von Ihrer Abenteuerlust und Ihrer Zuverlässigkeit berichtet. Trevor und ich kennen uns schon lange, und ich weiß sein Urteil zu schätzen.«

Jarre bedankte sich für das Kompliment. »Außerdem habe ich die römischen Rüstungen gesehen, die er mit Ihrer Hilfe gefunden hat. Sehr beeindruckend, wirklich.«

»Glauben Sie mir, mir hat die Expedition mit Trevor und Gerald ebenso viel Spaß gemacht wie den beiden. Es gibt bei so etwas selbst für mich immer wieder Überraschungen. Das ist ja der Reiz an dieser Aufgabe«, erklärte er mit einem jungenhaften Grinsen.

»Genau das hat mir Trevor auch gesagt. Ich ...« Kendrick-Wales unterbrach sich, als er sah, dass ihre Wirtin den ersten Gang des Abendessens brachte, eine niedersächsische Hochzeitssuppe. »Ich denke, wir können unsere Pläne nach dem Essen besprechen«, beendete er den Satz.

Natürlich wusste Jarre, dass er etwas anderes sagen wollte, aber es konnte ihm nur recht sein, erst einmal etwas zu essen. Bislang war noch jeder Klient besserer Laune gewesen, wenn er einen vollen Magen hatte, und er war gespannt, wie jemand, der so lange bei der britischen Armee gegessen hatte, auf die niedersächsischen Spezialitäten reagieren würde. Nach der Suppe würde es Wild geben, und zum Abschluss eine Welfenspeise. Sehr lecker, jedoch nicht sehr englisch. Danach würden sie sich dem speziellen Nachtisch widmen, den Jarre mitgebracht hatte, einer 43-prozentigen, original schottischen Delikatesse aus Ardmore. Der Abend würde auf jeden Fall noch interessant werden.

*

Oberst Leonow war es nicht schwer gefallen, den dunkelroten VW zu verfolgen. Auf der Autobahn waren er und Leutnant Tzarkas weit hinter dem Colonel und seinem Begleiter geblieben, so weit, dass sie sie gelegentlich aus den Augen verloren hatten, wenn eine Kurve den VW vor ihren Blicken verbarg. Nur nahe den Auffahrten waren sie etwas zu dem VW aufgeschlossen, doch Leonow war sich sicher, dass der deutsche Fahrer sie dabei nicht bemerkt hatte.

Auf der Straße, die von der Autobahnabfahrt Seesen in den Harz hineinführte, und die sie beide gut kannten, war es noch einfacher gewesen. Es gab kaum Abzweigungen, die der Deutsche hätte nehmen können, und Leonow wusste, wo sie auf der Strecke lagen, sodass sie die meiste Zeit mehrere Kurven hinter dem Deutschen und dem Colonel bleiben konnten.

Während sie Clausthal-Zellerfeld durchquerten, fürchtete Tzarkas für einen Augenblick, der Colonel könne zum Werk Tanne fahren und dort ihre ganze Arbeit zunichtemachen. Beruhigt nahm er wahr, dass der Wagen vor ihnen auf der Bundesstraße blieb und weiter Richtung Braunlage fuhr. Er wollte erst gar nicht wissen, wie der Oberst reagiert hätte, wenn der Colonel tatsächlich zum Werk gefahren wäre.

Schließlich hatten sie beobachtet, wie der dunkelrote VW vor dem Hotel ›Altes Forsthaus‹ vorfuhr und der junge Deutsche ausstieg, um das Gepäck auszuladen. Offenbar hatten die beiden Männer vor, hier zu übernachten, weshalb Leonow den Land Rover auf den Parkplatz vor der Seilbahn abstellte, sodass sie das kleine Hotel im Blick hatten.

Nachdem sie sich schon auf eine lange Nacht eingerichtet hatten, spielte ihnen das Glück in die Hände.

Der Colonel betrat die Terrasse und suchte sich einen Tisch, auf den die letzten Strahlen der Abendsonne fielen. Obwohl es sich von selbst verbot, vor so vielen Menschen ihren Auftrag auszuführen, glitt ein dünnes Lächeln über die Lippen des hageren Russen.

»Komm, Leutnant, es ist Zeit, dass wir etwas essen«, befahl er und stieg aus dem Auto, ehe sein Leutnant ihn fragend ansehen konnte. Dann setzte er sich seinen Hut auf und ging mit langen Schritten zu dem Hotel hinüber und suchte sich einen Platz in der Nähe des Colonels. Rasch folgte ihm Tzarkas, der insgeheim froh war, dass sie nicht nur den Engländer belauschen, sondern gleichzeitig ihren Magen füllen konnten. Daher war er seltsam zufrieden, als der Colonel und seine Begleitung einige Zeit später wieder in das Hotel gingen und Leonow die Rechnung für sie beide beglich.

»Es wird Zeit, dass wir unsere Leuten treffen«, erklärte der Oberst knapp. »Wenigstens wissen wir jetzt, wo die beiden morgen hinwollen, und wir werden sie gebührend empfangen, wenn sie dort ankommen. Wir werden sie beide eliminieren.«

Dieses erstaunlich kühl vorgebrachte Urteil Leonows zeigte seinem Leutnant, wie aufgebracht der Mann neben ihm nach wie vor war. Seit sie im Flughafen den Colonel gehen lassen mussten, war Leonow übelster Laune, und nicht nur das – er war nervös, und es hatte ihn noch nervöser gemacht, neben dem Colonel sitzen zu müssen und nicht eingreifen zu können.

Als sie zum Auto gingen, beobachtete Tzarkas den Oberst mit einiger Sorge, denn so kannte er ihn gar nicht.

Vielleicht lag es an diesem seltsamen Auftrag, bei dem sie ständig unter größter Geheimhaltung in der Erde wühlen und irgendein Versteck ausfindig machen mussten, und das alles auf Geheiß eines Mannes, den nur Leonow kannte. Tzarkas hoffte, dass die Geschichte bald vorbei sein würde.

So, als wolle er diesen Gedanken bekräftigen, startete Leonow den Land Rover, der mit einem tiefen Brummen ansprang. Dann gab der Oberst unnötig viel Gas, um den Wagen aus dem Ort herauszubringen. Doch Leutnant Tzarkas blieb in Gedanken versunken, denn zum ersten Mal, seit er Leonow kannte, machte der Oberst ihm Angst.

*

Nach dem Essen gingen Jarre und der Colonel auf Jarres Zimmer, in dem ein kleiner Tisch und zwei Stühle standen. Sie gönnten sich einen ersten Schluck aus der Flasche des 20-jährigen Whiskys, den Behrend mitgebracht hatte.

»Der Whisky ist wirklich exzellent«, gab der Colonel nach einer Weile zu. »Ich dachte, dass es in Deutschland schwierig ist, schottischen Whisky zu bekommen.«

»Ist es auch«, stellte Jarre fest und dachte kurz an die horrende Summe, die er für die Flasche bezahlt hatte.

»Ich nehme an, so ein Whisky hat seinen Preis? In Form von Informationen, meine ich.«

Jarre stimmte dem Colonel zu. Denn beide wussten, dass die Zeit für ein klärendes Gespräch gekommen war. »Ich denke, Sie sollten mir langsam sagen, was es mit Ihrer Liste auf sich hat. Am Telefon haben Sie nie etwas sagen wollen, aber ich kann Ihnen besser helfen, wenn ich weiß, was Sie vorhaben«, erklärte Jarre.

»Nun, mein lieber Jerry, Sie haben natürlich recht. Aber ich habe mir viele Gedanken gemacht, ob ich Sie, einen – verzeihen Sie mir den Ausdruck – Wildfremden, in eine Geschichte einweihe, die die Familie Kendrick-Wales schon seit dem Krieg beschäftigt. Wäre da nicht die Garantie von Trevor Haines, dass Sie absolut zuverlässig seien, ich würde wohl immer noch davor zurückschrecken, obgleich ich in der Tat ortskundiger Hilfe bedarf.« Er dachte einen Moment nach und Jarre wusste, dass es besser war, ihn jetzt nicht zu unterbrechen. »Ich möchte Sie trotzdem bitten, dass Sie das für sich behalten, was ich Ihnen gleich erzähle. Es gibt Leute, denen nicht gefällt, was ich tue, weil der einzigartige Lohn, den diese Suche bringen wird, Ihnen gehören soll.«

»Von mir erfährt niemand etwas«, versprach Behrend und fragte sich sogleich, ob er jetzt nicht aufstehen und so etwas sagen müsste wie: ›Cross my heart and hope to die.‹ Aber vielleicht sprach da ja auch nur der Whisky. Der Colonel setzte seine Erzählung indes ungerührt fort.

»Sie kennen sicherlich die Geschichte des Welfenschatzes«, begann er, so als könne daran gar kein Zweifel bestehen. Behrend musterte ihn erstaunt, da er nicht erwartet hatte, dass sein Kunde ausgerechnet auf dieses Thema zu sprechen kommen würde.

»Nicht in allen Einzelheiten«, erwiderte er aufrichtig. »Ich weiß, dass der Schatz Goldschmiedearbeiten aus dem Besitz der Welfen enthält, die sich einst im Braunschweiger Dom befanden und seit ein paar Jahren im Kunstgewerbemuseum in Berlin zu sehen sind. Er ist einer der größten ausgestellten Kirchenschätze. Es sind meines Wissens über 40 Stücke – Kreuze, Reliquiare, Monstranzen und Tragaltare, sogar ein Plenar von Otto dem Milden.«

»Es sind 42 Stücke, um genau zu sein, aber ja, Sie wissen gut Bescheid. Es ist eine einzigartige, unvergleichliche Sammlung erlesener Goldschmiedearbeiten.«

»Das stimmt sicherlich ...«

»Dann wissen Sie, dass dieser Schatz früher viel größer war?«

»Ja. Und wenn ich mich recht erinnere, wollte die Familie der Welfen, der die Stücke früher gehörten, während der Wirtschaftskrise in den Zwanzigerjahren den Schatz mitsamt den Herrenhäuser Gärten an Hannover verkaufen, doch die Stadt hatte kein Geld dafür, weshalb der Schatz ins Ausland verkauft wurde.« Er seufzte. »Zum Glück ist das mit den Herrenhäuser Gärten nicht geschehen.«

Kendrick-Wales hob seine Mundwinkel um zwei Millimeter, ehe er seine Geschichte weiterspann. Das sollte wohl ein Lächeln sein, dachte Behrend, der die Mühen des Colonels zu schätzen wusste. »1928 wurde der Schatz verkauft und ging nach Amerika, wo er aufgeteilt wurde. Damals waren es 82 Stücke, heute sind davon 42 übrig geblieben, der Rest ist über die Welt zerstreut. Das kam dadurch, dass die anderen 40 Stück 1930 bei einer Auktion verschleudert wurden, und das nur, weil schon in den Dreißigerjahren Kunst weniger zählte als Geld.«

»Sind nicht einige der besten Stücke in den Museen von Cleveland und Chicago zu sehen?«

»Ja, einige Exemplare haben es in Museen geschafft, wo sie bewundert werden können, aber die meisten befinden sich in Privatbesitz. Wie auch immer, es gab Zeiten, da war dieser Schatz umfangreicher. Damals gehörte er nicht zum Privatbesitz der Welfen – das war erst unter Georg V. der Fall.« Kendrick-Wales klopfte mit einem Bleistift auf einen zerschlissenen Plastikhefter. »Bereits 1482 entstand ein erstes Inventar des Schatzes, und dieses Inventar verzeichnete 140 Stücke. Viele dieser Stücke blieben bis 1574 erhalten, dann gab es einen Verlust von 20 äußerst wertvollen Kunstwerken, zumeist Reliquiare und Monstranzen, Gefäße für die geweihte Hostie des Abendmahls.« Natürlich wusste Behrend, was eine Monstranz war, aber dieser Raub war ihm neu. Außerdem waren 20 Goldschmiedearbeiten von recht beträchtlicher Größe nicht gerade leicht zu entwenden. Das, was Kendrick-Wales da beschrieb, war einer der größten Kunstraube der frühen Neuzeit.

»Auch nach dem Raub war der Schatz vor Übergriffen nicht sicher, weil der welfische Herzog Anton Ulrich von Braunschweig-Wolfenbüttel selbst regelmäßig Objekte entnahm und verkaufte, um seine luxuriösen Feste und Schlösser zu finanzieren.«

Das stimmte natürlich, trotzdem versuchte Behrend den Herzog zu verteidigen, der erklärtermaßen den französischen Sonnenkönig Ludwig XIV. zum Vorbild hatte. »Immerhin verdanken wir ihm, dass der große Leibniz als Bibliothekar in Wolfenbüttel tätig wurde und dort einen ersten alphabetischen Katalog anlegen ließ. Wissen war dem Herzog sehr wichtig.« Er hoffte stattdessen, dass das Thema für den Colonel nicht besonders von Bedeutung war, da er nicht wollte, dass Kendrick-Wales noch einmal versuchte, ›Braunschweig-Wolfenbüttel‹ auszusprechen.

»Sie haben sicher recht«, gab der Offizier zu. »Mein Interesse gilt auch dem Diebstahl von 1574, aus Gründen, die Sie bald verstehen werden. Das war in jedem Fall der größte einzelne Verlust vor der Zerschlagung des Schatzes 1930. Es ist eine faszinierende Geschichte, die mich die letzten Jahre immer wieder beschäftigt hat.« Der Colonel verstummte und blickte in die Ferne.

»Und warum hat Sie diese Geschichte so beschäftigt? Was hat es mit diesem Diebstahl auf sich?«, fragte Jarre, der ahnte, dass Kendrick-Wales einiges zu erzählen hatte. Und zu Jarres Überraschung ließ der Brite ein nahezu breit zu nennendes Lächeln sehen.

»Ich glaube, ich weiß, wo die Stücke sind, die damals gestohlen wurden. Und ich weiß auch, wer sie gestohlen hat«, erklärte er schlicht.

Behrend verschluckte sich fast an seinem Kaffee. »Im Ernst?« Hätte Kendrick-Wales gesagt, er könne beweisen, dass Michelangelo die Mona Lisa übermalt habe, um Leonardo da Vinci eins auszuwischen, Behrend hätte nicht verblüffter sein können. Der Colonel hob eine Hand, um Behrend zu beschwichtigen.

»Bitte hören Sie mich an, das ist keine Fantasterei.« Er zog ein Bild aus einer Plastikhülle und legte es auf den Tisch. »Dies ist Wilhelm der Jüngere, einer der welfischen Herzöge des 16. Jahrhunderts. Er regierte Lüneburg von 1559 bis 1592, genau zu der Zeit, als die Teile des Welfenschatzes gestohlen wurden. Bis 1569 hatte er einen Mitregenten, seinen Bruder Heinrich, der aber seine Macht abgab, um gegen jede Absprache Ursula von Sachsen-Lauenburg zu heiraten.«

»Also war Wilhelm im Jahr 1574 Alleinherrscher«, folgerte Jarre.

»In Lüneburg, ja. Es gab jedoch ein Problem – bereits 1577 zeigten sich bei ihm erste Anzeichen einer Geistesschwäche. Immer wieder musste der Kronrat an seiner Stelle die Regierung übernehmen. Das ist ausführlich belegt.« Jarre nickte, denn er hatte schon von dieser Geschichte gehört. »Die Gründe seines Wahns sind jedoch weniger belegt. Ich habe Briefe gefunden, die zeigen, dass der Konflikt mit seinem Bruder ihn in seinen Wahn gestürzt haben mag. Offenbar glaubte er, dass sein Bruder ihm die Herrschaft wieder abspenstig machen und ihn ruinieren wollte. Das wurde zu einer fixen Idee und artete schließlich in Verfolgungswahn aus.«

»Und Ihre Belege lassen keine Zweifel daran zu?«

»Sie sind eindeutig, ja. Ich glaube fest daran. Und ich glaube, dass Wilhelm die 20 Exemplare, außergewöhnlich schöne und wertvolle Kunstwerke, selbst aus dem Schatz in Braunschweig entnommen und dann auf dem Welfenschloss in Herzberg in Sicherheit gebracht hat, um sie vor seinem Bruder zu schützen.« Triumphierend sah der Colonel Jarre an, der jedoch skeptisch blieb.

»Wilhelm hätte sich damit quasi selbst beraubt? Das hätte doch sicher Ärger mit den anderen Welfen gegeben, da die ja ein gleiches Recht auf den Schatz hatten?«

»Natürlich. Ich habe sogar die Theorie untersucht, dass Wilhelm gar nicht geisteskrank war, sondern von den anderen Fürsten unter Hausarrest gestellt wurde, und zwar wegen des Raubes. Ich habe nur keinerlei Quellen gefunden, die das eine oder andere belegen.«

Jarre war recht bewandert in der Geschichte der Welfen, allerdings konnte er sich beim besten Willen nicht daran erinnern, ob Herzog Julius von Braunschweig-Wolfenbüttel, der damals mächtigste Welfe, es fertiggebracht hätte, einen Verwandten wie Wilhelm auf diese Art aus dem Verkehr zu ziehen. Auf jeden Fall entwarf

Kendrick-Wales einen spannenden, fast glaubhaften Kriminalfall aus einer Zeit, als die Welfen das Geschick eines großen Teils von Deutschland bestimmten.

»Sicher ist, dass Wilhelm jederzeit Zugang zum Schatz hatte und somit Teile entnehmen konnte. Niemand in Braunschweig – außer den anderen Fürsten – hätte gewagt, ihm den Zugang zu verbieten. Nach meiner festen Überzeugung hat er die Teile des Schatzes nach Herzberg schaffen lassen, um sie dort zu verstecken.«

Behrend runzelte die Stirn. »In Herzberg war lange ein Sitz der Grubenhagener Linie der Welfen, das stimmt natürlich«, gab er zu. »Und woher wollen Sie wissen, dass die Monstranzen dorthin geschafft wurden? Ist das nicht relativ unwahrscheinlich?«

»So mag es Ihnen erscheinen. Aber ich bin mir sicher.«

»Warum?«

»Nun, die Antwort ist ganz einfach – weil mein Vater sie im Juli 1945 dort gesehen hat.«

In seiner bisherigen Karriere hatte Jarre Behrend schon viele Überraschungen erlebt. In der Zeit gleich nach seinem Studium hatte er erfolgreich Kunstwerken nachgespürt, die seit dem Krieg oder durch einen Raub verschollen waren, und konnte in zwei Fällen Verstrickungen und Verschwörungen bloßlegen, die nie ihren Weg in einen Kriminalroman finden würden, weil sie so unglaubwürdig waren, dass kein Autor sich damit befassen würde. Aber das? Ein verschollener

Teil des Welfenschatzes sollte 350 Jahre unbemerkt in Herzberg versteckt gewesen sein? Geraubt von einem wahnsinnigen Welfenfürsten? Das war schwer zu glauben, selbst wenn man in die todernsten Augen des Colonels sah.

»Natürlich ist das schwer zu glauben«, gab Kendrick-Wales zu, so als habe er Jarres Gedanken gelesen. »Aber vielleicht überzeugt Sie ja das hier.« Damit legte er ein paar Fotografien auf den Tisch, wobei der sonst so kühle Soldat wie ein verarmter Pokerspieler beim Royal Flush in einer hoch dotierten Pokerrunde aussah.

Behrend begutachtete die drei Aufnahmen. Es waren kleine Schwarz-Weiß-Fotos mit weißem Rand, etwas gewellt und abgenutzt. Die drei Fotografien vor ihm waren gut erhalten und zeigten Erstaunliches – es waren zwei frühe Monstranzen, eine Kreuzmonstranz mit einer kleinen Hostienkapsel aus Bergkristall und eine nur undeutlich zu erkennende Turmmonstranz. Auf einem Foto erkannte er, wie die beiden Monstranzen im Licht eines grellen Blitzes hell widerschienen. Ein weiteres Bild zeigte die beiden Kunstwerke, wie sie mit Jute oder etwas Ähnlichem umhüllt auf einer hölzernen Truhe lagen. Auf dem dritten Bild sah er die geschlossene Truhe und die Schemen von mindestens zwei anderen ähnlich großen Kisten in einem engen Felsgang, der zu einem Bergwerk gehören musste.

»Diese Bilder hat mein Vater aufgenommen. Er war einer Einheit zugeordnet, die im Auftrag der

Alliierten nach Beutekunst forschte, der ›Art Looting Investigation Unit‹ oder ALIU. Wie Sie wissen, herrschte in den Monaten nach dem Zweiten Weltkrieg absolutes Chaos. Jede Siegermacht versuchte, das zu sichern, was ihr wertvoll und erhaltenswert erschien. Manches landete in Museen, manches wurde zurückgegeben.«

Und manches landete in der Forschung, dachte Jarre, der dabei die deutschen Raketenwissenschaftler im Sinn hatte, die die Amerikaner in Peenemünde gleichsam beschlagnahmt hatten. Immerhin waren einige von ihnen unter Anleitung Wernher von Brauns auf dem besten Weg, die Amerikaner auf den Mond zu bringen. Fragte sich allerdings, wann.

»Die Besatzungsmächte lieferten sich damals ein Wettrennen um die besten Wissenschaftler, die einträglichsten Technologien und die wertvollsten Kunstschätze, die die Nazis gehortet hatten«, bestätigte Jarre die Aussagen des Colonels.

»Genau, und ich glaube nicht, dass es dabei immer ehrlich zugegangen ist«, sagte Kendrick-Wales.

Behrend nickte. Er wusste gut, welches unbeschreibliche Gewirr damals auf beiden Seiten geherrscht hatte. Lediglich so war es zu erklären, dass Menschen noch heute nach dem längst verbrannten Bernsteinzimmer suchten, da sie glaubten, dass es in den letzten Kriegstagen verloren gegangen sei.

»Die Gruppe meines Vaters hat also die Arbeit geleistet, die wenig später von den Central Art Collecting Points der Amerikaner fortgesetzt wurde. Er hat in dieser Funktion die verschiedensten Häuser, Burgen und Bergwerke nach Beutekunst durchsucht.«

Behrend war mit den Central Collecting Points in München und Wiesbaden bestens vertraut. Ab Juli 1945 waren sie die Orte, zu denen die Alliierten der drei westlichen Zonen wiedergefundene Kunstwerke schickten, die von den Nazis in ganz Europa geraubt worden waren. Beispielsweise landete die unglaubliche Sammlung von Hermann Göring dort, die der skrupellose Ober-Nazi in ganz Europa gestohlen hatte.

Wenn der Vater von Colonel Kendrick-Wales in irgendeiner Weise mit der Wiederbeschaffung von Beutekunst betraut gewesen war, konnte man sich zumindest vorstellen, dass er mit den abgebildeten Monstranzen in Kontakt gekommen war, wo auch immer sie verborgen gewesen waren. Denn eines musste er dem Colonel lassen – die Stücke auf den Fotos sahen verdächtig echt aus, selbst wenn nicht alle Details zu erkennen waren. Oder doch? Jarre nahm die Bilder noch einmal in Augenschein.

»Dieses Stück hier scheint einen Hostienhalter in Form einer sichelförmigen Klemme zu haben«, bemerkte er. »Das entspräche der Tradition der bekannten Monstranzen aus dem 14. Jahrhundert, wie Pater Braun sie beschrieben hat«, überlegte er laut und fügte für sich hinzu: Für irgendwas musste sein Magisterstudium an der Freien Universität Berlin ja gut gewesen sein. »Die Bilder sind jedoch zu undeutlich, als dass ich sagen könnte, ob diese hier schon irgendwo beschrieben wurden.«

»Wurden sie nicht, glauben Sie mir. Ich kenne die beiden Bücher des Jesuitenpaters gut, ebenso wie andere Beschreibungen früher Monstranzen. Nirgendwo findet sich eine Beschreibung, die sich mit dem Aussehen dieser Kreuzmonstranz deckt.« Sein Blick bestätigte die Aufrichtigkeit dieser Aussage.

»Also hat Ihr Vater mindestens eine unbekannte Monstranz aus dem 14. Jahrhundert in einem Bergwerk oder einer Höhle im Harz entdeckt«, fasste Behrend zusammen. »So weit haben Sie mich überzeugt. Das allein wäre schon eine Sensation.«

»Ja, da haben Sie recht. Allerdings hat er nicht nur eine gefunden, sondern 20«, erklärte Kendrick-Wales und sah Behrend erwartungsvoll an, der anerkennend nickte.

»Wenn das wirklich so ist, dann kann diese Zahl kein Zufall mehr sein«, gab er zu.

»Nein, das glaube ich auch nicht. Hier, warten Sie …« Vorsichtig holte er ein verschlissenes Oktavheft aus seiner Jackentasche. Es war in Seidenpapier gewickelt und offenbar für den Colonel besonders wichtig. Vorsichtig nahm Jarre es entgegen.

»Das hier sind die privaten Notizen meines Vaters. Er hat den Fund genau dokumentiert – die Truhen, in denen die Stücke gelagert waren, und die Monstranzen und Reliquiare selbst, alle 20 Stück.«

Behrend überflog das kleine Heft. Mit einer hastigen, aber präzisen Schrift waren Seite für Seite Notizen mit einem Bleistift gemacht worden. Gelegentlich war eine etwas ungelenke Skizze eingefügt worden, um eine Besonderheit zu illustrieren. Irgendwie konnte sich Jarre vorstellen, dass ein Heft des Colonels, der ihm jetzt gegenübersaß, genauso aussehen würde. Ganz offensichtlich hielt Behrend das Inventar der 20 unbekannten Monstranzen aus dem 14. und 15. Jahrhundert in der Hand.

»Das sieht überzeugend aus, und Sie haben bestimmt diese Skizzen mit bekannten Darstellungen und Beschreibungen verglichen …«

»Ja, und es gab keine Ähnlichkeiten.«

Jarre dachte einen Moment lang nach. »Also gut, nehmen wir einmal an, Ihr Vater hat wirklich einen bislang vermissten Teil des Welfenschatzes gefunden – was ist damit geschehen? Wo sind die Stücke hin? In der Öffentlichkeit sind sie jedenfalls nicht aufgetaucht.«

Kendrick-Wales wirkte grimmig. »Ja, und das ist mir bis heute ein Rätsel – ein Rätsel, das ich lösen will.«

»Ein Rätsel? Warum?«

»Niemand weiß, was mit dem Fund geschehen ist, nachdem mein Vater ihn zum ersten Mal gesehen hat. Der Schatz ist bald darauf verschwunden.«

»Wie das? Was sagt denn Ihr Vater dazu?«

»Mein Vater ist wenige Tage nach dem Fund gestorben.«

»Gestorben?«

»Er wurde ermordet, wenn Sie es genau wissen wollen«, sagte Kendrick-Wales tonlos. »Ich bin mir sicher, dass das direkt mit dem Schatz zu tun hat, aber ich konnte es nie beweisen. Nach allem, was ich in Erfahrung bringen konnte, hat mein Vater die Tage vom 17. bis zum 19. Juli 1945 rund um Herzberg verbracht. Vorher war er in der Gegend zwischen Wernigerode und Ilsenburg eingesetzt, danach in Clausthal. Wir haben keine Briefe oder andere Belege, was er in dieser Zeit genau gemacht hat, aber er dürfte sich das Schloss angesehen haben. Und die Entdeckung des Schatzes ist sicher in diese Zeit gefallen. Am 20. Juli hat er meiner Mutter eine Postkarte geschickt und geschrieben, dass er bald in Clausthal eingesetzt würde. Am frühen Morgen des 22. ist er bei einem schweren Verkehrsunfall außerhalb von Clausthal von einem russischen Lkw überrollt worden.«

Behrend sah den Colonel entsetzt an, doch der fuhr emotionslos fort.

»Er war sofort tot. Da der Fahrer des Lkw ein Russe war, wurde er nie von den britischen Behörden zur Rechenschaft gezogen, und die russischen Behörden haben sich geweigert, ihn auszuliefern, noch nicht einmal sein Name ist bekannt. Meine Mutter hat diesen Schock nie verwunden, genauso wenig wie ich. Ich war damals als junger Leutnant oben an der Küste eingesetzt und war machtlos, etwas in der Sache zu unternehmen. Ich habe seitdem immer wieder versucht, herauszufinden, was damals wirklich geschehen ist.«

»Der Fund, den er gemacht hat, blieb nach seinem Tod verschwunden?«, fragte Jarre nach.

»Mir ist natürlich klar, was das bedeutet – dass mein Vater für das erneute Verschwinden des Schatzes verantwortlich ist und dass er vor seinem Tod niemandem mehr etwas darüber sagen konnte, wo er ist.« Der Colonel klang traurig.

Nachdenklich sah Jarre sein Gegenüber an. »Das ist jetzt über 20 Jahre her. Wieso sind Sie erst jetzt hierher gekommen?«

»Weil ich erst seit Kurzem alle Teile des Puzzles beisammenhabe. Es hat vor ein paar Wochen Berichte gegeben, dass ein unbekanntes Stück des Welfenschatzes in der Sowjetunion, genauer in Kasachstan, aufgetaucht sei. Die hiesigen Zeitungen haben dem nicht viel Beachtung geschenkt, weil niemand die Geschichte wirklich ernst genommen hat.«

»Aber Sie haben sie ernst genommen …«

»Ja. Und ich bin nach Aktöbe gereist und habe mir das Stück angesehen.« Er wies auf das kleine Oktavheft. »Es ist hier drin verzeichnet, mein Vater hat es gesehen und eigenhändig beschrieben. Es ist authentisch.«

»Sie sind nach Kasachstan gereist?« Respekt klang in Jarres Stimme mit. Er stellte sich das mindestens so schwierig vor wie die Einreise in die DDR.

»Ja, und ich kann Ihnen sagen, dass es nicht einfach war. Dort habe ich die professionelle Hilfe von Einheimischen schätzen gelernt. Und es hat sich gelohnt.«

»Wie kam der Schatz überhaupt nach Kasachstan? Und wo ist der Rest?«, wunderte sich Jarre.

»Nun, deswegen bin ich hier. Ich will herausfinden, wo der Schatz ist und was mit ihm und mit meinem Vater damals geschehen ist«, erklärte der Colonel. »Zum ersten Mal seit über 20 Jahren glaube ich, dass ich alle Informationen habe, die ich brauche, um das Rätsel vollständig zu lösen, und mit Ihrer Hilfe wird mir das gelingen, verlassen Sie sich darauf!«

DREI: DIENSTAG, 2. AUGUST 1966

Es war Viertel vor neun am nächsten Morgen, als sich Jarre Behrend seine dritte Tasse Kaffee eingoss, während der Colonel noch immer bei seiner ersten Tasse war. Irgendwie irritierte Behrend das maßlos. War der Mann immun gegen alles? Wie konnte jemand so wach sein, ohne Kaffee getrunken zu haben! Nachdem Jarre wie verabredet um 8.30 Uhr zum Frühstück gekommen war, hatte er zur Kenntnis nehmen müssen, dass Kendrick-Wales schon fast eine Stunde im Wintergarten gesessen und den recht freundlich beginnenden Tag genossen hatte. Dabei hatte er mindestens genauso viel Whisky getrunken wie er!

Jarre war wegen des Ardmores erst zehn Minuten vor halb neun aus dem Bett gefallen. Hatte rasch geduscht, sich dann aber gesagt, dass er sich auch irgendwann später rasieren könne. Egal, es brachte nichts, sich über eine anständige Morgentoilette Gedanken zu machen, Kaffee war jetzt erst einmal wichtiger.

Colonel Kendrick-Wales beobachtete ihn mit einem milden Lächeln, wie es nur Frühaufsteher parat hatten, die sich in der Gesellschaft von offensichtlichen Morgenmuffeln befanden. Er wartete höflich, bis Jarre zwei Tassen Kaffee getrunken hatte, ehe er sich das Programm für den Tag erläutern ließ, und ordnete daraufhin seine Notizen, um auf alles vorbereitet zu sein. Schließlich hatte Jarre ein Brötchen gegessen und beide waren bereit zum Aufbruch. Sie schnappten sich ihre Rucksäcke, die Jarre gestern gepackt hatte, und machten sich auf den Weg nach Süden, vorbei am Oderstausee, in die kleine Stadt Herzberg.

Auf der Fahrt konnte sich Jarre nicht verkneifen, das Thema anzusprechen, das sie auf der Fahrt von Hannover angerissen hatten und das ihn die ganze Zeit nicht losgelassen hatte, so unglaublich war es.

»Und Sie sammeln wirklich Teekannen?«, fragte er den ehemaligen Soldaten. Irgendwie konnte er sich einen gestandenen Soldaten mit Fronterfahrung nicht beim Kauf von Teekannen vorstellen.

»Oh ja, mein Lieber, das ist ein reiches Feld für Sammler. Es gibt unzählige Arten von Teekannen, überall auf der Welt. Wie bei den meisten Sammlungen ist das Sammeln nur sinnvoll, wenn man sich auf ein Thema spezialisiert.«

Behrend sah zur Seite. »Chinesische Teekannen zum Beispiel?«

»Sicher. Doch andere Themen sind beliebter. Ich habe mich zum Beispiel auf Teekannen mit literarischen Motiven verlegt.« Der Colonel lächelte, als er Jarres ungläubigen Blick sah. »Oh, da gibt es sehr viele verschiedene Motive. Vor Kurzem erst habe ich meine vierte Sherlock-Holmes-Kanne erstanden. Sie ist etwas ungewöhnlich, weil der Deckel nicht die Mütze darstellt, sondern den Oberkörper des Detektivs.«

»Sonst ist der Deckel die Mütze?«

Kendrick-Wales nickte.

»Stellt dann der Henkel ein Ohr dar?«

Wieder nickte der Colonel und blieb dabei todernst. Jarre merkte, dass ihm diese Welt trotz seiner Jahre in England vollkommen fremd war.

»Sie würden gar nicht glauben, wie kreativ manche Designer sind«, erklärte der Colonel. »Ich habe beispielsweise letztes Jahr ein echtes Prachtstück gefunden, eine Kanne in der Form des Aston Martins aus den James-Bond-Filmen.«

Jarre bewunderte die Begeisterung des Colonels und verkniff sich daher eine Bemerkung über einen möglichen Benzingeschmack des Tees und konzentrierte sich wieder aufs Fahren. Kendrick-Wales zählte weitere Beispiele auf, und Jarre fragte sich, ob er sich nicht ein Hobby suchen sollte, fand jedoch, dass das Zeit hatte, bis er im Ruhestand war. Vielleicht fiel ihm dann etwas anderes ein, als Teekannen zu sammeln.

Nachdem sie wenig später in Herzberg ankamen und das Schloss sahen, das oberhalb der Stadt auf dem Berg thronte, der dem Ort seinen Namen gab, wusste er jedenfalls mehr über das Thema Teekannen, als er es sich je hätte träumen lassen. Es wurde Zeit, auf sein eigenes Wissensgebiet zurückzukommen.

»Das Schloss gehörte einst der Grubenhagener Linie der Welfen«, erklärte Jarre, während sie auf der Suche nach einem Parkplatz durch die kleine Stadt fuhren. »Die Linie hat nach einem Brand im Jahr 1510 das Schloss neu aufgebaut. Leider ist mit dem letzten Fürsten die Familie 1596 ausgestorben.«

»Ich weiß. Das ist genau der Grund, warum ich glaube, dass der Schatz 1945 noch immer hier gewesen sein könnte. Wenn der Schatz nach 1574 hier war, ist vielleicht mit dem letzten Herzog auch das Wissen um den Schatz gestorben.«

»Das mag sein«, überlegte Jarre. »Herzog Wilhelm, den Sie für den Dieb halten, starb nur ein paar Jahre früher in geistiger Verwirrung …« Er unterbrach sich, denn er hatte einen Parkplatz entdeckt und steuerte den Wagen zügig in die Lücke hinein. Bevor sie ausstiegen, bat der Colonel Jarre um einen Moment Geduld und holte erneut die Fotos vom vergangenen Abend hervor.

»Sagen Sie, können Sie sich wirklich vorstellen, dass dieser Stollen unter dem Schloss liegt?«, fragte er.

»Ich habe darüber nachgedacht. Möglich wäre es in jedem Fall. Der See unterhalb des Schlosses ist durch einen Erdfall entstanden, also durch den Zusammenbruch einer Höhle. Hier in der Gegend gibt es etliche Karsthöhlen. Der Stollen könnte natürlichen Ursprungs sein und sich unter dem Schloss befinden.«

»Deswegen werden wir hier mit unseren Nachforschungen beginnen?«, fragte er. Es war kein Befehl, jedoch wusste Jarre, dass der Brite zu höflich war, um etwas anderes zu sagen.

»Keine Sorge, wir sind auf dem Weg dahin, aber vorher müssen wir etwas einkaufen. Deswegen habe ich hier gehalten, denn ich habe dort vorn ein Schreibwarengeschäft gesehen. Warten Sie am besten im Auto. Es dauert nicht lange …«

Jarre ließ seinen verblüfften Kunden einfach sitzen und kam kaum fünf Minuten später wieder zurück. Er gab Kendrick-Wales ein Klemmbrett, das er gerade erworben und mit karierten Blättern bestückt hatte. Dann holte er zwei gelbe Schutzhelme und eine Taschenlampe aus dem Kofferraum seines Autos. Er reichte dem Colonel einen Helm, den der auf Jarres Bitten etwas irritiert anprobierte. Jarre war zufrieden, da er ihm gut passte.

»Perfekt, jetzt haben wir alles. Lassen Sie den Schutzhelm auf, gleich geht es los.«

»Das wird keine normale Besichtigung, oder?«, fragte der Colonel vorsichtig, als sie losfuhren.

»Nein, wird es nicht«, gab Jarre ihm recht und grinste dabei so bemerkenswert breit, dass sich der Colonel für einen Moment fragte, ob er beunruhigt sein sollte.

Eine Viertelstunde später standen die beiden Männer im Hof des riesigen Fachwerkbaus und versuchten, so offiziell auszusehen wie möglich. In wenigen dürren Worten hatte Behrend seinem Kunden erklärt, dass es für eine offizielle Besichtigung der Kellerräume keine Genehmigung gäbe, dass er jedoch ganz im Sinne einer Abenteuertour eine Lösung gefunden habe, die effektiv und ein bisschen abenteuerlich sei. Kendrick-Wales müsse nur ernst und aufmerksam gucken und ab und zu Notizen auf seinem Klemmbrett machen, dann würde er bestimmt die Bereiche des Schlosses sehen, die ihn am meisten interessierten.

Dann erspähte Jarre eine junge Frau, die offensichtlich eine Angestellte des Schlosses war. Er rief ihr etwas zu und hielt sie mit einer arroganten Geste auf, um sie zu fragen, warum er denn noch immer warten müsse. Verwirrt sah die junge Frau ihn an und erkundigte sich, worauf er warte. Jarre lächelte innerlich – sie war in die Falle gegangen.

»Darauf, den Keller zu besichtigen, was sonst? Glauben Sie, ich habe meine Zeit gestohlen? Wenn Sie wollen, komme ich später wieder. Natürlich stelle ich Ihnen beide Besuche in Rechnung, und das wird teuer. Aber bis dahin wissen Sie immer noch, wie groß die Gefahr ist, dass das Schloss einstürzt. Wenn zwischendurch etwas passiert, ist das *Ihre* Schuld, nicht meine.« Im Hintergrund machte sich Colonel Kendrick-Wales fleißig Notizen, was der jungen Angestellten nicht ganz geheuer war. Rasch bot sie an, jemanden von der Verwaltung zu holen.

»Tun Sie das, Fräulein, aber hurtig«, bellte Behrend. »Ich stehe schon eine Viertelstunde hier, obwohl mein Büro längst alles für die Inspektion klar gemacht hat!«

Jarre musste fünf Minuten warten, bevor er einer äußerst ungehaltenen Angestellten der Verwaltung gegenüberstand, die sich als Frau Griesholm vorstellte. Aufgebracht verlangte sie zu wissen, was die Mätzchen sollen, die er veranstaltete. Auf diese Frage hatte Jarre gewartet, denn auf sie war er bestens vorbereitet.

»Ich muss das Fundament des Schlosses inspizieren. Wie Sie wissen, sitzt das Schloss auf einem Sockel aus Dolomitfels. Ihnen wird bekannt sein, dass Dolomitfels in recht hohem Maße wasserlöslich ist. Die spröden Dolomitschichten sind also allesamt engständig zerklüftet. Dadurch erfolgt die Auflösung dieser Schichten nicht nur nahe der Geländeroberfläche, sondern ebenso in Tiefen von vielen Metern, die sogenannte Subrosion. Wir haben Hinweise erhalten, dass dies in den letzten Wochen im verstärkten Maße erfolgt ist«, erklärte er, wobei er das Wort ›Subrosion‹ besonders betonte, obwohl er nur eine ungefähre Ahnung hatte, was es bedeutete.

Voller Skepsis sah Frau Griesholm ihn an. »Na und? Was soll das heißen?«, fragte sie misstrauisch.

Jarre griff wieder auf Sätze zurück, die er vor einigen Tagen in einem Buch in der Landesbibliothek gefunden hatte. »Die Gesamtsituation des Burgbergsporns unterhalb der Fundamente ist äußerst ungünstig. Der Sporn ist durch die tiefgründige Verkarstung und Subrosion grundsätzlich destabilisiert«, erklärte er mit ernster Miene. »Das Kluftsystem, welches die Dolomitschichten netzartig zergliedert, fördert das talwärtige Abrutschen von randlichen Felspartien.« Er holte kurz Luft, um diese Sätze wirken zu lassen. Er fand, sie klangen sehr beeindruckend. »Wir glauben, dass so ein Ereignis unmittelbar bevorsteht«, schloss er, streckte die Hand zu Kendrick-Wales aus und machte eine fordernde Geste. Der Colonel verstand erstaunlich schnell, was Behrend von ihm wollte, und reichte ihm das Klemmbrett. Jarre warf einen Blick darauf, dann gab er es zurück. »Wir sind erst einmal am Grauen Flügel interessiert. Sie wissen sicher, dass sich in seinem Keller ein kompliziertes System an Dehnungsrissen ausgebildet hat. Wir möchten prüfen, wie sehr die Beanspruchung sich verstärkt hat. Wollen Sie uns also bitte endlich den Keller zeigen?«

Erneut musterte die Frau erst ihn, anschließend den Colonel, der weiterhin Notizen machte. »Warum ich davon nichts weiß, ist mir schleierhaft«, erklärte sie. »Aber damit die liebe Seele ihre Ruhe hat, kommen Sie mit.«

Sie führte sie mit schnellen Schritten in ein Kellergewölbe, in dem stämmige Pfeiler ein altes Kreuzgewölbe stützten. Die Pfeiler schienen durch verschiedene Metallkonstruktionen bereits gegen eventuelle Risse gesichert worden zu sein. Ein schwaches Licht beleuchtete den Raum.

»Sehr interessant«, murmelte Jarre, als er die Pfeiler untersuchte und den Keller mit seiner Taschenlampe näher ausleuchtete.

»Sitzen wir hier direkt auf dem Dolomitsockel auf, Fräulein … ähm, Griesholm?«, fragte er die Frau, die unangenehm dicht hinter ihm herging.

»Woher soll ich das wissen?«, fragte die Angestellte schnippisch.

»Wie wäre es, wenn Sie jemanden holen würden,

mit dem man vernünftig reden kann?«, schnappte Jarre zurück. »Wenn wir hier zu einem Ergebnis kommen wollen, muss ich mit Leuten sprechen, die Verantwortung übernehmen können. Oder wollen Sie allein die Entscheidung treffen, ob wir den Flügel evakuieren müssen?«

Giftig funkelte die Frau ihn an, bis sie schließlich nachgab und erklärte, dass sie jemanden vom Rathaus heraufbitten würde. Kaum war sie verschwunden, tippte Jarre dem Colonel auf die Schulter und erklärte auf Englisch, dass sie etwa 25 Minuten hätten, um diesen Bereich des Schlosses zu untersuchen.

»Wir sind illegal hier, nicht wahr?«, fragte Kendrick-Wales. Er hatte gerade angefangen, die Wände zu untersuchen.

»Ziemlich illegal, ja«, gab Jarre zu. Er hatte vergessen, dass der Colonel etwas Deutsch sprach.

Der Colonel lachte. »Gut so, das macht Spaß. Ich glaube, mit Ihnen werde ich bestimmt etwas finden und mich dabei prächtig amüsieren.« Und tatsächlich, als wären seine Worte ein Omen, hörte Behrend nur wenige Minuten später, wie Kendrick-Wales aufgeregt nach ihm rief.

»Hier, sehen Sie!«, sagte der Colonel, nachdem er bei ihm angekommen war. »Diese Mauer ... Wie alt mag die sein?«

Jarre betrachtete sie oberflächlich, sie enthielt im Gegensatz zum Rest des Gewölbes keine Geröllsteine und bestand aus gleichmäßigen Ziegeln. »Sie sieht nicht sehr alt aus, sie stammt bestimmt aus dem 19. oder 20. Jahrhundert«, behauptete er.

»Das denke ich auch.« Kendrick-Wales leuchtete mit seiner Lampe ein Stück höher. »Sehen Sie, dass die Decke unregelmäßig ist? Hier ist ein Spalt und man hat nur mit Mühe ein paar einzelne Steine hineingequetscht. Das könnte ein natürlicher Spalt sein.«

»Zumindest ist unter diesem Flügel bereits der Sockel des Schlosses. Die anderen Teile des Gebäudes ruhen zum Teil auf Schutt. Es könnte also wirklich ein Spalt sein.«

»Dann könnte dahinter der Gang liegen, den man auf den Fotos meines Vaters sehen kann?«

Jarre sah sich wieder die Mauer an und musste dem Colonel recht geben. Sowohl die Breite als auch die Höhe stimmten. Mit einer Hand strich er über die rauen dunkelroten Ziegel, die den Zugang zu dem Spalt verbargen.

»Ob wir da hindurch können?«, fragte Kendrick-Wales mit einer Miene wie ein Kind im Spielzeugladen.

»Mit ein paar Spitzhacken sicherlich, aber nicht ohne aufzufallen«, stellte Jarre fest und dachte daran, wie Frau Griesholm wohl auf ein unerklärtes Loch im Keller reagieren würde. Ehe er seine Gedanken zu Ende führen konnte, hörte er schon Schritte und Frau Griesholms aufgeregte Stimme, die sich in höchsten Tönen über das Vorgehen ›dieser Männer‹ empörte. Ein Mann mit wenig Haaren und viel Autorität im Blick kam zu ihnen und baute sich vor Jarre auf. Frau

Griesholm stellte ihn als Herrn Schwarz vor. Mit kalter Stimme erkundigte er sich, was hier los sei. Erneut bemühte Jarre seine gerade erst erworbenen Kenntnisse.

»Sind Sie endlich jemand mit Kompetenz?«, fragte er mit ebenso kalter Stimme.

»Darauf können Sie wetten«, fauchte der Mann. »Ich bin der stellvertretende Bürgermeister von Herzberg.«

»Sehr gut. Mein Name ist Nagel, vom Bauamt. Sie sind doch über die Hangzerreißungen unter dem Schloss im Bilde, oder? Sie betreffen schon seit Langem den Grauen Flügel.«

Sein Gegenüber blickte ihn entgeistert an. »Was soll das heißen? Was für Zerreißungen?« Der Bürgermeister habe ihm einmal gesagt, dass der Herzberg nicht besonders stabil sei, aber niemand habe etwas von Zerreißungen gesagt.

»Nun, die zahllosen senkrechten Klüfte im Schlossbergsporn leiten viel Niederschlagswasser in den Berg hinein. Dies gilt besonders für jene Spalten, die durch Erdreich oder anders im Schlosshof oder um das Schloss herum verdeckt sind. Sie gefährden in einem schwer vorhersehbaren Ausmaße das exponiert gelegene Schloss. Daher interessieren uns natürlich alle Spalten im Schloss, damit wir sehen können, ob wir sie in eine höhere Gefährdungskategorie einstufen müssen …«

Herr Schwarz verlor langsam den Überblick. »Gefährdungskategorie? Wovon reden Sie eigentlich?«

»Im Moment liegen Sie bei Stufe 3 von 7, doch das kann sich leicht ändern, wenn Sie so nachlässig mit den Gefahren umgehen.«

»Dagegen muss ich mich verwahren! Wir gehen nicht nachlässig mit Gefahren um!«

»Verraten Sie mir, warum Sie diese Spalte vermauert haben? Sie wissen, dass das ebenso verboten wie nutzlos ist.«

»Die Mauer dort gibt es schon so lange, wie ich hier bin. Wir haben damit nichts zu tun«, verteidigte Schwarz sich.

»Wirklich? Sie sieht neu aus.«

»Bestimmt nicht. Ich kenne Bilder aus den Fünfzigerjahren, auf denen ist die Mauer bereits drauf.«

Jetzt lächelte Jarre. »Sehen Sie, wir machen ja doch Fortschritte, das ist gut. Nehmen wir also an, dass der Verschluss der Öffnung schon alt und daher harmlos ist, denn schließlich haben wir keine anderen Spalten gesehen. Die Markierungen an den Säulen müssen vermessen werden. Das macht ein Vermessungstrupp, damit haben wir nichts zu tun. Gefahr im Verzug herrscht jedoch nicht, so viel kann ich sagen. Das heißt, mein Kollege und ich können jetzt zur Sichtung von außen übergehen, und dazu müssen wir Sie nicht länger behelligen.«

Während sich Schwarz bereits fragte, wann denn nun dieser Vermessungstrupp bei ihm auftauchen würde, wurde Jarres Lächeln ein bisschen breiter. »Das war doch eine sehr fruchtvolle Zusammenarbeit, nicht wahr?« Er schüttelte dem stellvertretenden Bürgermeister die Hand und gab darauf dem Colonel einen unmissverständlichen Wink, woraufhin sie auf die Treppe zu und ins Freie marschierten. Daraufhin eilten er und der Colonel unter den entgeisterten Blicken der beiden Museumsangestellten quer über den Hof Richtung Ausgang, während Jarre etwas von Dolomitschichten murmelte, die oft stabiler seien, als sie aussahen.

Erst im Auto konnte er sich ein Lachen nicht verkneifen, und auch der Colonel stimmte mit ein, da er jetzt wusste, warum Jarre seine Touren unter der Bezeichnung Abenteuertouren anpries.

»Glauben Sie, das war wirklich der Ort, wo der Schatz versteckt war?«, fragte Kendrick-Wales schließlich, der das Oktavheft und die drei Aufnahmen seines Vaters zur Hand genommen hatte und sie im Geiste mit dem verglich, was er eben gesehen hatte.

Jarre sah ihn ernsthaft an. »Wir haben natürlich keine Belege, nur Vermutungen, doch ich glaube, dass der Schatz einmal hier gewesen sein könnte. Vermutlich haben die letzten Grubenhagener Welfen tatsächlich mit Wilhelm von Braunschweig-Lüneburg zusammengearbeitet, weil er sie von seinem Wahn überzeugen konnte, dass der Schatz eventuell von seinem Bruder Heinrich gestohlen werden könnte. Immerhin hatte sich Heinrich ja schon als Rebell erwiesen, weil er gegen jede Verabredung die Frau heiratete, die er liebte. Wir hätten also die Möglichkeit und das Motiv.«

»Auch das, was danach folgt, klingt wahrscheinlich. Ich glaube, die Spalte im Keller, die vielleicht nur ein paar Meter tief ist, war ein ideales Versteck für den Schatz«, nahm Kendrick-Wales den Faden auf. »Bestimmt hat man dann eine Mauer mit Natursteinen errichtet um den Spalt abzuschließen, sodass dahinter niemand einen Schatz vermutete, nachdem das Wissen darum mit dem letzten Herzog gestorben war.«

Jarre musste ihm zustimmen. »Genau. Deswegen blieb der Schatz so lange unentdeckt, bis Ihr Vater ihn bei seiner Suche fand, wahrscheinlich, weil der Krieg oder der Verfall über die Jahre zu Spalten in der Mauer geführt hatten. Leider lässt sich das alles im Moment nicht beweisen ...«

Das schien dem ehemaligen Soldaten nicht wichtig zu sein, denn er wirkte zufrieden, als er das Oktavheft vorsichtig im Handschuhfach verstaute, um es nicht weiter in seinem Jackett herumtragen zu müssen. »Ich denke nicht, dass wir einen Beweis dafür brauchen, das hat Zeit. Wir sind schließlich auf der Suche nach dem Schatz. Wir werden ihn bestimmt bald finden«, sagte er.

Jarre bemerkte, dass der Colonel ausgesprochen zuversichtlich geworden war, nachdem sie den Ort gefunden hatten, wo der verschwundene Teil des Welfenschatzes über 300 Jahre lang versteckt gewesen war. Er strahlte geradezu, als sie Herzberg verließen und nach Clausthal-Zellerfeld fuhren, dem nächsten Ort auf ihrer Liste. Dort wollte der Colonel unbedingt das geheimnisvolle Werk Tanne besichtigen, das kaum zugänglich war. Dazu folgten sie für einige Zeit der Bundesstraße Richtung Norden, fuhren durch Osterode und kamen bald darauf in der alten Bergstadt Clausthal an.

»Wir sind gleich da«, sagte Jarre und sah den Colonel an. »Sehr schön. Wenn irgendwann einmal die Geschichte des Schatzes dokumentiert werden sollte, dann wird dies ein wichtiger Tag sein. Ich bin jedenfalls überzeugt, dass wir das erste Versteck gefunden haben.« Er lächelte. »Jetzt müssen wir nur noch den Schatz selbst finden.« Jarre konnte nicht anders, als sich zu fragen, ob das wirklich so einfach sein würde.

VIER: DIENSTAG, 2. AUGUST 1966

Jarre Behrend nahm bewusst nicht die eigentliche Route zum Werk, die am Stadtrand von Clausthal entlangführte, denn er wollte seiner Tour etwas mehr Farbe verleihen. Das war er seinem Kunden schuldig, fand er. Daher machte er einen Abstecher in den Ort, und als sie die ersten mit den typischen Schieferschindeln verkleideten Häuser sahen und bald darauf eine besonders steile Straße hinunterfuhren, erwachte das Interesse des Colonels an der sehr typischen Architektur dieser Gegend.

Natürlich ließ Behrend es sich nicht nehmen, ihm etwas über das Bergamt zu erzählen, das mit seinem gelben Holzbau die eine Seite der zentralen Kreuzung des kleinen Städtchens dominierte, während sich auf der anderen Seite die prächtige barocke Marktkirche erhob, die das Wahrzeichen des Ortes und die größte Holzkirche Europas war, wenn nicht der Welt. Sie hielten direkt auf die Kirche zu, und Kendrick-Wales hörte Jarres Ausführungen mit Interesse zu, aber er zeigte keinerlei Regungen, sich eines der Bauwerke auch nur kurz näher anzusehen. Er wollte ohne Verzögerung zur nächsten Station, also bog Jarre rechts ab und fuhr in Richtung St. Andreasberg weiter, bis sie die Abzweigung erreichten, die sie zu einem der Teiche führte, hinter denen ihr endgültiges Ziel lag.

Nach ein paar weiteren Windungen führte die Straße schließlich zu einem gesperrten Gebiet mitten im Wald, dem Areal auf dem sich das Werk Tanne befand, eine bemerkenswerte Ruine aus der Zeit des Zweiten Weltkriegs. Vor dem Eingang zu dem Areal sah Jarre einen hellblauen Opel Kadett mit schwarzem Dach, der an der Straßenseite parkte, und er freute sich, dass sein Plan für heute offensichtlich reibungslos funktionierte. Heinrich Morgenstern, ein Professor im Ruhestand, mit dem er während der Vorbereitung seiner Tour gesprochen hatte, wartete bereits auf ihn und den Colonel, um sie über das Areal zu führen. Seine hagere Gestalt sah er aus der Ferne neben dem Auto auf und ab gehen.

Jarre hatte die Genehmigung bekommen, das Gelände zu besichtigen. Der Professor hatte sich bereit erklärt, ihnen gegen eine nicht unbeträchtliche Gebühr diesen Ort zu zeigen, den nur wenige Touristen kannten. Jarre bemerkte in den Augen von Kendrick-Wales eine kaum unterdrückte Erregung, die er bei dem sonst so reservierten Exsoldaten nie vermutet hätte. Nachdem Jarre sein Auto hinter dem des Professors abgestellt hatte, wäre der Colonel beinahe losgelaufen, ohne auf ihn und den Professor zu warten. Er schien zu wissen, wohin er gehen musste.

Nach einer raschen Vorstellung führte der Professor sie auf das Gelände und begann in flüssigem Englisch seine Erzählung. Während sie eine schmale Forststraße entlanggingen, die durch den lichten Wald führte, referierte er kurz die wichtigsten Fakten der berüchtigten Munitionsfabrik. »Werk Tanne ist eine ehemalige Fabrik für Sprengstoffe und Granaten, die hier für zehn Jahre bestand, von 1935 bis 1944, und während der Nazidiktatur eines der größten Sprengstoff- und Munitionswerke im Reich war. Hier wurde hauptsächlich TNT produziert, aber es wurden auch Bomben und Granaten befüllt, fast ausschließlich von Zwangsarbeitern, die in verschiedenen Lagern rund um die Stadt untergebracht waren«, erzählte der Professor. »Obgleich es heute so ausschaut, als sei diese Fabrik in der Mitte von nirgendwo gebaut worden, war Clausthal in den Vierzigerjahren der ideale Standort für solch eine Fabrik. Clausthal hatte damals eine weit größere Bedeutung im Vergleich zu heute. Es lag in der Mitte des Reichs, die Verkehrsanbindung war gut, vor allem durch die Eisenbahn, und es gab viele arbeitslose Fachkräfte in der Stadt, seit Anfang der Dreißigerjahre die letzte Mine im Oberharz geschlossen worden war. All das hatte damals dazu geführt, dass man sich entschloss, hier eine Sprengstofffabrik als Tochtergesellschaft der Dynamit Nobel AG zu bauen, die nach ihrer Inbetriebnahme 1939 mehrere Tausend Tonnen TNT monatlich produzierte.«

»Ich dachte, die Fabrik habe seit 1935 bestanden«, unterbrach der Colonel, der sich nicht ganz sicher war, ob er den Deutschen richtig verstanden hatte.

»Das stimmt, die Fabrik wurde schon früher gebaut, damit Hitler auf sie zurückgreifen konnte, sobald er seine Kriegspläne verwirklichte. Drei Jahre lang war sie eine sogenannte Schläferfabrik, eine Fabrik auf Vorrat sozusagen. Sie allein beweist, dass die Nationalsozialisten ihre Kriege von langer Hand geplant hatten. Neben den Fachkräften aus Clausthal arbeiteten in der Hochzeit bis zu 2.600 Zwangsarbeiter aus vielen Ländern hier, vor allem aber Deutsche und Russen.«

Mittlerweile waren sie im Herzen der riesigen Anlage angekommen. Obwohl Jarre schon hier gewesen war, beeindruckten ihn die unheimlichen Gebäude dieser Todesfabrik. Über das ganze Areal verteilt standen Ruinen, die ihn in ihrer stillen Bedrohlichkeit frösteln ließen. Während auf manchen Betonbunkern kleine Wäldchen wuchsen und so das grimmige Äußere der Gebäude ins Absurde kehrten, standen andere Hallen in ihrer kompletten abschreckenden Größe da. Da war zum Beispiel die große Halle, der eine Außenwand fehlte, und die innen nur noch das Skelett einer großen Betontreppe aufwies. Mit ihren großen quadratischen Fenstern, die kalt ins Leere starrten, und dem kahlen Inneren verbreitete sie eine unheimliche Atmosphäre.

*

Oberst Leonow hatte den Land Rover am Schützenplatz in Clausthal geparkt, der ideal gelegen war, um die Straße nach Osterode im Auge zu behalten. Er verließ sich darauf, dass der Deutsche sich an den Plan halten würde, den er gestern skizziert hatte und dass er hier vorbeikommen musste, wenn er zum Werk Tanne wollte. Als er nach einigen viel zu langen Stunden sah, wie der Wagen mit Behrend und dem Colonel die ersten Häuser von Clausthal-Zellerfeld passierte, war klar, dass er recht behalten hatte.

»Es stimmt, sie fahren zum Werk«, bemerkte auch Lew Tzarkas. Er stieß die überflüssige Bemerkung zwischen den Zähnen hervor, und Leonow konnte die Anspannung seines Leutnants fühlen. Für einen Moment fragte er sich, ob Tzarkas seine eigene Anspannung ebenso spüren konnte. Schließlich hieße das, Schwäche zu zeigen, und das durfte er sich nicht leisten. Es wurde wirklich Zeit, etwas dagegen zu tun.

»Ja, sie werden zum Werk gehen«, sagte er. »Aber wir werden sie von der anderen Seite aufspüren und erledigen, so wie wir es geplant haben.«

Lew Tzarkas sah den Oberst an und nickte. Er wusste, dass das die beste Lösung und das Werk der ideale Ort war, um die beiden Männer zu eliminieren. Leonow startete den Land Rover und trat auf das Gas, bis sie nach einigen Minuten die Stadt hinter sich ließen und einen Feldweg erreichten, der sie zur Rückseite des Areals der ehemaligen Sprengstofffabrik brachte.

Nur wenige Minuten später hatten sie den Wagen in einem dichten Gebüsch geparkt und die zwei Gewehre geladen, die stets in ihrem Land Rover parat lagen. Dann schlichen sie sich durch das Dickicht in das Zentrum des Werk Tanne, auf einem Weg, der ihnen durch ihre nächtlichen Exkursionen wohl vertraut war.

Leonow wusste, dass sie mindestens einen Vorsprung von mehreren Minuten hatten, falls Behrend und der Colonel den offiziellen Weg nahmen, um zum Werk zu gelangen. Eventuell noch mehr, wenn die Männer einen Umweg machten. Die Forststraße war lang und gewunden genug, weshalb ihr eigener Umweg zeitlich nicht ins Gewicht fiel. Sie hatten Zeit, um sich einzurichten und eine geeignete Schussposition zu finden. Auf eine Anregung von Tzarkas hin waren sie auf ein Dach geklettert, obwohl Leonow die Kletterei schwergefallen war. Von hier aus konnten sie drei verschiedene Punkte anvisieren, die Behrend und der Colonel zwangsläufig passieren mussten. Für drei Sekunden erlaubte sich der Oberst ein Lächeln. Es war alles bereit, und heute würde es zwei Tote geben ...

*

Für eine Weile ließ Jarre den Professor reden, ohne ihm zuzuhören. Er sah sich stattdessen lieber die Ruinen an. Zwar hatten die Alliierten vor 20 Jahren einige Gebäude, die direkt mit der Herstellung von TNT verbunden waren, gesprengt, doch ihre Trümmer hatte nie jemand beseitigt. Und so lagen sie weiterhin wie die Panzer gefallener Riesen im Wald und waren abgesperrt worden, da allzu neugierige Besucher in den Ruinen nichts zu suchen hatten. Andere Gebäude, die zu massiv oder zu unwichtig waren, um sie zu demontieren, hatten das Kennzeichen ›retain‹ bekommen und waren erhalten geblieben – hohl, dunkel und voller Rohre, Löcher und Geräte, deren Bedeutung man nur erahnen konnte. In einem Gebäude stand seltsamerweise ein alter VW Käfer. Professor Morgenstern zeigte gerade auf eine riesige, geborstene Betonröhre, mannshoch und an ihrem Scheitelpunkt eingebrochen.

»Das hier war eine der wichtigsten Wasserleitungen der Fabrik. Die Teiche, die Sie auf Ihrem Weg hierher gesehen haben, lieferten das Wasser für die Produktion, und in sie wurden auch die Abwässer eingeleitet. Deswegen ist der mittlere der Pfauenteiche noch immer gesperrt. Auf dessen Grund lagern übelste Abfallstoffe, die keiner aufzuwühlen wagt, da nicht vorherzusehen ist, was das bewirken würde.«

Jarre und der Colonel tauschten einen betretenen Blick aus, in dem der Widerwillen gegen das ganze Unheil einer vergangenen Epoche lag, die sich nach wie vor auf diese Gegend auswirkte.

Der Professor ging weiter und blieb schließlich vor einem überwachsenen, mit Schutt gefüllten Krater stehen. »Dieser Krater erzählt eine besondere Geschichte«, sagte er. »Sie können sich vorstellen, dass die Herstellung von TNT damals eine heikle Sache war. Im Juni 1941 wollte ein Fabrikleiter sich profilieren und fuhr die Produktion vorzeitig hoch, ohne dass er sich vergewissert hatte, ob genug Kühlwasservorräte vorhanden waren.« Der Professor machte eine theatralische Pause. »Natürlich waren nicht genug Vorräte da. Als das Kühlwasser aufgebraucht war, erreichte eine Produktionslinie rasch eine kritische Temperatur und entzündete sich unkontrolliert. Innerhalb von Sekunden explodierten 75 Tonnen TNT, eine gigantische Menge. 61 Arbeiter starben durch die Explosion, für sie gibt es oben in der Stadt auf dem Friedhof neben der Kapelle einen Gedenkstein.« Er wies in die Richtung, in der Clausthal lag. »Man kann sich kaum vorstellen, welch vernichtende Kraft in 75 Tonnen TNT steckt. Der schwere Rührstab der Anlage ist über zwei Kilometer weit geflogen, andere Teile sind in Altenau gelandet. Das ist immerhin über zehn Kilometer von hier entfernt. Der entstandene Krater war gut 35 Meter im Durchmesser, und von dem Gebäude ist nichts übrig geblieben. Dass nicht mehr passiert ist, haben die Arbeiter in den anderen Gebäuden nur der Tatsache zu verdanken, dass Schutzwälle um die gefährdeten Gebäude errichtet worden waren. Diese Sprengmauern hatten einen Betonkern, der hohl war und als Bunker in der Zeit von Luftangriffen diente. Über diesem Kern war ein hoher Erdwall aufgeschüttet worden, der die Druckwelle einer Explosion ableiten sollte. Das hat hier tatsächlich funktioniert.«

Die Erwähnung der untertunnelten Sprengmauern hatte das besondere Interesse des Colonels geweckt, dachte Jarre, denn das Aufblitzen in den Augen des Briten war kaum zu übersehen. Trotzdem stellte der Colonel keine Fragen und folgte willig dem Professor.

Hatte er nicht mit mehr Interesse, als man erwarten konnte, den Abgang in ein tiefes Kellerloch gemustert, das sie ein paar Minuten zuvor passiert hatten? Keller und Tunnel schienen ihn am meisten zu interessieren, obwohl die mysteriöse Kulisse der großen Halle sonst jeden Touristen in ihren Bann zog. Das kühle Äußere des Exsoldaten verbarg anscheinend die aufgeregte Seele eines Geheimniskrämers, befand Jarre, der mit diesem Widerspruch nicht viel anfangen konnte. Es war jedoch nicht die Zeit, sich damit zu beschäftigen. Später würde er mehr von dem Colonel erfahren, wenn ... Jarres Gedanken wurden abrupt unterbrochen.

Kendrick-Wales war stehen geblieben und Jarre sah, dass eine fast fühlbare Anspannung ihn ergriffen hatte. Eben hatte er dem Professor zugehört, der gerade etwas über die Versuche erzählte, das Gelände gewerblich zu nutzen und die Altlasten zu beseitigen, dann hatte er unvermittelt haltgemacht. Etwas war nicht so, wie es sein sollte, doch Jarre konnte nicht erkennen, was den Soldaten so verstört hatte.

*

Lew Tzarkas entspannte sich zwei Minuten, dann machte er sich daran, seine drei Jahre alte Winchester 70 vorzubereiten, eine Waffe, die er sich gekauft hatte, bevor die Leute von Winchester das Gewehr mit ihren Änderungen verdorben hatten. Er lud das Gewehr mit .375 Holland & Holland Magnum

Geschossen, die voller Durchschlagskraft waren, aber trotzdem leicht genug, um auf diese Entfernung einen präzisen Treffer zu landen. Schließlich gab Leonow das Kommando und Tzarkas, der der weitaus bessere Schütze war, legte das Gewehr an die Schulter.

Sofort wichen alle anderen Gedanken von dem schmächtigen Mann aus Daliniwo und machten Raum für das Einzige, was für einen Profi zählte – das Ziel. Tzarkas spürte den Wind an seiner Wange und wusste, wie er die Flugbahn seiner Schüsse auf die beiden Ziele berechnen musste. Er wusste, wie die Luftfeuchtigkeit den Flug der Kugel beeinflussen würde, und er wusste, wie das zweite Ziel in Schock erstarren würde, wenn er das erste Ziel getroffen hätte. Für jeden Meter, für jede Millisekunde konnte er den Flug seiner Kugel vorhersagen. Alles war eingeplant, alles war perfekt.

Er hörte Schritte, Schritte und Stimmen. Einen Augenblick später sah er die Ziele, genau dort, wo er sie erwartet hatte.

Doch auf einmal war alles anders. Oberst Leonow spürte, wie sein Leutnant innehielt, als er sah, was keiner von ihnen beiden erwartet hatte – plötzlich gab es drei Ziele, nicht zwei. Für eine halbe, vielleicht eine Sekunde hielt Tzarkas' Unsicherheit an, dann entspannte er sich wieder. Als er sich auf die drei Ziele eingestellt hatte, wusste er, nun konnte nichts mehr schiefgehen.

Tatsächlich war für Tzarkas alles nur eine Rechenaufgabe. Ein weiterer zusätzlicher Schusswinkel, zwei zusätzliche Ausfallswinkel pro Schuss, nichts, was ihn wirklich aus der Ruhe bringen konnte. Mit absoluter Konzentration ging er die möglichen Abläufe durch, dann atmete er tief ein und visierte das erste Ziel an. Wie vereinbart würde er den Colonel zuerst aus dem Spiel nehmen, da von ihm die größte Gefahr ausging, danach würde er seinen Begleiter eliminieren, anschließend den Unbekannten. Drei Schüsse, drei Sekunden. Kein Problem.

*

Unruhig sah der alte Soldat sich um, wie eine Raubkatze, die Gefahr witterte. Unwillkürlich fuhr seine Hand unter sein Jackett. Jarre ahnte, was dort versteckt war, und selbst er spürte jetzt Gefahr, obgleich er kein so kampferfahrener Soldat wie der Colonel war. Dann bemerkte er, dass die Vögel aufgehört hatten zu zwitschern. Etwas hatte ihnen Angst gemacht, und sie fingen gerade erst an, sich über die Störung zu beschweren. Jarre war sich sicher, dass irgendwo etwas unterwegs war, was nicht nur die Vögel alarmierte. Die Hand des Colonels kam wieder zum Vorschein, und diesmal hielt sie eine Pistole umklammert, die Jarre als eine SigSauer erkannte, eine Waffe mit hoher Durchschlagskraft. Seltsam, irgendwie schien es in diesem Moment ganz normal zu sein, dass der Colonel bewaffnet war.

Ob es an einem weiteren Geräusch lag, das er gehört hatte, oder nur an dem unbestimmten Gefühl, dass sich in dem Wald und in den Gebäuden erneut etwas geändert hatte, wusste Jarre nicht zu sagen. Aber dieses unbestimmte Gefühl reichte, dass sich bei ihm alle Nackenhaare aufstellten und Instinkte wach wurden, die er gut kannte. Irgendwo in unmittelbarer Nähe lauerte etwas! Kendrick-Wales nahm es deutlicher wahr als er selbst. Er entsicherte seine Waffe und lud sie durch. Lediglich der Professor blieb von alldem unberührt. Er war so in seinen Vortrag vertieft, dass ihn nichts ablenken konnte.

»Was ist, Colonel?«, fragte Jarre gespannt. »Was haben Sie gehört?«

Kendrick-Wales hob mahnend eine Hand, die signalisierte, dass Behrend still sein sollte. Er lauschte für eine Sekunde, aber Jarres Frage konnte er nicht mehr beantworten.

*

Sowie das Fadenkreuz genau auf den Hinterkopf des Colonels zeigte, drückte er ab. Er sah, dass er getroffen hatte. Noch im gleichen Moment bewegte er seine Waffe wenige Zentimeter nach rechts, um den Kopf seines nächsten Opfers anzuvisieren. Er drückte ab und … Verdammt, was war das? In dem Augenblick, als er abdrückte, riss der große Deutsche seinen Arm nach oben! Er war nur verletzt, an der Schulter! Egal. Er musste den vorher kalkulierten Ablauf zu Ende bringen. Rasch justierte er den Lauf seines Gewehrs erneut. Sein drittes Opfer war weiter gelaufen als geplant. Der nächste Schuss würde nicht so sauber und effektiv sein, wie er es wollte, doch er durfte sich keine weitere Verzögerung erlauben. Er betätigte den Abzug, und einen Atemzug später war der dritte Mann eine Leiche. Gut! Und nun zurück zum zweiten Ziel. Neu anvisieren und ...

*

Der Kopf des Colonels zerbarst in der Sekunde, als er den Mund öffnete, um etwas zu sagen. Jarre sah Blut spritzen, sonst nichts. Nur das Bersten des Schädelknochens verursachte ein widerliches Geräusch, gleich dem einer Melone, die auf das Pflaster aufschlug. Den Schuss des Gewehrs hörte er erst Minuten später, wie ihm schien. Es bestand kein Zweifel mehr, dies war ein Attentat! Sie wurden angegriffen, und augenscheinlich hatten die Angreifer es darauf abgesehen, den Colonel zu töten – sie alle zu töten!

Behrend formulierte keinen dieser Gedanken bewusst, aber ihm war klar, dass er den Professor warnen musste. Morgenstern hatte nicht einmal gemerkt, dass etwas nicht stimmte. Er ging unbeirrt weiter und schwadronierte über die Umweltprobleme des Werk Tanne, als sich ein weiterer Schuss löste. Behrend, der sich umgewandt und seine Arme gehoben hatte, um den Professor zu warnen, fühlte plötzlich einen sengenden Schmerz in seiner linken Schulter. Der Schlag ließ ihn taumeln. Schließlich gaben seine Knie nach und er fiel zu Boden. Er folgte damit nur um Sekundenbruchteile der Leiche des Colonels, die lang hingeschlagen war und in all ihrer Grässlichkeit neben ihm lag. Behrend würde den Anblick des Schädels nie in seinem Leben vergessen können.

Doch der Schmerz, der seine Schulter durchzog, hatte auch ein Gutes – er weckte seinen Überlebensinstinkt und trieb seinen Adrenalinspiegel in ungeahnte Höhen. Er wusste, dass er um sein Leben kämpfen musste – kostete es, was es wolle. In diesem Augenblick sah er die Pistole, die der Colonel in der Hand gehalten hatte, und schnappte sie sich.

Noch während er die Waffe aufhob, fiel der dritte Schuss, der dem Professor das Rückgrat zerschmetterte. In erneut aufflackernder Panik fing Jarre an, den ungesicherten Abzug der SigSauer zu betätigen und in die Richtung zu feuern, aus der die Schüsse gekommen sein mussten. Drei, vier Mal betätigte er den Abzug, dann sprang er auf.

*

Verdammt! Was war das? Schüsse bellten aus Richtung der Ziele. Chert! Also noch einmal von vorn. Durchatmen, anvisieren und ... Chert voz'mi! Der Kerl fing an zu laufen! Aber wohin wollte er? Tzarkas' Auge löste sich von dem Visier, dann sah er, wie das letzte Ziel mit einem schlaff herunterhängenden Arm im Zickzack auf den Wald zulief. In zwei Sekunden würde der Mann ihn erreichen. Er hatte keine Chance mehr, einen guten Schuss zu landen! Fassungslos sah er zu dem Oberst auf, dessen wild lodernde Augen mehr sagten als tausend Worte.

»Hinterher!«, keuchte Leonow, dann waren sie unterwegs.

*

Jarre war klar, dass es Wahnsinn wäre, sich allein den Attentätern entgegenzustellen, selbst mit einer Waffe in der Hand. Im Moment ging es nur um sein eigenes Leben, nichts sonst. Ohne sich umzusehen, sprintete er in den Wald, dorthin, wo er am dichtesten war. Getrieben von seinem unbändigen Überlebenswillen brach er durch das dichte Unterholz. Die Äste der Fichten schlugen ihm ins Gesicht, zerfetzten ihm die Haut und zerrissen seine Hose. Blut strömte aus seiner Schulter, der Schmerz war ungeheuer. Trotzdem preschte er ungestüm vorwärts, sprang über gefallene Bäume und bahnte sich einen Weg, wo vorher keiner gewesen war. Noch nicht einmal der Zaun, der das Gelände begrenzte, war für ihn ein Hindernis. Er überkletterte ihn, als sei er nur eine unbedeutende weitere Hürde, die es zu bewältigen galt.

Er spurtete immer weiter, bis er nach einigen hundert Metern den Wald verließ und unvermittelt den Damm zwischen zwei Teichen betrat. Endlich erreichte er das hintere Striegelhäuschen. Hier, wo andere Menschen unterwegs waren, signalisierte sein Gehirn ihm, dass die unmittelbare Gefahr vorbei war. Das war genau der Moment, in dem sein Körper nicht mehr mitmachte. Der Blutverlust und der Schock, den Behrend erlitten hatte, forderten unweigerlich ihren Tribut. Jarre taumelte und brach zusammen. Er lehnte sich mit dem Rücken an die kleine Holzhütte, sank endgültig zu Boden und blieb ohnmächtig liegen.

*

Christian Zacharias, ein großer Mann mit einem breiten, freundlichen Gesicht, war seit vier Jahren Rentner. Früher hatte er beim Forstamt Clausthal gearbeitet und war viel draußen gewesen, besonders wenn er als Berater für andere Ämter unterwegs war. Egal wie das Wetter war, er hatte es immer gemocht, in den Harzer Wäldern zu sein. Er war stolz darauf, nach wie vor fit und aktiv zu sein, und mit seinen dunklen Haaren und der kräftigen Statur wirkte er längst nicht wie 72, obgleich er dieses Alter vor ein paar Monaten erreicht hatte. Er fand sogar, dass er weit aktiver war als die vielen jungen Leute, die er während der Vorlesungszeit an der TU auf der Wiese vor der Kirche liegen sah, Mädchen und Jungen, die nichts weiter taten, als sich die Zeit mit ihren tragbaren Plattenspielern zu vertreiben. Er verstand nicht, wie sie so wenig Interesse an der schönen Gegend haben konnten, die sie umgab.

Er hingegen befolgte eisern seine eigene Regel, jeden Tag mit Rex, seinem Schäferhund, einen Spaziergang von mindestens fünf Kilometern Länge zu machen. Auch Rex freute sich stets auf den Spaziergang mit seinem Herrchen. Heute hatte Zacharias sich kurz überlegt, ob er nicht zum Schwarzenbacher Teich gehen sollte, aber dann hatte er sich wegen der warmen Sonne für einen Spaziergang im angenehm kühlen Wald entschieden und war zu den Pfauenteichen gefahren, wo man stets eine ruhige Ecke in den Wäldern fand.

Er hatte Rex gerade aus seinem Auto gelassen, einem Volvo 120 Kombi, als das Tier plötzlich anfing zu bellen und wie wild an seiner Leine zerrte. Völlig verwirrt sah Zacharias seinen Hund an, der sonst eine eher sanfte Seele war. In den zehn Jahren, die er Rex hatte, war er nie so aufgeregt gewesen wie jetzt. Egal, was er sagte und wie er auf ihn einsprach, der Hund ließ sich nicht beruhigen. Schließlich gab Zacharias auf und dem Drängen des Hundes nach. Er ließ ihn zwar an der Leine, aber sie gingen so rasch wie möglich an dem einzigen Haus, das hier stand, vorbei und hielten auf den Damm zwischen dem Unteren und dem Mittleren Pfauenteich zu.

Zacharias wusste, dass das der Beginn einer der Lieblingstouren seines Hundes war, doch irgendetwas war los, weshalb der Hund völlig aus dem Häuschen geraten war. Rex zerrte weiter an seiner Leine, und Zacharias begann sich zu fragen, ob er nicht irgendein verletztes Tier witterte, das von einem Jäger angeschossen und nicht erlegt worden war. Er wusste zu diesem Zeitpunkt noch nicht, wie treffend seine Annahme war.

*

Leutnant Tzarkas sicherte sein Gewehr, dann kletterten die beiden Söldener vom Dach und überzeugten sich auf der Lichtung, dass die beiden Ziele vor ihnen wirklich tot waren. Erst danach setzten sie dem letzten Ziel hinterher. Der Mann hatte einen Vorsprung von weniger als einer Minute, das war eigentlich kein Problem, aber Leonow wusste, dass eine gehetzte Beute gelegentlich ungeahnte Kräfte entwickeln konnte. Im Todeskampf wuchsen Menschen und Tiere gleichermaßen über sich hinaus, und er selbst war nicht mehr so schnell wie früher. Er drängte Tzarkas zur Eile, was unnötig war – denn auch sein Leutnant war begierig, das Ziel zu stellen.

Bald hatten sie die Richtung ausgemacht, in die das Ziel geflohen war. Der Mann hatte eine Spur hinterlassen, die so breit war wie eine Autobahn! Ein Amateur. Zufrieden lächelnd folgte Leonow seinem Leutnant, der ein ums andere Mal auf Zeichen deutete, die bewiesen, dass sie auf der richtigen Fährte waren. Ein Amateur, ganz eindeutig. Einer, der winseln würde, wenn er den Lauf einer Pistole am Kopf fühlte. Ein Ziel, das man gerne tötete.

Schließlich sahen sie, wo das Ziel den Wald verlassen hatte. Leonow zog seine Waffe und lud durch. Gleich würde es so weit sein. Und tatsächlich, da vorn lief es, auf dem Damm zwischen den Teichen, ohne jede Deckung! Was für ein Idiot. Jetzt musste er nur ...

»Ostorozhno!«, zischte Tzarkas zwischen den Zähnen hervor. Aufpassen? Wieso? Es war doch ... Aber sein Leutnant hatte recht! Hinter ihrem Ziel waren zwei Menschen auf den Damm eingebogen, ein alter Mann und eine alte Frau.

Mühsam unterdrückte Leonow einen Fluch, was Tzarkas sehr wohl merkte. Es verbot sich natürlich, die beiden Alten zu eliminieren. Ihr Auftraggeber würde gar nicht begeistert sein, wenn plötzlich eine Serie von ungeklärten Morden die Gegend erschütterte. Diese Art von Aufsehen musste um jeden Preis vermieden werden. Leonow schimpfte erneut, denn er würde sich ab sofort keine Fehler mehr erlauben dürfen. Sein Leutnant duldete keine Fehler.

Trotzdem, eines stand fest – er würde den Amateur schon bald vor dem Lauf seiner Pistole winseln sehen. Dessen war er sich sicher, denn schließlich wusste er genau, wie und wo er ihn finden konnte, und dann wäre es kein Problem, den Mann zu töten.

*

Als Christian Zacharias und Rex auf dem Damm zwischen den beiden Pfauenteichen angelangt waren, fanden sie etwas, womit sie im Leben nicht gerechnet hätten – etwas, was Zacharias auf den ersten Blick vorkam wie ein lebender Leichnam.

Jarre Behrend, der zusammengesunken am ersten Striegelhäuschen des Dammes lehnte, war mehr tot als lebendig, so sah es der ehemalige Forstamtsmitarbeiter. Blutüberströmt wie der Mann war, musste er durch die Hölle gegangen sein, dachte Zacharias. Aber wie konnte das sein? War er von einem Jäger angeschossen worden? Warum waren seine Sachen so zerrissen? Teuer sahen sie aus, weshalb er kein Insasse der Klinik am Schwarzenbacher Teich sein konnte. Rex kläffte wieder, um kundzutun, dass er seine Beute gefunden hatte, was den alten Mann aus seinen Gedanken riss. Vorsichtig beugte Zacharias sich zu Behrend herunter. Abwesend tätschelte er dabei seinen Hund, der mit einem wilden Schwanzwedeln klarmachte, wie schön er das neue Spiel fand.

»Hallo«, sagte er zögerlich. »Können Sie mich hören?«

Behrend schreckte auf und sah in das besorgte Gesicht über ihm. Ihm wurde klar, dass er bewusstlos gewesen war. Ungeordnete Gedanken schossen ihm durch den Kopf. Wie lange war er ohnmächtig gewesen? Eine Minute? Eine Stunde? Und wo waren seine Verfolger? Der Man vor ihm war jedenfalls keiner von ihnen. »Haarrmpff«, sagte er also, so deutlich er konnte.

»Offenbar können Sie mich hören«, stellte Zacharias zufrieden fest. »Sie sehen furchtbar aus, Sie müssen in ein Krankenhaus.«

Das konnte Jarre nicht bestreiten, also nickte er langsam.

»Können Sie gehen? Mein Auto steht nur 200 Meter von hier.«

Jarre sagte nichts, aber er stemmte sich hoch, sodass er gerade saß. Eine kurze Inventur besagte, dass wohl alle Knochen heil waren, obwohl seine Schulter pochte und brannte. Er musste die Zähne zusammenbeißen, um sich nicht dem Schmerz zu überlassen. Es schien alles zu funktionieren, außer seinem Kreislauf vielleicht. Immerhin hatte er gerade den Rekord im Querfeldein-Rennen gebrochen, also würde er auch die 200 Meter gehen können.

»Na klar«, knurrte er also und schob sich weiter hoch. Ebenso dankbar war er dafür, dass Zacharias ihm auf halbem Weg entgegenkam und ihn unter dem rechten Arm packte. Gut so, wenigstens dachte der Mann mit. Er blieb weiter an seiner Seite, als sie auf dem schmalen Weg den Damm hinuntergingen, sodass er sich aufstützen konnte. Auch ein älteres Ehepaar, das vom anderen Ende des Dammes gekommen war, versuchte nach besten Kräften zu helfen, obwohl die ganze Aufregung sie verwirrte. Zacharias machte ihnen bald klar, dass er den Verwundeten allein versorgen würde.

Schließlich hatten sie den Volvo erreicht, den Zacharias an der Straße geparkt hatte. Vorsichtig schob der

Rentner Behrend auf den Vordersitz und befahl Rex, hinten im Wagen Platz zu nehmen. Obgleich ihn das neue Spiel verwirrte, zumal er gerne Gassi gegangen wäre, gehorchte der Hund sofort und rollte sich auf seiner Decke ein. Dann startete Zacharias den Wagen und einen Augenblick später war Jarre Behrend auf dem Weg ins Krankenhaus.

FÜNF: MITTWOCH, 3. AUGUST 1966

Am nächsten Morgen war für Jarre so gar nichts in Ordnung. Er wusste zum Beispiel, dass er es falsch angefangen hatte, hier herauszukommen, und er wusste auch, was jetzt kam. Und in der Tat, der Ton der Krankenschwester wurde ein bisschen energischer als vorher, falls das überhaupt möglich war.

»Natürlich können Sie nicht gehen. Sie bleiben hier, solange das nötig ist, und das kann nur Ihr Arzt entscheiden. Sie sind schwer verletzt worden, und Sie müssen einsehen, dass Sie sich schonen müssen.«

Jarre sah sie herausfordernd an. »Seit wann kann ein Arzt über mein Leben entscheiden? Steht nicht irgendetwas über mein Selbstbestimmungsrecht in der Charta der Vereinten Nationen?«

»Kommen Sie mir nicht damit«, fuhr die Krankenschwester auf. »In der Charta geht es um das Selbstbestimmungsrecht der Völker, nicht von Kassenpatienten. Also, bleiben Sie ruhig, bis die Visite bei Ihnen war, dann können Sie mit dem Chefarzt darüber reden.«

»Das werde ich, verlassen Sie sich darauf! Und ich werde …« Aber da klappte die Tür zu seinem Krankenzimmer schon zu und Schwester Martha war verschwunden. Jarre versuchte, sie mit einem Blick durch die Tür zu vernichten, jedoch ohne Erfolg. Er ließ sich erschöpft wieder in die Kissen sinken und dachte an das Werk Tanne zurück. Immer wieder kreisten seine Gedanken um die schrecklichen Erlebnisse von gestern.

Was zur Hölle war nur geschehen? Warum hatte jemand den Colonel und den Professor umgebracht? Und wer hatte das getan? Nach allem, was er gesehen hatte, mussten es Profikiller gewesen sein, die ein schweres Kaliber benutzten und auf große Entfernungen mit verheerender Genauigkeit trafen. Aber warum? Vermutlich waren sie im Auftrag von Leuten unterwegs, die hinter dem Welfenschatz her waren. Er hatte keine Ahnung, was das für Leute waren, woher sie von dem Schatz wussten oder warum sie den Colonel und den Professor töteten. Behrend ließ sich in seine Kissen sinken. Es gab weitaus mehr Fragen als Antworten, stellte er entnervt fest, und nur ein paar unverrückbare Tatsachen, an denen er sich festhalten konnte. Da war Zacharias, der freundliche, große Mann, der ihn ins Krankenhaus gebracht und gewartet hatte, bis ihm der Doktor sagen konnte, dass Behrend ohne weitere Schäden überleben würde. Er hoffte, er würde bald Gelegenheit haben, sich ausführlich bei ihm zu bedanken. Dann waren da die Ärzte, die seine Wunde verbunden und ihm gesagt hatten, wie viel Glück er hätte, nicht den Arm zu verlieren. Jarre wusste, dass mit schweren Kalibern nicht zu spaßen war und dass selbst ein Streifschuss schreckliche Folgen haben konnte. Und zuletzt war da natürlich die Polizei, die ihn bald aufsuchen würde.

Gestern hatten bereits zwei Polizisten versucht, mit ihm zu sprechen, jedoch waren sie jedes Mal von einem der Ärzte des Robert-Koch-Krankenhauses weggeschickt worden. Der Patient stehe noch zu sehr unter Schock, hatte es geheißen, und wahrscheinlich stimmte das, vermutlich stand er wirklich unter Schock. Wer rechnete schon damit, in den Harzer Wäldern in das Visier von Scharfschützen zu geraten? Eigentlich war es erstaunlich, dass er nur unter Schock stand und nicht tot war.

Auf jeden Fall war die Polizei ein Grund, weshalb er versuchen musste, hier möglichst bald wegzukommen. Ihre stundenlangen Verhöre würde er gewiss nicht aushalten. Er würde … Da klopfte es, und einen Moment später betraten zwei Männer ohne Aufforderung sein Krankenzimmer. Der erste Mann war Mitte 30, mit adrett gescheiteltem Haar und einem dunklen Anzug mit passender Krawatte. Er wurde von einem etwas jüngeren Mann begleitet, der mit dem zerknitterten hellen Anzug und der nachlässig geknoteten Krawatten einen unaufgeräumten Eindruck machte. Außerdem roch er stark nach Zigarettenqualm.

Die beiden begrüßten ihn förmlich und wiesen sich anhand ihrer Ausweise als Beamte der Kriminalpolizei aus. Na prima, dachte er. So weit zu allen Plänen, lästige Fragen erst einmal zu vermeiden. Um sich zu beruhigen und seine Gedanken zu sammeln, inspizierte Behrend sorgfältig die Ausweispapiere der Männer. Er hatte es mit Polizeioberkommissar Kramer und Polizeikommissar Wertrichter zu tun. Eine Minute oder länger schaute er sich die Papiere an, und erst als er sich gesammelt hatte, stellte er sich den Fragen der beiden Männer.

Seine Ahnung, dass das Gespräch langwierig würde, war gerechtfertigt. Das alles war sehr lästig, jedenfalls für Jarre, der erschöpft war und merkte, dass seine Laune zunehmend schlechter wurde. Die Polizisten nervten durch detailliertes Nachhaken, zum Beispiel warum er nach Clausthal gekommen war, was im Werk Tanne genau geschehen war und so weiter und so weiter …

Jarre stand geduldig Rede und Antwort, so ehrlich, wie er es verantworten konnte, doch er blieb stets kurz angebunden – wie immer, wenn er es mit Vertretern offizieller Behörden zu tun hatte. Nachdem die Befragung sich länger als eine Stunde hingezogen hatte, reichte es ihm, und er wollte eine Pause.

»Darf ich Sie einen Moment unterbrechen?«, bat er und sah den Oberkommissar müde an. »Ich bin ein großer Paul-Temple-Fan und habe auch sonst schon einige Krimis gehört, also weiß ich natürlich, dass Sie all diese Fragen stellen müssen. Ich habe den seltsamen Eindruck, dass Sie mir nicht ganz glauben.« Er wartete die Wirkung seiner Worte ab, erntete jedoch nur steinerne Mienen. »Vielleicht verdächtigen Sie mich ja sogar, wer weiß. Ich komme mir jedenfalls nicht so vor, als würden Sie mich wie das Opfer eines Mordanschlags behandeln, bei dem ein Kunde und ein Bekannter von mir ums Leben gekommen sind und bei dem ich selbst verletzt wurde. Dafür sind Ihre Fragen zu aggressiv.« In seinen Worten lag viel Ärger, aber die Kommissare reagierten gelassen auf seinen Ausbruch, was ihn langsam zur Ruhe brachte. »Vielleicht sagen Sie mir erst einmal, was Sie denken und warum genau Sie hier sind«, verlangte Jarre schließlich.

Der Oberkommissar musterte ihn eine Weile mit stoischem Blick. »Sie haben recht, das ist eine Bitte, die ich Ihnen kaum abschlagen kann. Lassen Sie es mich so sagen, Herr Behrend: Wir werden nicht ganz schlau aus Ihnen. Wir wissen, dass Herr Zacharias Sie erschöpft und verwundet zwischen dem Unteren und Mittleren Pfauenteich in der Nähe des Werk Tanne gefunden hat. Zudem standen die beiden Autos genau da, wo Sie gesagt haben. Sie sind eindeutig als Halter des VW 1600 identifiziert worden. So weit stimmt Ihre Geschichte also. Da wir alle Spuren gesichert haben, hat einer meiner Kollegen den Wagen heute Morgen übrigens hierher gebracht – er steht unten auf dem Parkplatz.« Kramer grinste. »Sehen Sie das als Serviceleistung der Polizei an. Den Schlüssel haben wir den Schwestern gegeben.«

Jarre stöhnte innerlich bei dem Gedanken, was diese Kerle seinem Auto angetan haben mochten, ließ es aber dabei bewenden. Immerhin war der Wagen jetzt in Reichweite, und mehr konnte er sich kaum wünschen.

»Wir wissen, dass Professor Morgenstern gestern Abend zu einer Verabredung nicht erschienen ist«, stellte Kramer fest. »Er gilt als vermisst. Außerdem haben wir zahllose Spuren von Ihnen gefunden, die uns zeigen, wo und wie Sie den Wald verlassen haben und zum Damm der Pfauenteiche gelangt sind. Wir haben also nicht wirklich einen Grund, an Ihrer abenteuerlichen Geschichte zu zweifeln.« Jetzt sah ihn Kramer bedeutungsvoll an. »Was wir aber nicht haben, und Sie werden einsehen, dass uns das mächtig irritiert, ist eine Leiche. An der Stelle, die Sie uns beschrieben haben, lag kein Toter, geschweige denn zwei. Es ist auch nicht so, dass wir irgendwo Blut oder Patronen gefunden hätten. Alles war so friedlich wie immer, fast unberührt. Haben Sie dafür eine Erklärung?«

Das Entsetzen in Jarres Gesicht war nicht gespielt, das mussten die Polizisten sehen.

»Sie haben keine Leiche gefunden?«, brachte er nur heraus, obwohl das keine sehr intelligente Bemerkung war, da der Kommissar das gerade einen Moment vorher gesagt hatte.

»Nein, das haben wir nicht. Und damit steht die Geschichte, die Sie uns erzählt haben, auf wackeligen Beinen«, knurrte Wertrichter unfreundlich.

»Und das?«, fragte Jarre, während er mit der rechten Hand auf die Schusswunde in seiner linken Schulter zeigte. »Das habe ich mir wohl nur eingebildet, oder?«

»Herr Behrend«, beschwichtigte ihn Oberkommissar Kramer. »Wir bezweifeln nicht, dass Ihnen etwas passiert ist. Wir fragen uns nur, was und wie.«

Jetzt fixierte Kommissar Wertrichter ihn mit einem besonders scharfen Blick. »Wissen Sie, Sie sind der Einzige, der uns sagt, dass Sie grundlos aus dem Hinterhalt angegriffen worden sind. Was wir wissen möchten, ist, ob nicht jemand vielleicht einen Grund hatte, auf Sie zu schießen. Was haben Sie eigentlich da im Wald gemacht, jenseits von allen Augen, die Sie beobachten konnten? Ist irgendein schmutziger Handel schiefgegangen, sodass sich Ihre Kunden an Ihnen gerächt haben? Womit handeln Sie, Herr Behrend?«

Behrend starrte Wertrichter nur an. Aus welcher Anstalt war der denn entsprungen? Konnte man ihm eigentlich sagen, dass er nicht mehr alle Tassen im Schrank hatte? Nein, verdammt, der Kerl war Polizist. Also entschloss er sich, seinerseits eine Frage zu stellen, um sicherzugehen.

»Soll das etwa heißen, Sie verdächtigen mich?«, erkundigte er sich mit eiskalter Stimme.

Wertrichter sah ihn mit einem süffisanten Lächeln an. »Warum plötzlich so empfindlich, Herr Behrend? Haben wir einen wunden Punkt getroffen? Sagen Sie uns doch einfach, was Sie dort im Wald gemacht haben, angeblich in Begleitung von zwei Männern, die Sie kaum kannten ...« Falls das überhaupt möglich war, wurde Wertrichters Lächeln noch süffisanter. Jetzt eine gerade Rechte in sein Gesicht zu schlagen, wäre kontraproduktiv, das wusste Jarre, also riss er sich weiter zusammen.

»Ich glaube, ich mag Ihren Unterton nicht«, sagte er so ruhig er konnte.

»Das liegt vielleicht daran, dass ich Ihnen kein Wort glaube«, herrschte der Kommissar ihn an.

»Soll das heißen, dass ich mir die ganze Geschichte nur ausgedacht habe, weil ich mir beim Wildern in den Arm geschossen habe?«

»Sicher nicht beim Wildern.« Wertrichters Blick wurde noch grimmiger.

Jarre wusste, dass er sich nicht provozieren lassen durfte. »Wenn Sie mich als Lügner und Verdächtigen vernehmen wollen, habe ich gewiss das Recht, einen Anwalt zurate zu ziehen«, stellte er tonlos fest. »Das heißt, dass dieses Gespräch beendet ist. Vielen Dank für Ihren Besuch. Sie wissen, wo die Tür ist.«

Oberkommissar Kramer, der diese Reaktion auf seinen Kollegen wohl gewöhnt war, resignierte und stand auf. Lange sah er auf ihn herab. »Natürlich haben Sie das Recht, einen Anwalt zurate zu ziehen, wie Sie sagen. Trotzdem werden wir Sie bitten müssen, Ihre bisherige Aussage noch einmal zu Protokoll zu geben und zu unterschreiben. Wir werden …«

»Gar nichts werden Sie!«, fauchte Behrend. »Nicht, wenn Sie so jemanden wie den da mitbringen.« Er wies auf Wertrichter. »Erst wenn Sie mir erklären können, warum aus meiner Anzeige eine Anklage gegen mich geworden ist, werden wir wieder reden – über meinen Anwalt. Und jetzt raus.«

Kramer hob beschwichtigend die Hände und wiederholte nur, dass sie sich wieder bei ihm melden würden, dann wandte er sich zum Gehen. Wertrichter hingegen ließ sich mehr Zeit.

»Wissen Sie«, sagte er. »Sie halten sich für schlau.

Sie kommen zu uns, um krumme Dinger zu drehen, und erzählen uns eine Räuberpistole, weil Sie glauben, dass wir die schon schlucken werden, denn für Sie sind wir ja nur Dorfpolizisten. Aber da haben Sie sich geirrt. Wir werden Ihnen schon zeigen, wer schlauer ist. Wir ...«

Da legte ihm Kramer eine Hand auf den Arm und Wertrichter riss sich zusammen. Doch zum Abschied zeigte er mit dem Finger auf Jarre. »Wir kommen wieder«, grollte er, als ihn Kramer bereits aus dem Zimmer zog.

»Damit müssen Sie sich nicht beeilen«, knurrte Jarre voller Verachtung zurück. Dann waren die beiden endlich verschwunden.

*

Es dauerte einige Zeit, bis Behrend seinen Ärger über Wertrichters Anspielungen zumindest so weit im Griff hatte, dass er nicht mehr innerlich kochte. Was bildete sich der Kerl ein? Bestimmt hatte er zu viele schlechte Krimis gelesen. Aber wie kam er dazu, ausgerechnet ihn zu verdächtigen? Er musste irgendeinen Komplex haben, etwas, dass ihn in jedem einen Verbrecher sehen ließ. Schließlich beruhigte er sich so weit, dass er anfing einzusehen, dass der Besuch der Polizisten sogar etwas Gutes hatte, da er seinen Entschluss von heute Morgen bestärkte – er musste hier heraus, und zwar sofort!

Fünf Minuten später stand Jarre senkrecht – wenn er auch nicht gerade sicher auf den Beinen war. Er hatte sich die beiden Kanülen für die Infusionen aus der Hand gezogen und war auf dem Weg zum Kleiderschrank, das hatte er sich jedenfalls vorgenommen. Die Strecke von immerhin zweieinhalb Meter war dabei eine echte Herausforderung, da auf seinen Kreislauf aufgrund seines Blutverlusts noch immer kein rechter Verlass war. Trotzdem schaffte er es, ohne umzufallen, das Zimmer zu durchqueren, was für ihn bereits einen Erfolg darstellte. An die Wand gelehnt verschnaufte er, dann musterte er mit einem verächtlichen Blick den Inhalt seines Kleiderschranks. Nicht der Inhalt störte ihn, sondern dass es da nichts zu mustern gab. Wenn er nicht mehrere Stunden warten wollte, bis ihm jemand aus Hannover einen Anzug gebracht hatte, musste er mit dem, was hier war, vorlieb nehmen, und das war nicht viel. Sein Jackett hatten die Schwestern bereits entsorgt, da es zerschnitten worden war, um seine Wunde behandeln zu können. Die anderen Sachen, die er getragen hatte, sahen nicht viel besser aus. Offenbar konnte er froh sein, dass seine Lieblingsschuhe, die er für viel Geld in London bei John Lobb gekauft hatte, das Abenteuer überlebt hatten. Sie standen relativ unversehrt auf dem Boden des Schrankes.

Also schlüpfte er in seine Anzughose, die allerdings ein Dutzend Löcher mehr hatte, als das bei Anzügen sonst üblich war. Dann warf er das Krankenhaushemd in den Müll. Sein Hemd hatte man offenbar entsorgt. Sein T-Shirt war immerhin noch da, wenn auch nicht sauber. Ein riesiger Blutfleck bedeckte die linke Seite und den linken Ärmel. Trotzdem zog er es über und betrachtete sich missgelaunt im Spiegel. Er musste feststellen, dass es nicht gerade Marlon Brando war, der da zurückblickte. Jetzt sah er aber wenigstens wie ein Obdachloser aus, nicht mehr wie ein Krankenhauspatient, und das war in Jarres Augen schon eine Verbesserung. Und bisher war er nicht umgefallen, auch das war positiv. Dadurch ermutigt ging er zurück zu seinem Nachttisch. Seine Uhr und seine Brieftasche lagen dort, sogar sein Taschentuch, säuberlich gefaltet wie immer. Er steckte alles ein und griff zu dem Knopf über seinem Bett, mit dem er die Schwester alarmieren konnte. Ein kurzer Druck, dann ging er zur Tür des Krankenzimmers und schlüpfte hinaus.

Auf dem Gang machte er ein paar Schritte weg vom Schwesternzimmer, dann schüttelte er rasch sein Taschentuch auseinander, drehte sich zur Wand und gab vor, sich zu schnäuzen, gerade als eine Schwester in sein Zimmer eilte. Teil eins seines Plans hatte geklappt – offenbar erwartete die Schwester nicht, dass er in Zivilkleidung auf dem Flur vor seinem Krankenzimmer stehen würde, und ignorierte ihn. Ein paar Schritte mehr brachten ihn vor das Zimmer, aus dem gerade die Schwester gekommen war. Direkt daneben hing ein Schwarzes Brett mit Informationen über Gottesdienste und andere seelsorgerische Dienste, von denen die Schwestern annahmen, dass sie die Kranken interessierten. Jarre gab vor, die Aushänge intensiv zu studieren, als die Schwester aus seinem Zimmer geeilt kam und in heller Panik ihre Kollegin zu Hilfe rief. Beide verschwanden gleich darauf in seinem Zimmer. Voller Verwunderung, aber durchaus zufrieden, stellte Jarre fest, dass alles so lief, wie er es sich vorgestellt hatte. Jetzt blieben ihm noch etwa 30 Sekunden – 30 Sekunden, die über alles entschieden würden.

Nachdem er das Schwesternzimmer betreten hatte, sah er sich rasch um. Neben einem Glasschrank mit Medikamenten, einem Schreibtisch, der mit Aktendeckeln vollgepackt war, einem Wagen mit Spritzen, Bechern und Tabletten, einer Waage, einem zweiten Schreibtisch, darauf ein Blutdruckmessgerät, lag ein Klemmbrett mit einem dicken, braunen Umschlag. Kaum dass Behrend den Umschlag gesehen hatte, hatte er ihn auch schon in der Hand.

Er grinste, als er den Inhalt befühlte. Darin befand sich der Schlüssel für seinen VW. Die Polizei hatte ihn bei den Schwestern gelassen, doch die hatten noch keine Gelegenheit gehabt, ihm den Schlüssel auszuhändigen oder ihn zu seiner Akte zu packen. Siegessicher ballte Jarre eine Faust, und einen Augenblick später war er wieder auf dem Gang. Während die zwei aufgebrachten Schwestern sein Zimmer verließen, schloss sich die Tür zum Treppenhaus hinter ihm. Nur wenig später überquerte er den kleinen Parkplatz und ging zu seinem Auto, das weit hinten geparkt war. Zufrieden lauschte er dem brummenden Motor seines Autos, steuerte den VW den Berg hoch und bog am Kronenplatz in Clausthals Einkaufsstraße ein. Er ließ sie hinter sich und fuhr rechts auf die Straße, von der er wusste, dass sie ihn in einer guten Stunde nach Hannover bringen würde.

Jetzt musste er die Rechnung mit den Mördern von Colonel Kendrick-Wales begleichen und dafür sorgen, dass sie ihren Erfolg nicht auskosten konnten.

*

Polizeioberkommissar Kramer quittierte den Anruf, den er gerade erhalten hatte, mit einem Stirnrunzeln. Das, was er gehört hatte, war ebenso unerwartet wie unschön. Er ahnte, was sein Kollege Wertrichter gleich sagen würde, und es würde kaum sachdienlich sein. Er sah zu dem Kommissar hinüber, der mit wütendem Gesicht hinter seinem Schreibtisch saß und nervös einen Gummiball von einer Hand in die andere warf.

»Das war das Krankenhaus«, teilte er ihm mit, als Wertrichter schließlich zu ihm herüber sah. »Behrend ist verschwunden.«

»Was?« Wertrichter nahm die Füße vom Tisch, wo er sie in der letzten halben Stunde gelagert hatte, und richtete sich auf. »Was meinst du mit ›verschwunden‹?«

»Er ist weg und sein Auto auch. Er hat sich offenbar aus dem Zimmer geschlichen und seinen Autoschlüssel aus dem Schwesternzimmer mitgenommen.«

»Verdammt!«, fluchte sein Kollege. Er stand auf und ging zum Fenster hinüber. »Ich wusste doch, dass etwas mit dem Kerl nicht stimmt!« Wütend hieb er sich mit einer Faust in die Handfläche und starrte aus dem Fenster, so als könne er von hier Behrend auf der Flucht sehen. Dann drehte er sich um und baute sich vor Kramers Schreibtisch auf. »Wir müssen ihn zur Fahndung ausschreiben!«

Müde sah Kramer zu ihm hoch. »Und warum sollten wir das tun?«

»Er ist abgehauen! Reicht das nicht?«

»Er hat sich selbst aus dem Krankenhaus entlassen und hat den Schlüssel zu seinem eigenen Auto entwendet. Das sind kaum Verbrechen, deretwegen wir jemanden zur Fahndung ausschreiben können.«

»Zum Teufel, der Kerl hat doch Dreck am Stecken! Er hat uns dieses Ammenmärchen von dem Attentat doch nur erzählt, um von sich abzulenken und sich ein Alibi zu verschaffen.«

Ohne eine Miene zu verziehen, sah Kramer ihn an. »Ein Alibi? Wieso sollte er denn ein Alibi brauchen? Und warum wollte er von sich ablenken?«

»Weil er Morgenstern und den Briten umgebracht hat, warum sonst?«

»Ich dachte, du glaubst ihm nicht?«

»Tue ich auch nicht! Aber schließlich sind die beiden verschwunden.«

Das stimmte natürlich. Weder war es ihnen gelungen, Professor Morgenstern in seiner Wohnung zu erreichen, noch hatten sie Colonel Kendrick-Wales in seinem Hotel in Braunlage ausfindig machen können. Fragte sich nur, was dieser Behrend wirklich mit alldem zu tun hatte.

»Was ist mit seinen Verletzungen? Wie erklärst du die?«, hakte Kramer bei seinem Kollegen nach.

»Er dreht mit den beiden ein krummes Ding im Wald. Etwas geht schief. Er will sie erledigen, dann wehrt sich einer von ihnen. Ein Schuss löst sich und trifft Behrend. Dadurch ist sein ganzer schöner Plan kaputt und er muss improvisieren. Also überlegt er sich die Geschichte mit dem Attentat, die immerhin erklärt, warum er einen Streifschuss hat. Danach zerreißt er sich seine Hose und erzählt uns eine hanebüchene Geschichte über ein Attentat im Wald.«

»Und sein Motiv?«

»Die drei steckten zusammen in irgendetwas drin, etwas Großem. Und im Werk Tanne wollten sie es abwickeln. Drogen, Raub, so etwas. Behrend drehte durch und wollte alles für sich. Also hat er seine Komplizen aus dem Weg geräumt.« Triumphierend sah er Kramer an. »Und das ist nur eine von vielen Möglichkeiten.«

»Fehlen nur noch die Leichen ...«

»Bestimmt hat er sie selbst beiseitegeschafft! Um Spuren zu verwischen.«

Hilflos schüttelte Kramer den Kopf und wollte gerade etwas sagen, als erneut sein Telefon klingelte. Er nahm nur widerwillig ab, denn das Telefonat war keines, das er einfach ignorieren konnte. Es stellte sich heraus, dass sein Chef ihn sprechen wollte. Das Gespräch dauerte nicht sehr lange, Kramer hatte kaum Gelegenheit, mehr zu sagen als: »Mache ich. Ich bin gleich da.« Dann nahm er einen Aktenordner vom Schreibtisch und stand auf.

»Bocholt möchte den Bericht über die Geschichte in Wildemann, und zwar pronto. Ich bin gleich wieder da«, erklärte er und verschwand ohne ein weiteres Wort, noch immer ärgerlich über die Dickköpfigkeit seines Kollegen.

Wertrichter sah ihm mit einem mindestens ebenso wütenden Blick hinterher, bevor er sich wieder an seinen Schreibtisch setzte und dabei ähnlich friedlich aussah, wie Clint Eastwood auf dem Poster von ›Für ein paar Dollar mehr‹, das hinter ihm hing. Einige Augenblicke lang traktierte er noch Kramers Schreibtisch mit wütenden Blicken, schließlich zog er sein Telefon heran. Er wählte eine Nummer und veranlasste, dass Jarre Behrend und sein VW zur Fahndung ausgeschrieben wurden. So machte man das, sagte er sich. Kramer war eindeutig zu alt für diese Geschichte, das wusste er jetzt. Also musste er ihm erst einmal zeigen, wie es ging.

*

Werner Heidenreich war Wissenschaftler und daher gab er nicht viel auf Vorahnungen. Trotzdem konnte er nicht leugnen, dass er bereits wusste, was auf ihn zukommen würde, als er Jarre Behrend an diesem Abend vor seiner Haustür stehen sah. Sein Freund hatte einen großen Rucksack auf der Schulter und einen besorgten Blick, und bei Jarre hieß das nichts Gutes.

»Schön, dich zu sehen«, behauptete Jarre, als ihm geöffnet wurde und er sich an Heidenreich vorbei ins Haus schob. »Ich brauche deine Couch im Arbeitszimmer für eine Weile. Geht das?«

Heidenreich sah ihn und seinen Rucksack an. »Du bist nicht verheiratet, also hat dich niemand rausgeworfen. Gebrannt hat es nicht, das hätten sie in den Nachrichten gesagt. Das heißt also, dass du deine Wohnung überstürzt verlassen hast, weil du vor irgendetwas wegläufst, vermutlich vor der Steuer, und ich soll dich jetzt verstecken. Das kommt gar nicht infrage – außerdem habe ich keine Couch im Arbeitszimmer. Das Finanzamt erlaubt so etwas nicht. Das ist meine Aktenablage.«

»Ich nehme die Aktenablage. Aber lass dir gesagt sein, wenn es nur die Steuerfahndung wäre, die mich jagt, wäre ich glücklich«, murmelte Jarre, während er seinen Rucksack absetzte.

Heidenreich sah, dass es ihm ernst war. Also legte er Jarre eine Hand auf die Schulter und zeigte Richtung Wohnzimmer. »Ich habe gerade einen schönen

Weißwein aus Sardinien aufgemacht, einen Nuragus di Caligari, schön kräftig. So einen Wein kann man gut mit Freunden trinken, die auf der Flucht sind.«

Behrend ging voran, ließ sich dankbar in einen Sessel fallen und wartete, bis Heidenreich zwei Gläser eingeschenkt hatte. Im Hintergrund lief eine Platte von Stan Getz, auf der er ausnahmsweise einmal keinen Bossa Nova spielte. Das wunderbare Spiel des Saxophonisten half Jarre, zur Ruhe zu kommen.

Nach seiner Flucht aus dem Krankenhaus war er nur kurz in seiner Wohnung gewesen. Er hatte geduscht und sich umgezogen, dann hatte er einige Unterlagen, die Kendrick-Wales betrafen, und etwas Wäsche zum Wechseln eingepackt und war gleich darauf wieder verschwunden. Länger hatte er nicht bleiben dürfen, denn die Mörder des Colonels kannten bestimmt sein Nummernschild, und er traute ihnen zu, dass sie ihn rasch finden würden, wenn sie wollten. Für die Polizei galt natürlich das Gleiche, aber das war ein Risiko, das er eingehen musste.

Als er seine Wohnung verlassen hatte, hatte er deshalb nicht den VW genommen, sondern war zu Fuß gegangen. Immer wieder hatte er sich auf der Straße umgesehen und dabei kaum einen Menschen entdeckt, der ihm verdächtig oder gar wie ein skrupelloser Killer vorgekommen wäre. Für Linden, Hannovers unabhängigsten Stadtteil, war das eigentlich ungewöhnlich, dachte der eingefleischte Lindener und ging daher noch eine Weile zu Fuß, ehe er schließlich an der Glocksee eine Straßenbahn bestieg. Nachdem er die Bahn mehrfach gewechselt und am Kröpcke eine halbe Stunde lang die Haltestelle auf der Georgstraße beobachtet hatte, war er sich sicher gewesen, dass er nicht verfolgt wurde. Erst dann hatte er sich auf den Weg nach Bothfeld gemacht, wo Werner Heidenreich seine Wohnung hatte. Er wusste, dass das im Moment der beste Platz war, um die nötigen Pläne zu schmieden, wie man die Mörder zur Strecke bringen konnte.

Er kannte Werner Heidenreich seit einigen Jahren und schätzte ihn in allen seinen Rollen als promovierter Kunsthistoriker, Bibliothekar und Hobbygourmet. Sie hatten sich während des Studiums in Berlin kennengelernt. Heidenreich war wissenschaftliche Hilfskraft gewesen und hatte ein Seminar begleitet, das der Studienanfänger Behrend besuchen musste. Heidenreich hatte Jarre die Recherche gezeigt, und bald war zwischen den beiden Hannoveranern, die sich in der seltsamen Insellage Berlins ein wenig fremd fühlten, eine tiefe Freundschaft entstanden.

Seiner Neigung folgend hatte Heidenreich parallel Bibliothekswissenschaften studiert und war nun seit ein paar Jahren an der Niedersächsischen Landesbibliothek beschäftigt, die im Gebäude des Staatsarchivs untergebracht war. Jarre grinste leicht, als er an Werner und die Bibliothek dachte. Er selbst bezeichnete aus alter Gewohnheit die Bibliothek nur als ›Archiv‹, sehr zum Verdruss Heidenreichs und seiner Kollegen, die meinten, dass das irgendwie den nötigen Respekt vermissen ließe.

Auf jeden Fall waren Heidenreich und die Ressourcen der Bibliothek und des Archivs ihm immer eine große Hilfe. Über die Jahre hatte Werner seinem Freund mit seinem Fachwissen und seinen Verbindungen oft behilflich sein können, wenn er wieder einmal fast aussichtslos nach verlorenen Schätzen und Kunstwerken recherchiert hatte. Jarre hingegen wusste, dass er für den Bibliothekar den aufregenden Teil eines Lebens symbolisierte, das sonst zwischen Büchern und Katalogen stattfand. Offenbar war wieder einmal Zeit für etwas Aufregung, sagte er sich, als er Werner in der Küche hantieren hörte.

Er sah auf, weil Werner mit einem Teller voller Essen aus der Küche zurückkam. Eigentlich konnte es nicht anders sein, denn Werner hatte immer irgendwelche ungewöhnlichen Köstlichkeiten parat.

»Ich habe rasch einen fantastischen Heukäse aus Toblach aufgeschnitten und ein paar Scheiben eines schönen San-Daniele-Schinkens dazugelegt. Das passt gut zu dem Wein, und du musst schließlich etwas essen«, erklärte der Bibliothekar und stellte das frischgebackene Ciabatta dazu. Jarre war es unbegreiflich, wie sein Freund bei seiner Vorliebe für die italienische Küche kaum mehr wog als er selbst. Gerecht war das jedenfalls nicht.

Sie setzten sich an den großen Esstisch mitten im Raum und genossen für eine Weile schweigend den

Wein und das exzellente Essen. Erst dann berichtete Jarre, was ihm geschehen war, wobei er nichts ausließ, nicht einmal seine Flucht vor der Polizei, und er vergaß auch nicht zu erwähnen, dass er vermutete, die Mörder würden versuchen, ihn in Hannover aufzuspüren.

Angesichts der schrecklichen Ereignisse reagierte Werner Heidenreich erstaunlich gelassen auf diese Ankündigung drohender Gefahr. Er wusste, dass Behrend nicht zu ihm gekommen wäre, wenn keine Gefahr bestünde.

»Du steckst also wieder einmal in einem echten Schlamassel«, stellte er in seiner üblichen trockenen Art fest, und das war alles, was er dazu zu sagen hatte.

»So könnte man es sagen«, gab Behrend ernüchtert zu.

»Und du hast keine Ahnung, wer da hinter dir her ist?«

»Bis vor Kurzem hatte ich ja noch nicht einmal eine Ahnung, dass jemand hinter mir her ist«, sagte Jarre.

»Andererseits hat sich dieser Jemand sehr viel Mühe gegeben, dich zu beseitigen«, stellte Heidenreich fest. »Damit haben sie sich allerdings auch selbst verwundbar gemacht. Sie haben Hinweise und Spuren hinterlassen und wir müssen diese Spuren nur nutzen und herausfinden, mit wem du es zu tun hast.«

Jarre quittierte diese Bemerkung mit einem schiefen Grinsen, das der Sache angemessen war. »Ist das nicht etwas optimistisch? Ich weiß nur, dass da mindestens zwei Männer waren. Ich habe undeutlich zwei

Gestalten gesehen, die auf der Wiese erschienen, ehe ich im Wald verschwand. Leider war es nur für einen Augenblick, und ich habe sie nur sehr undeutlich gesehen, sie waren zu weit weg.«

»Zwei Männer? Oder war vielleicht eine Frau dabei?«

»Zwei Männer, da bin ich sicher.«

»Gut, das ist schon einmal etwas. Was wissen wir denn über diese Männer?«

Jarre hob mahnend den Finger. »Das mit der Erfahrung ist ein Gerücht. Und die Männer waren Profis«, stellte er sachlich fest. »Sie benutzten ein wahrhaft mörderisches Kaliber. Damit hätten sie auf Großwild in Afrika schießen können. Das allein weist sie als Profis aus, denn es ist schwer, an solche Munition heranzukommen. Außerdem hat keiner von uns sie gesehen, während wir uns der Wiese näherten. Sie waren also gut versteckt und haben aus großer Distanz geschossen und genau getroffen.«

»Nicht ganz genau«, korrigierte Heidenreich und zeigte auf Jarres verletzten Arm. »Wie kam es, dass sie dich nicht erwischt haben?«

Jarre zuckte mit den Schultern. Er hatte zwar eine Theorie dazu, die sich jedoch zu sehr auf die Tatsache verließ, dass er eigentlich nur unverschämt viel Glück gehabt hatte. »Ich habe Professor Morgenstern warnen wollen, als ich den ersten Schuss bemerkte, und habe mich deswegen zu ihm umgedreht und ihm gewunken. Ich glaube, das hat mir das Leben gerettet, dadurch hat mich die Kugel nur gestreift.«

»Und warum haben sie nicht noch einmal geschossen?«

»Haben sie ja, aber sie haben dann auf den Professor geschossen, und als sie sich wieder mit mir beschäftigen wollten, war ich schon dabei, zurückzuschießen.«

»Mit der Waffe des Colonels, die der die ganze Zeit gut versteckt unter seiner Jacke hatte ...«

»Ja.«

Heidenreich ließ dies einen Moment sacken. »Gut, sagen wir, es waren Profis. Warum haben sie später die Leichen weggeschafft?«

Jarre hatte sich das natürlich auch gefragt. »Vielleicht, um mich unglaubwürdig zu machen? Oder um keine Spuren zu hinterlassen, die zu ihnen führen könnten? Ich habe echt keine Antwort darauf.«

»Ich tippe eher auf Letzteres. Schließlich könnte ein Gerichtsmediziner anhand der Wunden einiges über die Art der Geschosse sagen.«

»Oder sie wollten die Dokumente des Colonels sicherstellen. Er hatte diese Kladde seines Vaters immer dabei.«

»Deswegen müssen sie ja nicht gleich den Colonel selbst mitnehmen.«

»Wer weiß? Vielleicht haben sie ihn einfach mitgenommen, um sicherzugehen, dass sie nichts vergessen haben ...« Er ließ den Gedanken unvollendet.

»Mysteriös ist es allemal, aber damit dürfte klar sein, dass der Colonel in eine Sache involviert war, von der er besser nichts gewusst hätte.«

Jarre sah ihn traurig an. »Genau das. Das ist der Punkt, an dem wir ansetzen müssen. Bei diesem Geheimnis geht es immerhin um einen Goldschatz, und zwar um einen ziemlich wertvollen.«

»Ein gutes Motiv, in der Tat. Paul Temple würde deswegen als Erstes fragen, wer von dem Schatz wusste.«

Jarre nickte. »Eine gute Frage ... Soweit ich weiß, waren nur wenige eingeweiht. Zum einen der Colonel – und ich natürlich, aber ich bin erst seit gestern früh im Bilde.«

»Und was ist mit der Familie des Colonels? War er verheiratet? Hatte er Kinder?«

»Nicht, dass ich wüsste. Er reiste allein und hat nie eine Frau erwähnt.«

»Dann ist die Liste der Leute, die von dem Schatz wissen, relativ kurz, und du wirst damit zum Hauptverdächtigen«, stellte Heidenreich mit einem Grinsen fest.

»Vielleicht fallen uns ja ein paar andere Kandidaten ein«, grummelte Behrend. »Gehen wir dafür doch einmal zurück ins Jahr 1945. Wer wusste damals von dem Schatz?«

»Kendrick-Wales' Vater.«

»Und die Mitglieder seines Trupps, also zwei oder drei britische Soldaten verschiedener Rangstufen. Mehr werden es nicht gewesen sein. Sie werden in einem Jeep unterwegs gewesen sein, nicht mit mehreren Fahrzeugen.«

»Drei weitere Briten also. Sonst jemand?«

»Nein, außer …« Behrend sah plötzlich auf. Etwas, was ihn schon die ganze Zeit beschäftigt hatte, wurde ihm bewusst. »Außer, es gab noch andere Beteiligte, denn sie waren damals im Harz unterwegs, nahe der Grenze!«

Heidenreich entging das Glimmen in den Augen seines Freundes nicht. »Was soll das heißen?«

»Die Hälfte des Harzes liegt in der Sowjetzone«, stellte Behrend fest. Heidenreich nickte. »Damit waren viele Orte im Zuständigkeitsbereich der glorreichen Roten Armee, oder?«

»Du hast recht. Warum war dann ein Brite damit betraut, dort nach Beutekunst zu fahnden?«

»Du weißt doch genau, dass damals die Grenzen längst nicht festlagen. Es gab Bereiche, die später britisch wurden, obwohl die Russen sie zuerst erobert hatten und umgekehrt. Keiner hat Buch geführt, wer was wann zuerst erobert hat. Überall waren alle möglichen alliierten Truppen unterwegs. Die ersten Truppen, die in Hannover einrückten, waren zum Beispiel Amerikaner, und später war die Stadt unter britischer Verwaltung.«

Werner wusste natürlich, dass das stimmte. Er stand auf, um zu einem Bücherregal zu gehen, das eine Wand des Zimmers einnahm. Nachdem Heidenreich ein Buch herausgezogen und darin geblättert hatte, kam er mit einer ›Ich hab's doch gesagt‹-Miene wieder an den Tisch. »Hier, da steht es. Herzberg war eigentlich in der britischen Besatzungszone, aber die ersten

Truppen im Ort waren Amerikaner. Am 10. April 1945 erreichten amerikanische Spähtrupps Hattorf, unmittelbar vor Herzberg, wo ihnen deutsche Truppen sogar noch Widerstand leisteten.«

»Das ist es ja. Ich erinnere mich daran, dass gerade im Harz die Grenzführung eine verschwommene Sache war – und ist. Überall gab es Überschneidungen der Einflusszonen, und das hat mich auf die Idee gebracht.«

»Was für eine Idee?«

»Dass Aufgaben, die alle Alliierten als gemeinsames Ziel hatten, in diesen Bereichen vermutlich gemeinsam wahrgenommen wurden. Denk daran, dass die Patrouillen in West-Berlin immer mit drei Leuten besetzt sind – einem Amerikaner, einem Franzosen und einem Briten.«

»Ist das immer noch so?«, staunte Werner. »Ich hab damals keine Patrouille gesehen, die so aussah. Du?«

Jarre rollte genervt mit den Augen. »Damals war es aber so! Anderswo war es doch genauso, zum Beispiel in Wien.«

Werner grinste. »Ja, im ›Dritten Mann‹ war es jedenfalls so.«

Jarre ging nicht weiter darauf ein, strafte seinen Freund allerdings mit einem vernichtenden Blick. »Da ist schließlich diese Geschichte, die in Clausthal passiert ist. Es war ein Russe, der Kendrick-Wales überfuhr. So was nennt man ein Indiz.«

Heidenreich richtete sich gespannt auf. »Ja, natürlich. Damit dürfte das Motiv klar sein. Soldaten aus zwei Nationen entdecken wenige Wochen nach einem entbehrungsreichen Krieg einen enormen Goldschatz. Wenn einer der Soldaten ihn allein besitzen wollte, musste er zusehen, dass die anderen verschwanden. Das würde als Motiv für einen Mord allemal taugen, auch heute noch.«

»Ein Satz des Colonels geht mir nicht aus dem Kopf. Er hat gestern gesagt, dass es Leute gäbe, denen nicht gefalle, was er tue. Sie seien hinter dem ›einzigartigen Lohn‹ dieser Sache her.«

Heidenreich hörte interessiert zu. »Das bestätigt doch nur unsere Vermutung«, stellte er fest. »Der Schatz ist dieser Lohn, ist doch klar.«

»Das ist die erste Spur, die wir verfolgen sollten. Wenn wir wissen, wer damals die Beteiligten waren, und wer von den Beteiligten sein Wissen nutzen oder zumindest weitergeben konnte, haben wir schon viel erreicht.«

Sein Freund sah ihn an. »Und da komme ich ins Spiel?«

»Natürlich.«

»Die Akten über den Central Collecting Point und die damit verbundenen Aktivitäten sind relativ vollständig, soweit ich weiß. Das wäre schon einmal ein Ansatzpunkt. Und vielleicht hat die britische Armee Unterlagen über die ALIU und die Trupps, die zu dieser Zeit in Deutschland unterwegs waren …«, überlegte Heidenreich, völlig in sein Metier vertieft.

»Ich hingegen werde noch einmal die Orte aufsuchen, die der Colonel besuchen wollte, vielleicht finde ich dadurch ja etwas heraus. Besonders dieser Stollen VII an der Eckertalsperre hat es mir angetan. Und Werk Tanne werde ich einen weiteren Besuch abstatten.«

»Ist das nicht etwas zu gefährlich – selbst für dich?«

»Keine Sorge, ich bin gewarnt. Im Moment läuft da sowieso die polizeiliche Untersuchung – wenn nicht Kommissar Wertrichter alles abgeblasen hat, weil er meine Geschichte für Quatsch hält. Ich werde ein paar Tage warten müssen, bis ich dorthin kann – das Gleiche gilt für meine neuen Freunde. Wer weiß, vielleicht machen sie sogar einen Fehler, während sie warten.«

»Oder du«, bemerkte Heidenreich trocken.

»Das werde ich zu vermeiden wissen«, stellte Behrend klar.

»Wenn ich sage, du solltest das der Polizei überlassen, wirst du wohl nicht auf mich hören?«

»Dem Kretin Wertrichter die Sache überlassen? Nein, mein Lieber, das ist jetzt etwas Persönliches. Sie haben einen meiner Kunden und einen Unbeteiligten getötet. So etwas nehme ich übel.«

Heidenreich hatte nichts anderes erwartet. »Sehr schön«, sagte er also ohne rechten Ernst. »Eines solltest du auf jeden Fall vorher noch tun.« Er zeigte auf Behrends linken Arm.

Behrend blieb grimmig. »Ich weiß, was jetzt kommt. Aber ich will nicht. Wer sich in die Hände von Ärzten begibt, kommt darin um.«

»Wenn du anfängst zu müffeln, weil sich der Wundbrand in dir austobt, lasse ich dich nicht mehr herein.«

Behrend sah auf und versuchte dabei, besonders grimmig zu gucken. Leider gelang es nicht ganz, denn sein Freund hatte natürlich recht, er brauchte unbedingt einen neuen Verband.

»Ich werde deinen Verband jedenfalls nicht wechseln«, erklärte Heidenreich, als habe er Jarres Gedanken gelesen – was wohl auch der Fall war, schließlich kannten die beiden sich gut genug.

»Ja, Papa«, grollte Jarre und griff erneut nach seinem Weinglas. Es wurde Zeit, die nächste Flasche zu öffnen.

SECHS:
DONNERSTAG, 4. AUGUST 1966

Nachdem er vor dem Krankenhaus Nordstadt aus der Straßenbahn der Linie 6 gestiegen war, fragte Jarre sich, ob die chirurgische Ambulanz an seinem Blutalkohol interessiert war. Vermutlich nicht, aber die letzte Flasche des leckeren Weins rächte sich. Er überquerte mit brummendem Kopf die Schienen und den kleinen Parkplatz und marschierte weiter, ohne groß auf den Verkehr zu achten, um sich durch das Gewirr der kleinen Straßen auf dem Gelände des Krankenhauses zur chirurgischen Ambulanz durchzuschlagen.

Der über 70 Jahre alte Bau des Krankenhauses, der dringend modernisiert werden musste, hatte ihn immer an ein Gefängnis erinnert, und auch jetzt kam ihm das ganze Gelände dunkel und bedrückend vor. Er fand den gut verborgenen Eingang zur chirurgischen Ambulanz eher zufällig, meldete sich an und gab pflichtschuldigst seine Daten preis, wobei er zugeben musste, dass er keinen Krankenschein besaß, geschweige denn dabeihatte, versprach allerdings, ihn nachzureichen. Grollend wies die Frau hinter dem Schalter ihn an, Platz zu nehmen, woraufhin er sich in den zugigen Wartesaal setzte, der in wenig einladenden Grautönen gehalten war. Als er nach ziemlich langer Zeit von einer weiteren schlecht gelaunten Schwester aufgerufen und in einen Behandlungsraum geführt wurde, wusste er, dass krank sein hier keinen Spaß machte. Die Schwester sagte ihm im Befehlston, dass er auf einer Liege Platz nehmen solle, dann ließ sie ihn allein. Er hatte jedoch kaum Zeit, die ebenso karge wie effiziente Ausstattung des Raumes zu begutachten, da sich wenig später die Tür des Behandlungszimmers öffnete und ein weißer Kittel erschien.

»Herr Behrend? Ich bin Doktor Winter, Ihre Ärztin.« Sie streckte ihm die Hand zur Begrüßung entgegen.

Jarre sah sie fassungslos an. Gab es etwas Cooles, das er sagen konnte? Etwas besonders Romantisches? Etwas, das sie sofort in seine Arme sinken lassen würde? Verdammt, ihm fiel nichts ein! »Vielleicht macht krank sein hier ja doch Spaß«, murmelte er zu sich selbst, aber natürlich hatte Dr. Winter ihn gehört. Sie lächelte ihn an.

»Danke für das Kompliment – wenn es denn eines sein sollte.« Ihre Stimme war wie dunkler Samt. Weicher, warmer Samt.

Verwirrt sah Jarre auf. »Was? Wie? Natürlich! Sie sehen so …« Er stoppte sich rechtzeitig. »Ich meine, ich freue mich, dass Sie meine Ärztin sind.«

»Dann sind wir ja schon zwei«, entgegnete sie mit einem unergründlichen Gesichtsausdruck. Rasch sah sie auf das Blatt, das er bei der Anmeldung ausgefüllt hatte. »Jarre Behrend, 27, steht hier. Stimmt das?«

Jarre nickte. Hoffentlich hieß das nicht, dass sie ihn

für zu jung hielt. Oder zu alt? Sie war doch gerade erst Ende 20, oder? Er durfte bloß nichts Dummes sagen … Egal, das konnte er gleich noch klären. Jetzt war er gerade dabei, den Glanz ihres langen blonden Haares einzufangen und sich für immer einzuprägen, da er sich doch bei jeder ihrer Bewegungen zu ändern schien. Wie könnte man solch einen magischen Moment durch Reden zerstören?

Dr. Winter stellte sich auf seine linke Seite. »Eine Verletzung am linken Oberarm also«, flüsterte sie. »Ich darf Sie bitten, Ihr Hemd auszuziehen.«

Gehorsam streifte Jarre sein hellblaues Nylonhemd ab, das er zur Jeans trug. Heute musste er keinen Anzug tragen, sondern war in zivil unterwegs. Er fragte sich, ob die hübsche Ärztin gerade wirklich seinen zugegebenermaßen durchtrainierten Oberkörper mit einem bewundernden Blick gestreift hatte? Dabei sah sie so etwas bestimmt ständig, oder? Nun, er durfte weiter hoffen.

Sie betrachtete gründlich seinen Verband, bevor sie sich Handschuhe überzog, eine Schere aus einer Schublade holte und begann, den Verband zu entfernen.

»Eine unserer Schwestern ist heute leider ausgefallen, daher müssen Sie mit mir als Arzthelferin vorliebnehmen«, erklärte sie. »Wenn es mehr schmerzt als sonst, sagen Sie Bescheid.« Ihre tiefblauen Augen leuchteten für einen Augenblick schalkhaft auf, bevor sie sich wieder auf seinen Arm konzentrierte.

»Sicher«, murmelte Jarre, der noch immer abgelenkt war. Auch ihr Parfüm war betörend. War es eines, das er kannte? Auf jeden Fall etwas mit Sandelholz … Jetzt stand es fest, Doktor Winter war perfekt.

Mit einem letzten Ruck entfernte die Ärztin den Verband und konnte sich einen kleinen Ausruf des Erstaunens nicht verkneifen. Sorgfältig inspizierte sie die Wunde und sah Jarre herausfordernd an. »Und das ist beim Heimwerken entstanden?«, fragte sie mit unverhohlener Skepsis. »So steht es jedenfalls in Ihrem Anmeldebogen.«

»Ich bin beim Bohren abgerutscht«, murmelte er und versuchte, unschuldig zu wirken.

»Beim Bohren? Was wollten Sie denn bohren? Ein Loch für einen Haken in Ihrem Oberarm? Oder wollten Sie nur einmal einen Knochen sehen?«

»Es war ein blöder Unfall …«, wandte er ein.

»Sehr blöde. Wenn Sie mich fragen, dann würde ich sagen, dass das da eine Schusswunde ist – ein Streifschuss eines Kalibers, das in Deutschland bestimmt verboten ist. Außerdem wäre ich so verwegen zu behaupten, dass der Verband, den ich gerade abgemacht habe, nicht von Ihnen stammt, denn dazu braucht man zwei Hände und viel Erfahrung, um das so gut hinzukriegen. Also waren sie schon einmal in einem Krankenhaus. Von einer Überweisung steht hier aber nichts.« Sie deutete auf die verräterischen blauen Flecken, die die Infusionsnadeln in seiner Hand hinterlassen hatten. »Oder täusche ich mich da?« Jetzt waren ihre Augen stahlhart, ihr Kinn und ihre Haltung drückten Entschlossenheit aus, und das stand ihr verdammt gut, wie Jarre fand. Offenbar wartete sie auf eine Erklärung.

»Gibt es nicht so etwas wie ärztliche Schweigepflicht?«, fragte er, um vom Thema abzulenken.

»Wie meinen Sie das? Gibt es da ein Verbrechen, das ich verheimlichen soll? Oder fragen Sie, weil Sie sich bei Kulenkampff bewerben wollen?«

Der Name Kulenkampff war Jarre zwar nur vage vertraut, da er sich noch nicht an den Gedanken gewöhnt hatte, dass es mittlerweile zum guten Ton gehörte, einen Fernseher zu besitzen, aber er wusste, dass ihre Bemerkung nicht wirklich nett und es an der Zeit war, das entwaffnende Lächeln einzusetzen. »Sie sind sauer, habe ich recht?«

»Selbstverständlich bin ich sauer. Was denken Sie denn? Ich bin es ja gewohnt, dass die Leute mir nicht alles erzählen. Da geht es uns Ärzten wie Anwälten – wir werden am häufigsten von denen belogen, um die wir uns kümmern. Aber die meisten Leute geben sich wenigstens Mühe mit ihren Geschichten. Ihre hingegen ist einfach nur Blödsinn.«

Unter ihrem Blick wurde Jarre ganz reumütig. »Das stimmt wohl. Ich habe mir nicht viel Mühe gegeben, nicht wahr? Ich dachte, dass nur der Verband gewechselt wird und …« Er merkte, dass er sich schon wieder reinritt, und wechselte erneut das Thema. »Auf jeden Fall sollen Sie kein Verbrechen verheimlichen.

Das ist ein Streifschuss, und die Polizei weiß darüber Bescheid. Ich war aber das Opfer, nicht der Täter.«

»Und warum erzählen Sie mir dann so eine Geschichte?« Es trat wieder etwas Wärme und Humor in ihren Blick.

»Kann ich ehrlich sein? Ich meine, wegen der Schweigepflicht und so.«

»Probieren Sie es einfach.«

»Eigentlich wollte ich vermeiden, dass die Polizei weiß, dass ich in Hannover bin. Sie hat vermutlich noch Fragen an mich und meint, ich sollte ganz woanders sein. Und die, die auf mich geschossen haben, sollten auch nicht unbedingt wissen, wo ich bin. Daher wollte ich anonym bleiben und mich verstecken …«

»Und Sie meinen, das klingt plausibel?«

»Zumindest ist es wahr.«

Sie sah ihn lange an und seufzte tief. »Also gut, nehmen wir einmal an, es stimmt, was Sie sagen. Dann brauche ich die Schusswunde nicht zu melden, weil sie schon gemeldet ist, und das ist alles, was mich interessiert. Ich schreibe ›Schusswunde‹ in den Bericht, so wie ich das muss, lasse aber aus, dass es nur die erste ist und dass Sie im Laufe des Tages noch weitere erwarten. Ist das in Ordnung?«

Jarre sah sie mit leidgeprüfter Miene an. Er war der Meinung, dass er von einer Ärztin solchen Sarkasmus nicht verdient hatte. Trotzdem nickte er.

»Und heute Abend erklären Sie mir die Geschichte etwas ausführlicher«, fuhr sie mit einem Lächeln fort.

»Am besten nach Ende meines Dienstes, so gegen acht Uhr, wenn ich Sie aus beruflichen Gründen nicht schon früher wieder hier sehe …«

Überrascht sah Jarre auf und nahm die Chance sofort wahr. »Natürlich, gerne. Wir könnten ins ›Erich‹ gehen. Da ist immer etwas los.«

»Gute Idee«, stimmte Dr. Winter ihm zu. »Da wollte ich schon immer einmal hin. Sagen wir um acht, vor der Marktkirche?«

»Sicher«, murmelte Jarre, obwohl seine Stimme gar nicht so klang.

»Sehr schön. Und jetzt …« Sie träufelte Jod auf einen Wattebausch. »Jetzt tut es ein bisschen weh.«

*

Etwas später an diesem Vormittag im Archiv des Landes Niedersachsen saß Jarre seinem Freund Werner Heidenreich in dessen Büro gegenüber.

»Und?«, war die ganze Begrüßung, die er seinem Freund gegönnt hatte, als er, ohne anzuklopfen, das Büro betreten hatte.

»Ganz wie du gedacht hast«, erklärte der Bibliothekar gerade. »Ich habe heute Morgen in Braunlage angerufen. Die Wirtin deines Hotels wusste längst Bescheid über die Sache. Bereits am Dienstag waren zwei Polizisten bei ihr und haben das Zimmer des Colonels bis auf den letzten Fetzen Papier ausgeräumt. Deine Sachen sind noch da. Du kannst sie abholen, wann du willst.«

»Waren das wirklich Polizisten?«

»Das ist das, was ihr gesagt wurde. Sie war entsetzt zu hören, dass der Colonel einen Unfall hatte, und hatte keinen Grund, die Behauptung anzuzweifeln. Die Ausweise dieser angeblichen Polizisten hat sie sich jedenfalls nicht zeigen lassen.«

Behrend verdrehte die Augen. In jedem Krimi zeigten die Kommissare brav ihre Marke. In der Realität legt aber offenbar niemand Wert darauf. »Haben sie ihre Namen genannt?«

»Ein Mann, den die Frau als groß, grimmig und fast kahl beschrieb, nannte sich Petrov. Er sprach mit slawischem Akzent. Der andere hat sich nicht vorgestellt. Er war wohl kleiner als Petrov und drahtiger.« Heidenreich seufzte. »Klingt jedenfalls nicht nach einem typischen deutschen Kriminalbeamten ...«

Behrend hingegen strahlte beinahe, als er das hörte. »Aber Petrov klingt dafür russisch. Unsere Theorie scheint sich zu bestätigen«, sagte er, was Heidenreich weniger begeisterte.

»Ein slawischer Akzent macht noch keinen Russen«, mahnte er. »Jedenfalls klingt das nicht nach Typen, mit denen man leichtes Spiel hat.«

»Glaub mir, das weiß ich«, gab Behrend zurück und fasste sich unwillkürlich an seine schmerzende Schulter. Hatte Dr. Winter wirklich so viel Jod nehmen müssen?

»Wir wissen jetzt, dass ihr im Harz beobachtet wurdet. Woher sonst hätten sie wissen können, wo sie nach den Papieren des Colonels suchen müssen?«

»Zumindest wussten sie, wo der Colonel und ich wohnen, und vermutlich auch, dass er irgendwo Papiere hatte. Da brauchten sie nur zwei und zwei zusammenzuzählen«, antwortete Behrend.

»Das würde erklären, warum sie dein Auto heil gelassen haben – sie wussten, dass da nichts zu holen war.«

Behrend schüttelte den Kopf. »Gesagt ist das nicht, denn ich würde ja glauben, dass jemand, der Präzisionsgewehre bedienen kann, auch weiß, wie man ein Auto knackt, ohne Spuren zu hinterlassen. Egal, diese Typen haben zwar Kendrick-Wales' Papiere, aber er hatte mindestens zwei volle Aktenkoffer dabei, und dieses Material müssen sie erst einmal sichten und dann schlau daraus werden.«

»Das heißt, du hast noch einen Vorsprung?«

»Ja, aber nur einen kleinen, die Zeit drängt. Deswegen fahre ich morgen zuerst zu diesem Stollen VII an der Eckertalsperre und gucke ihn mir genauer an.«

»Wenn sie dich reinlassen. Die DDR ist zurzeit wegen Renovierung geschlossen, scheint mir.«

»Ich rede mir seit geraumer Zeit ein, dass es keine Schwierigkeit bedeutet, dort einzureisen, also bleibe ich dabei. Außerdem ist das der geheimnisvollste Ort auf der Liste des Colonels, und ich hoffe, dass es uns weiterbringt, wenn ich weiß, warum er daran interessiert war. Du hingegen bleibst an der Sache mit den Unterlagen über die ALIU dran.«

»Weißt du eigentlich, wie lange es dauert, bis Mikrofilme aus England hier ankommen?«, fragte Heidenreich entnervt.

»Nein, dafür bist du zuständig. Du bist der Bibliothekar.«

»Es wäre einfacher, wenn du nach London fliegst, um die Akten einzusehen. Vergiss nicht, du hast ein Reiseunternehmen und bist reich, für dich sollte es nicht schwierig sein, kurzfristig nach London zu fliegen.«

»Mag sein, aber ich vertraue dir ganz und gar. Also, streng dich an.«

Heidenreich nickte ergeben und ersparte sich alle Ermahnungen an Jarre, morgen vorsichtig zu sein. In seiner derzeitigen Stimmung würde Jarre gewiss nicht darauf hören. »Warum fährst du nicht heute schon?«, fragte er stattdessen.

»Ich muss noch einmal weg«, erklärte Behrend leichthin mit einem überbreiten Grinsen.

»So?« Sein Freund zog erstaunt die Brauen hoch. »Wohin denn?«

»Sprechstunde bei meiner Ärztin.«

*

Leutnant Tzarkas beobachtete genau, wie Oberst Leonow auf den Funkspruch reagierte, den er soeben über die Langwelle erhalten hatte. Er sah, wie sich Leonows Augen zu dunklen Schlitzen verengten und wie sein Mund zu einem schmalen Strich wurde, ehe sich ein kaltes Lächeln über seinem Gesicht ausbreitete. Das war nicht gut, das war überhaupt nicht gut.

»Wir haben ihn«, erklärte Leonow und zeigte seinem Leutnant die kurze Notiz. Sie enthielt einen Namen, eine Straße und eine Stadt. Es war der Name von Jarre Behrend. Und Tzarkas wusste, dass er nie erfahren würde, woher ihr Auftraggeber diese Angaben hatte. »Wir werden hinfahren und ihn ausschalten«, stellte er fest. Sein Lächeln wurde eine Spur breiter.

Tzarkas sah ihn nachdenklich an. »Ist das klug, Herr Oberst?«, fragte er leise.

Leonow wandte sich ihm zu und funkelte ihn an. Fast hätte er seine Antwort gefaucht. »Was willst du damit sagen?«

»Es ist ein Risiko, ihn auszuschalten, und ich frage mich, ob wir dieses Risiko eingehen müssen. Was weiß dieser Deutsche denn schon? Er hat uns nicht einmal gesehen, und er kann auch nichts über unsere Nachforschungen im Werk Tanne wissen. Der Colonel hatte Informationen, die wir brauchen, und er hätte uns gefährlich werden können, aber nicht dieser Deutsche.«

»Er war dabei, als wir den Colonel ausgeschaltet haben, und er ist geflohen«, erklärte Leonow.

»Ja, er ist uns entkommen. Aber deswegen haben wir alle Spuren beseitigt, die irgendwie auf uns deuten könnten. Niemand wird uns verdächtigen, wenn wir nicht noch einmal auf uns aufmerksam machen.«

Tzarkas wies auf die Dokumente, die sie im Zimmer des Colonels gefunden hatten und auf die Auswertungen, die Chang Lin Wang angefertigt hatte. »Wir haben genug damit zu tun, herauszufinden, was genau der Colonel wusste.«

Leonow sah seinen Leutnant voller Verachtung an. »Du wirst weich, Lew. Dieser Deutsche ist uns entkommen, und allein dafür muss er büßen.« Leonow knurrte fast, als er das feststellte. »Aber du hast recht, wenn du sagst, dass viel Arbeit auf uns wartet. Deswegen werde ich Werner und Erich schicken, damit sie sich um den Deutschen kümmern.« Das waren die einzigen deutschen Mitglieder ihrer Truppe und daher die Männer, die in Hannover am wenigsten auffallen würden. Er funkelte Tzarkas an und sein Blick war eisig. »Trotzdem würde ich an deiner Stelle aufpassen, Leutnant. Wenn du noch einmal meine Befehle infrage stellst, werde ich nicht so nachsichtig mit deiner Insubordination umgehen.«

Damit wandte er sich ab, und erst als er zehn Schritte weit weg war, merkte Lew Tzarkas, dass er bei den letzten Sätzen des Obersts unwillkürlich die Luft angehalten hatte. Vorsichtig atmete er aus und sah Leonow nach. Langsam wurde es eng, murmelte er und vergewisserte sich dabei ein weiteres Mal, dass seine Pistole leicht erreichbar in ihrem Holster steckte. Sehr eng sogar …

*

Es war lange nach Mitternacht, als Jarre Behrend und Anna Winter die aufregende, aber gerammelt volle und überaus verrauchte Kneipe verließen, die der einzige echte Szenetreff der Stadt war. Während Behrend sich seine Jacke überzog, gestand er sich ein, dass der Abend nicht besser hätte laufen können – für beide.

Er dachte kurz daran, wie er ein paar Minuten zu früh an der Marktkirche angekommen war und wie er sich gerade überlegt hatte, was die schöne Ärztin wohl trinken würde, als er Dr. Winter auch schon aus Richtung Innenstadt auf sich zukommen sah. Sie hatte ihr kleines Schwarzes angezogen und als Konzession an das Schmuddelwetter ein weißes T-Shirt darunter gezogen. Er fand das sehr gewagt, aber Frauen, die Männerkleidung trugen, sah man jetzt häufiger. Dazu trug sie eine lange dunkle Lederjacke, die ihr eine lässige Aura gab, die er bei der kühlen und strengen Ärztin von heute Morgen gar nicht erwartet hatte. Es war einfach perfekt.

Dann hatten sie mit Erfolg einen Tisch in dem stets überfüllten Lokal gefunden, aber auch nur weil ein älteres Ehepaar, das etwas verloren aussah, den Tisch aufgab, noch bevor sie bestellt hatten. Offenbar hatten sie von einem Lokal in der Altstadt etwas anderes erwartet. Jarre und Anna aßen eine Kleinigkeit und bestellten einen Weißwein, was sich in einer Bierkneipe natürlich als Fehler herausstellte, aber das schien Dr. Winter nicht zu beirren. Schon beim ersten Schluck hatte sie ihm mitgeteilt, dass sie Anna hieß.

Für den Moment war Jarre sehr zufrieden damit, wie die Verabredung mit der schönen Ärztin lief.

An der Theke hatte Anna ein paar Leute ausgemacht, die in Hannovers frisch erblühter Jazzszene einen Namen hatten, darunter Peter Sauer und Mike Gehrke, die oft im ›Erich‹ zu finden waren, obgleich sie erst vor Kurzem einen eigenen Jazzclub in Linden gegründet hatten. Von da an hatten sie sich über Jazz, die Stones und Gott und die Welt unterhalten und viele Gemeinsamkeiten entdeckt, nicht zuletzt hinsichtlich der unmöglichen Haltung der Regierung zum Vietnamkrieg. Besonders hatte sich Anna über die Waffengesetze in den USA aufgeregt. Am Montag hatte der Student Charles Whitman in Austin ein Blutbad angerichtet, und sie war der Meinung, dass ein strengeres Gesetz das verhindert hätte.

Dennoch war es ein fröhlicher Abend, und jetzt, gut vier Stunden später, waren sie beide angeheitert und bester Laune. Mit einer übertrieben höflichen Geste hielt Jarre die schwere Tür der Kneipe auf und ließ Anna den Vortritt. Sie beschenkte ihn mit ihrem strahlendsten Lächeln, dann schob sie sich an Jarre vorbei, blieb auf dem Bürgersteig stehen und atmete die frische Abendluft tief ein.

»Ich glaube nicht, dass es eine gute Idee war, das letzte Bier zu trinken«, murmelte sie, als sie ihre Schultern zurücknahm und sich aufrichtete, um Haltung zu bewahren und damit ihrem leicht beschwipsten Zustand zu trotzen.

»Egal, es hat gezischt«, beschied Jarre.

»Das hat es«, bestätigte Anna und lächelte. »Obgleich ich den Eindruck habe, dass der Wirt sein bester Kunde ist.«

»Das ist er bestimmt. Aber trotzdem funktioniert der Laden, und er ist jeden Abend voll.«

»Der Wirt oder der Laden?«, fragte Anna todernst, erwartete jedoch keine Antwort. Sie gingen Richtung Leine, da Jarre durch die Calenberger Neustadt nach Linden wollte.

»Du holst jetzt noch dein Auto? Für die Expedition morgen?«, versicherte Anna sich nach einer Weile.

Er nickte. Im Laufe des Abends hatte er ihr viel über das Abenteuer erzählt, das ihn mit einer Schusswunde ins Krankenhaus Nordstadt gebracht hatte, und er hatte ihr auch erzählt, dass er vorhatte, morgen in die Sowjetzone zu fahren, um einen der Orte anzusehen, die Colonel Kendrick-Wales auf seiner Liste hatte. Anna hatte mit Respekt reagiert, denn für sie kam eine Reise zu den deutschen Nachbarn einer Reise nach Sibirien gleich. Jarre konnte kaum etwas dagegen sagen, da ähnliche Gefühle sich bei ihm bemerkbar machten. Er fragte sich unwillkürlich, ob er nicht sowieso in Sibirien landen würde, da er nicht vorhatte, die Behörden in der DDR von seiner Einreise zu informieren.

»Ich hoffe nur, dass es den Kerlen nicht gelingt, mich zu finden«, sagte er mit einem schiefen Lächeln, um vom Thema abzulenken. Er fürchtete wirklich, dass die Männer, die auf ihn geschossen hatten, ihn selbst in Hannover finden würden. Seine Adresse würden sie über das Krankenhaus herausfinden können oder vielleicht über das Kennzeichen seines Autos. Oder war er nur paranoid?

»Hast du schon einen Plan, was du machen wirst, wenn sie doch da sind?«, fragte Anna, die er mit seiner Geschichte sehr beeindruckt hatte.

Er schüttelte den Kopf. »Nein, aber wenn ich erst in Linden bin, bin ich auch so weit nüchtern, dass mir bestimmt etwas einfällt.«

»Du weißt aber, dass es nicht gut ist, betrunken Auto zu fahren?«, mahnte Anna.

»Ja, Frau Doktor. Aber ich will mein Auto nur ein paar Straßen weit fahren, damit ich es morgen früh unbeobachtet holen kann. Auf dem Weg habe ich bestimmt genug Zeit, etwas auszunüchtern.« Er hatte zwar weniger getrunken als Anna, fühlte jedoch, dass er die Bewegung brauchte.

»Dann komme ich mit«, erklärte sie spontan. »Zwei besoffene Köpfe sind besser als einer, und ich muss mich noch bewegen.«

»Habe ich bei dieser Sache eigentlich auch ein Wort mitzureden?«, fragte Jarre irritiert.

Anna schüttelte den Kopf. »Nein, eigentlich nicht.« Sie lachte, und irgendwie ahnte Jarre, dass sie das durchaus ernst gemeint haben könnte.

»Vielleicht erzählst du mir unterwegs ja etwas über Hannover, das ich noch nicht weiß«, forderte sie ihn auf, während sie das Leibnizufer überquerten. Im Licht der Laternen sah sie ihn erwartungsvoll an.

Jarre überlegte kurz und wies auf das Straßenschild. »Bei Leibniz fällt mir eine Geschichte zum Großen Garten ein.«

»Was hat der olle Leibniz denn mit dem Garten zu tun?«

»Wart's nur ab. Wusstest du, dass es früher ein schwieriges Geschäft war, Wasser für die vielen Fontänen in die Gärten zu bekommen? Es fehlte oft an Druck, um die Fontänen zu betreiben«, sagte er und sie schüttelte pflichtschuldig den Kopf. »Der erste Fontänenmeister wurde 1689 wegen erwiesener Untauglichkeit entlassen, weil er es nicht geschafft hatte, die Wasserversorgung für die Fontänen im neu angelegten Garten sicherzustellen. Sein Nachfolger, immerhin der Celler Hofbauarchitekt, starb nach nur einem Jahr im Amt, und auch der Franzose Pierre Denis schaffte es in den nächsten zwei Jahren nicht, genug Wasser heranzubringen. Es bedurfte eines Universalgenies, um auf die Idee zu kommen, die Leine, die nicht weit von den Gärten floss, aufzustauen und ein Wasserrad zu bauen, das die Pumpen betrieb.«

»Lass mich raten – das war Leibniz?«, fragte Anna. Das war nicht nur naheliegend, sondern die übliche Antwort für ›Universalgenie aus Hannover‹.

»Genau. Ihm verdanken wir die Idee der Wasserkunst, selbst wenn es 30 Jahre gedauert hat, bis das Ding endlich funktionierte und man dabei ein paar englische und französische Ingenieure verschlissen hat.«

»Faszinierend. Und das alles nur, damit man 200 Jahre später die Köpfe von Haarmanns Opfern an der Wasserkunst finden konnte«, meinte Anna leichthin.

»So ungefähr.« Jarre lächelte. Haarmann war immer ein beliebtes Thema bei allen, die zum ersten Mal nach Hannover kamen, selbst bei seinen ausländischen Kunden. Obgleich er den Serienmörder nie für besonders unterhaltsam gehalten hatte, kannte er die Geschichte des einstmals berühmtesten Hannoveraners doch genau.

»Wusstest du, dass Haarmanns Gehilfe, ein gewisser Hans Grans, seit Abbüßung seiner Strafe in Ricklingen wohnt?«, fragte er gerade, als sie durch eine besonders finstere Ecke des Weges gingen. »Ich finde das unheimlich.« Er dachte dabei an Jürgen Bartsch, den Teufel in Menschengestalt, der vor wenigen Wochen verhaftet worden war, weil er mehrere Kinder ermordet hatte, hütete sich allerdings, ihn auch noch ins Gespräch zu bringen. Anna war sowieso schon geschockt genug.

»Schuft«, knurrte sie daher. »Mitten in der Nacht erzählst du mir so etwas! Als Nächstes bietest du mir bestimmt an, mich zu beschützen.«

Er sah sie an und ihm entging das wilde Funkeln in ihren Augen nicht. »Auf diese Idee würde ich nie kommen«, behauptete er daher. Wenn jemand so ein

Angebot nötig hatte, wäre wohl eher er es, der Schutz brauchte.

»Das ist gut«, stellte Anna fest und sah grimmig drein. »Ich bin nämlich ziemlich gut in Karate!« Sie sprach es mit drei Silben aus.

Behrend nickte anerkennend. »Das ist diese neue Sportart aus China, nicht wahr?«

»Aus Japan«, korrigierte sie ihn.

»Auch gut. Ich kann leider nur Tchi-Bo«, seufzte er.

Es dauerte etwas, bis dieser Kalauer ankam, doch dann verzog Anna schmerzerfüllt das Gesicht. »Lass die Scherze und erzähl mir lieber, wie du dazugekommen bist, Abenteuertouren für Kulturtouristen anzubieten«, verlangte sie. »Du weißt ja jetzt, dass ich eine Tochter aus gutem Hause mit guten Noten und Helferkomplex bin. Aber was treibt dich an? Das hast du mir noch nicht verraten …«

Das war ein Thema, über das er gar nicht gerne sprach. Bevor er schließlich begann, stellte er Anna eine Frage: »Hast du schon einmal etwas von der Karl Behrend GmbH gehört?«

Anna schüttelte den Kopf. »Solange sie keinen Medizinbedarf herstellen …«

»Nein, das ist ein großer Zulieferer für VW mit Sitz am Nordhafen. Karl Behrend war mein Großvater, und die Firma ist im Familienbesitz. Es ist ein recht großer Betrieb.«

»Du bist also reich?«, fragte Anna fasziniert.

»Ich nicht, meine Familie schon«, wehrte Jarre ab.

»Die Firma hat schon immer unser Leben bestimmt. Mein Großvater hat sie aufgebaut und enorm vergrößert, als VW 1956 das Werk in Stöcken eröffnete. Mein Vater hat seit seiner Lehre mit und in der Firma gelebt, sie ist sein Ein und Alles. Sogar meine Mutter hat lange für die Firma gearbeitet und war fast nie zu Hause. Daher hat mein Vater erwartet, dass ich mich genauso für Autoteile begeistere wie alle Behrends. An meinem 18. Geburtstag stand ich kurz vor dem Abitur, und er hat mir 20 Prozent der Firma überschrieben. Ich war damals auf dem Internat und habe nichts davon mitgekriegt, sonst hätte ich protestiert.« Im Licht der Laternen auf dem Damm des Sperrwerks sah sie sein schiefes Lächeln. »Du kannst dir vorstellen, wie fröhlich die Feier zu meinem 18. Geburtstag endete, nachdem ich meinem Vater gesagt hatte, dass ich seine Geste zwar zu schätzen wisse, aber lieber Kunstgeschichte studieren wolle, als in seine Firma einzusteigen – erst recht nicht mit ihm als Chef.«

»Autsch«, meinte Anna. »Das war bestimmt nicht lustig.«

»Nein, war es nicht. Wir haben seitdem nicht mehr viel miteinander gesprochen.« Er seufzte. »Er schafft es fast immer, einen wichtigen Termin zu haben, wenn ich mich mal mit Mutter treffe. Das ist zwar etwas albern, doch es erspart uns allen viel Ärger. Er kann einfach mit Widerspruch nicht umgehen – genauso wenig, wie ich es mag, wenn mir jemand Vorschriften macht.« Jarre sah sie an.

Anna wusste gut, wie es war, wenn Dickköpfe miteinander stritten.

»Nun ja, der Rest ist schnell erzählt. Nachdem ich plötzlich Geld hatte, bin ich nach Berlin gegangen und habe dort Kunstgeschichte und Romanistik studiert, später habe ich mit einem Stipendium in London meinen Doktor gemacht. Dann habe ich für einige Zeit nebenbei in einem Auktionshaus gearbeitet und die Echtheit der Stücke, die bei uns eingeliefert wurden, überprüft. Dabei habe ich gelernt, dass Kunstgeschichte durchaus spannend sein kann, vor allem wenn es darum geht, festzustellen, was echt ist und was geklaut. Zu der Zeit habe ich angefangen, nach Kunstwerken zu suchen, die gestohlen wurden oder im Weltkrieg verschwanden, und es ist mir gelungen, ein paar davon wiederzubeschaffen.«

»Das klingt spannend«, meinte Anna, die sich gerade Jarre im Trenchcoat vorstellte, wie er in einer dunklen Ecke in einer osteuropäischen Stadt gestohlene Kunstwerke von einem Informanten übernahm.

»Es ist auch spannend, aber es ist längst nicht so romantisch, wie du vielleicht denkst. Als Schatzjäger hat man viel mit Recherche und Papierkram zu tun.« Er lächelte. »Jedenfalls hat damals niemand auf mich geschossen. Trotzdem bin ich auf den Geschmack gekommen und habe mich entschlossen, den abenteuerlichen Aspekt der Kunstgeschichte zu vermarkten.«

»Nicht schlecht«, murmelte Anna und betrachtete den groß gewachsenen Mann neben sich. Mit seinen etwas unordentlichen dunklen Haaren, den haselnussbraunen Augen und seiner lässigen Eleganz sah er eher wie ein Abenteurer aus, nicht wie ein Produzent von Autoteilen.

Sie fragte sich, ob es mit ihrem beschwipsten Kopf zusammenhing, dass sie sich unwillkürlich vorstellte, welche Abenteuer sie mit ihm wohl noch erleben würde …

SIEBEN: FREITAG, 5. AUGUST 1966, BIS SAMSTAG, 6. AUGUST 1966

Es war nach ein Uhr morgens, als Jarre Behrend und Anna Winter in der kleinen Straße unterhalb des Lindener Berges anlangten, in der Behrend seine Dachwohnung hatte. Nicht weit davon hatte er seinen VW geparkt. Jarre war sich nicht sicher, ob jemand auf der Lauer lag, aber Anna war überzeugt davon und meinte sogar, dass vermutlich zwei Trupps auf ihn warteten, einer, der die Wohnung bewachte, und einer, der sein Auto im Auge behielt. Sie behauptete, dass James Bond das so machen würde, was er nicht ganz glauben mochte.

Ihr Plan stand dennoch fest. Anna, die keiner der Attentäter zuvor gesehen hatte, würde die Straße entlanggehen, wo der VW parkte, und nach einem verdächtigen Wagen Ausschau halten. Sollte sie etwas entdecken, würde sie zu Jarre kommen, um sich mit ihm zu beraten.

»Sieh zu und lerne«, brummte sie, bevor sie um die Ecke bog. Jarre sah ihr für einen Moment hinterher und wusste sogleich, dass ihr Hüftschwung und die Art, wie sich ihre langen blonden Haare bewegten, die Aufmerksamkeit jeden Mannes – und auch so mancher Frau – auf sich gelenkt hätten. Niemand käme darauf, dass sie auf einer Spionagemission war. Rasch zog er sich hinter eine Hausecke zurück und blickte auf seine Uhr. Vier, vielleicht fünf Minuten – mehr würde sie nicht brauchen, um einmal um den Block zu gehen.

Die ersten zwei Minuten verstrichen schnell, und auch die dritte Minute schien nicht viel langsamer zu vergehen, doch ab der vierten Minute blieb die Zeit fast stehen. Anna kam und kam nicht wieder. Erst als die fünfte und sechste Minute verstrichen waren, hörte er Schritte, und im nächsten Augenblick sah er Anna, die breit grinsend auf ihn zukam.

»Du hattest recht«, flüsterte sie aufgeregt. »Da sitzen wirklich zwei Typen in einem großen Land Rover und starren die ganze Zeit auf dein Auto.«

»Hast du sie genauer sehen können?«

»Und ob. Es sind zwei, und beide sehen so aus wie die Schurken im nächsten James Bond.«

Was hatte sie nur immer mit James Bond? So toll war dieser Sean Connery nun auch wieder nicht, dachte Jarre, besann sich dann aber auf das Wesentliche. »Kannst du sie beschreiben?«, fragte er.

»Grimmige Gesichter, sehr kurze Haare, Quadratschädel. Klingt das vertraut?«

»Und ob.« Gerade heute Morgen hatte die Wirtin aus Braunlage die ›Kommissare‹, die bei ihr waren, fast genauso beschrieben. »Also gut, was machen wir jetzt? Blöderweise habe ich mein Fahrtenmesser gerade nicht dabei, um ihre Reifen aufzuschlitzen.«

»Kein Problem. Ich sagte doch, sieh zu und lerne. Ich brauche nur eine Telefonzelle.« Als würde diese

Erklärung reichen, sah sie sich um, entdeckte jedoch keine in ihrer Nähe.

»Bei der Kirche ist eine«, brummte Jarre und sie gingen einige Meter, bis sie die hell erleuchtete Telefonzelle erreicht hatten. Mit einem Grinsen verschwand Anna in dem gelben Häuschen, telefonierte kurz und kam mit einem noch breiteren wieder heraus.

»Jetzt warten wir …«, teilte sie Jarre mit, gab sich aber nicht die Mühe, ihre Pläne etwas ausführlicher darzulegen.

»Wir warten? Worauf?«, fragte Jarre irritiert.

»Dass ein paar Freunde herkommen.«

Behrend fand diese Antwort nicht sehr erhellend. »Freunde? Was für Freunde?«

»Musst du immer alles wiederholen, was ich sage? Es kann nicht lange dauern, dann wirst du sie kennenlernen.«

Falls Behrend auf weitere Erklärungen gehofft hatte, wurde er enttäuscht. Anna spähte die Straße entlang und sagte nichts. Mit einer Handbewegung versuchte sie Behrend zu beruhigen, der sie etwas entnervt ansah. Es dauerte etwas, ehe sie ihn erlöste. »Da kommt schon meine Hilfe.«

Irritiert sah Jarre zur Seite und erblickte den Käfer mit Polizeilackierung, der sich ihnen näherte. Er stöhnte innerlich, als er merkte, was Anna getan hatte. Einen Augenblick später hielt der Wagen neben ihnen und einer der Polizisten sah aus dem Seitenfenster.

»Haben Sie uns angerufen?«, fragte er etwas brummig.

»Ja, tut mir leid. Guten Abend. Aber wissen Sie, ich habe solche Angst«, erklärte Anna mit hastigen, abgehackten Worten. Jarre fand, dass es ihm hoch anzurechnen war, dass er keine Miene verzog, während die sonst so selbstsichere Ärztin sich mit plötzlich weinerlicher Stimme an den Polizisten wandte. Anna unterstrich ihre Worte, indem sie sich dabei mehrmals mit der Hand durch ihre langen blonden Haare fuhr, um klarzumachen, wie schutzbedürftig sie sei.

»Wovor haben Sie denn Angst?«, fragte der Polizist und stieg aus. Jarre erkannte an dem Stern an seiner Uniform, dass es sich um einen Kommissar handelte. Auf das Auge des Gesetzes hätte er gut verzichten können.

Anna begann, dem Polizisten eine verworrene Geschichte zu erzählen, in der ihr ›neuer Freund‹ Jarre ein Nebenrolle spielte, aber ›Max‹, ihr brutaler Exfreund, die wenig glänzende Hauptrolle innehatte. In mehrfachen Ansätzen konnte Anna den Polizisten schließlich deutlich machen, dass Max vor nichts zurückschrecken würde, um ihr, die ihn vor zwei Monaten verlassen hatte, wehzutun, und dass sie jetzt Männer gesehen habe, die vor der Wohnung ihres neuen Freundes warteten und die es bestimmt auf sie und ihren neuen Freund abgesehen hätten. Dabei wies sie auf Beweisstück A, Jarre Behrend – so jedenfalls kam es ihm vor, als er mit immer größerem Erstaunen ihrer Geschichte zuhörte und mächtig aufpassen musste, um an den passenden Stellen zu nicken.

Anna war jedenfalls überzeugend genug. Die Polizisten entschlossen sich, an Behrends Haus vorbeizufahren, um den dunkelroten VW 1600 und seine Insassen zu inspizieren. Anna bedankte sich, schlug aber das Angebot aus, gleich in die Wohnung begleitet zu werden, da sie es nicht riskieren wollte, dass Max' Helfer sie mit einer Polizeikontrolle in Verbindung brachten. Das würde alles nur noch viel schlimmer machen.

»Wie Sie meinen«, sagte der ältere der beiden Polizisten, bevor sie wieder einstiegen.

Ein paar Minuten später sahen Anna und Jarre, wie ein Land Rover aus der Straße kam und rasch in Richtung Süden abbog. Gleich darauf folgte der Polizeiwagen, der neben ihnen hielt.

Der Polizist erklärte Anna und Jarre daraufhin, dass sie in der Tat zwei Männer angetroffen hätten, die nicht nachweisen konnten, dass sie in der Straße ein Anliegen hatten, und daher des Platzes verwiesen wurden. Geduldig erklärte er der aufgeregten Anna, dass dies alles sei, was die Polizei im Augenblick unternehmen könne, da nichts gegen die Männer vorliege. Für weitere Ermittlungen müsse erst eine Anzeige erstattet werden, sagte er, und versprach Anna, dass in der Nacht die Streife etwas häufiger durch Jarres Straße fahren würden. Anna bedankte sich überglücklich und versprach, gleich am Morgen in die Inspektion zu kommen, um eine Anzeige aufzugeben.

Sie war so überdreht, sie würde bestimmt gleich anfangen zu hüpfen und die Polizisten zu umarmen, dachte Jarre etwas missmutig, der gerne eine heldenhaftere Rolle zugewiesen bekommen hätte.

Kaum waren die Polizisten wieder verschwunden, strich sich Anna eine wilde Haarsträhne aus der Stirn und grinste Jarre an. »Das hat Spaß gemacht.«

»Kommt darauf an, was man unter Spaß versteht ...«, murmelte er.

»Ich fand mich gut«, erklärte sie schelmisch, während sie in die Straße einbogen.

Jarre sah sie an und seufzte. »Du hättest mir zumindest sagen können, was du vorhast«, beklagte er sich und blieb dann stehen. Sie hatten inzwischen sein Auto erreicht.

»Manchmal muss man die Leute auch überraschen, sonst wird es langweilig«, erklärte sie. »Wann holst du mich morgen ab?«

Jarre blinzelte. Offenbar war mit den Bieren zum Schluss wirklich etwas nicht in Ordnung gewesen. Verwirrt sah er sie an. »Und wozu hole ich dich morgen ab?«

»Zu unserem Waldspaziergang, was denn sonst? Ich habe morgen keinen Dienst, und die frische Luft wird mir guttun. Außerdem war ich noch nie in der SBZ. Das wird spannend!«

Jarre hob die Brauen. »Du bist dir im Klaren, dass das nicht unbedingt ein Spaziergang wird? Ich weiß zwar nicht, was uns da erwartet, aber es wird nicht einfach werden. Ich wollte erst spät losfahren und abends im Harz ankommen …« Ihm war bewusst, wie das klang, sagte sich jedoch, dass Anna sich schließlich selbst eingeladen hatte.

»Umso besser«, sagte sie ohne Zögern, obgleich sich Jarre nicht die Mühe machte, zu erklären, warum das so sein sollte. »Ich habe das Wochenende frei und muss meinen Dienst nicht tauschen. Außerdem hast du eben schon ›uns‹ gesagt. Aus der Geschichte kommst du jetzt nicht mehr raus. Also, wann treffen wir uns?«

»Um 17 Uhr?«, schlug Jarre vor.

Anna überlegte, Egon Rösner, den Assistenzarzt, der zusammen mit ihr angefangen hatte, zu fragen, ob er ihre letzte Dienststunde übernehmen könnte. »Das wird gehen.«

»Gut, ich warte vor dem Krankenhaus auf dich. Nimm dir ein paar abgelegte dunkle Sachen mit, es könnte sein, dass wir klettern müssen und schmutzig werden.«

»Wird gemacht.«

»Und jetzt? Soll ich dich nicht nach Hause bringen?«, fragte er.

Sie schüttelte den Kopf. »So versessen auf Abenteuer bin ich nun auch wieder nicht«, erklärte sie mit einem Lächeln. »Ich nehme eine Taxe, vor der Sparkasse stand eben eine.« Sie winkte noch einmal, dann war sie auch schon unterwegs, und Jarre konnte darüber nachdenken, wie sie den Spruch mit dem Abenteuer eigentlich gemeint hatte.

*

Lew Tzarkas stand an der Seite der Großen Halle im Werk Tanne und rauchte nervös eine Zigarette. Neben dem Glimmen seiner Zigarette durchbrachen nur die Lichtstrahlen der gut abgeschirmten Lampen seiner Truppe die dunkle Nacht. Zum ersten Mal seit dem letzten Dienstag hatte Leonow heute den Befehl gegeben, ihre Untersuchungen im Werk Tanne fortzusetzen. Kurz zuvor hatte ihm ein Späher gemeldet, dass seit dem Abend alle Absperrungen der Polizei verschwunden waren und die Polizei ihre Untersuchungen an dem Tatort offensichtlich beendet hatte.

Sie waren nach Mitternacht am Werk Tanne angekommen und Leonow hatte die Probegrabungen sofort wieder aufnehmen lassen. Seitdem arbeitete der Trupp auf Hochtouren.

Doch gegen drei Uhr morgens war alles aus dem Ruder gelaufen. Werner Heisemann und Erich Kunze, die den Auftrag hatten, Jarre Behrend ein und für alle Mal zu erledigen, waren unverrichteter Dinge zurückgekommen und hatten sich mit betretenen Gesichtern bei Leonow zurückgemeldet. Der Deutsche war ihnen entkommen und nicht nur das, offenbar hatten sie auch noch die Polizei auf sich aufmerksam gemacht, sodass sie einen Platzverweis erhalten hatten.

Tzarkas schüttelte voller Unverständnis den Kopf. Wieso waren die beiden dann überhaupt zurückgekommen? Sie kannten doch Leonow und wussten, wie er auf Versagen und Fehlschläge reagierte! Seit über einer Viertelstunde war Leonow nun dabei, sie anzuschreien und sie vor versammelter Mannschaft zu demütigen.

Leutnant Tzarkas hörte, wie die Stimme seines Vorgesetzten, die sich eben fast überschlagen hatte, plötzlich wieder eiskalt wurde. Mit verräterischer Ruhe in seiner Stimme fragte er Heisemann und Kunze, die ihm gegenüber an der Wand der großen Halle standen, was er denn nun mit ihnen machen solle. Da wusste Tzarkas, dass es Zeit war, einzuschreiten. Er warf die Zigarette weg und betrat die Halle. Mit ein paar Schritten war er neben Leonow angekommen.

»Sie werden lernen, ihre Pflichten ernst zu nehmen, wenn wir ihren gesamten Lohn einbehalten, um ihn unter den anderen zu verteilen«, sagte er. Er wusste, dass dieser Gesichtsverlust eine bittere Pille für die beiden Männer sein würde, etwas, das beinahe schwerer wog als der Verlust des Geldes für die letzten Wochen voll harter Arbeit.

Der Oberst funkelte ihn wütend an. »Das ist nicht genug«, knurrte er. »Sie haben sich wie Kinder reinlegen lassen, obwohl ich von ihnen verlangt habe, dass sie mir den Kopf dieses Mannes bringen! Durch sie ist er zum zweiten Mal entkommen, und so etwas darf nicht vorkommen. Sie werden lernen müssen, dass meine Befehle ernst genommen werden müssen!«

»Das haben sie gewiss schon gelernt«, entgegnete Tzarkas. »Das sieht man doch.«

»Ja«, murmelte Leonow. »Ich sehe es.« So plötzlich, dass Tzarkas keine Zeit hatte, um einzugreifen, zog der Oberst seine Tokarev TT-30. In einer einzigen flüssigen Bewegung legte er zuerst auf Werner Heisemann an und drückte ab, dann zielte er ein zweites Mal und drückte noch einmal ab, als er Erich Kunze vor dem Lauf hatte. Tzarkas sah, wie die schweren Geschosse den Männern faustgroße Löcher in die Brust schlugen und sie von den Beinen gerissen wurden. Sie waren tot, ehe sie auf dem kalten Boden der Halle aufschlugen.

Fassungslos sah Tzarkas Leonow an, der leise lachend dastand und auf die Leichen herabsah. Sobald das Lachen verstummt war, zischte er den Leutnant an: »Du hast schon wieder meine Befehle infrage gestellt. Das war das letzte Mal. Das nächste Mal stirbst du.« Er drehte sich um und steckte langsam die TT-30 wieder ein. »Aber dein Vorschlag ist gut. Ich werde die Hälfte deines Lohns einbehalten und an die anderen verteilen. Hoffentlich lernst du etwas daraus.« Wieder lachte der Oberst leise vor sich hin, als er sich abrupt abwandte und nach draußen ging.

Tzarkas sah ihm lange nach. »Da mach dir keine Sorgen«, murmelte er. »Ich habe meine Lektion gelernt, verlass dich drauf.« Dann ging auch er in die Nacht hinaus, wobei er darauf achtete, Leonow möglichst nicht über den Weg zu laufen.

*

Als Jarre Behrend Anna Winter vor dem Nordstadtkrankenhaus auflas, sahen beiden etwas übernächtigt aus. Aber wie bei einem unausgesprochenen Pakt nahmen sie gegenseitig keine Notiz davon. Jarre hatte wohlweislich eine große Thermoskanne mit Kaffee mitgenommen, was ihn in den Augen von Anna zu einem echten Helden machte. Gierig leerte sie ihren Becher, ehe sie Hannover verlassen hatten.

Auf der A 7 hatte Jarre das Gefühl, dass die Autobahn, die gerade ein paar Jahre alt, schon jetzt aus den Nähten zu platzen schien. Sie kamen nur mühsam voran, obgleich der VW mit seinen 56 PS die Berge besser meisterte als viele andere Autos.

Jarre verließ die Autobahn und folgte der Bundesstraße über Goslar nach Bad Harzburg. Anna hatte ihm während der Fahrt erzählt, wie schwer es heutzutage war, sich als Frau im Arztberuf durchzusetzen. Dennoch hatte Jarre keine Zweifel, dass die junge Ärztin, die manchmal etwas kühl wirkte und dabei doch vor Energie und Klugheit fast überschäumte, ihren Weg gehen würde. Dessen ungeachtet wurde sie jedoch erst bemerkenswert spät stutzig, was die Durchführbarkeit von Jarres Plänen anging.

»Sag einmal, wo wollen wir denn überhaupt in die SBZ einreisen? Ich wusste gar nicht, dass es im Harz einen Grenzübergang gibt.«

Jarre sah sie mit treuem Augenaufschlag an. »Wer hat denn etwas von Einreisen gesagt?«

»Was? Ich denke, du willst …« Dann bemerkte sie

seinen Blick und dachte an das, was er gestern gesagt hatte. Sie solle alte Kleidung mitbringen, da sie sich eventuell dreckig machen könnten. Auf einmal begriff sie. »Nein! Das kannst du nicht ernst meinen?«

Wieder sah Jarre sie an. »Was denn?«

»Du willst doch nicht über die grüne Grenze gehen, oder?«

»Doch, das habe ich vor.«

»Und was ist mit mir?«, empörte sie sich. »Ich hatte nicht vor, mich heute erschießen zu lassen!«

»Wirst du nicht, das verspreche ich dir.«

»Und wie willst du das Versprechen halten? Hast du schon einmal etwas von diesem Ding gehört, das sie in der Ostzone gebaut haben? Die Mauer? Dort schießen sie scharf, und es macht ihnen auch noch Spaß.« Anna standen plötzlich wieder die Schlagzeilen der letzten Wochen vor Augen. Erst vor wenigen Tagen hatte sie in der Zeitung gelesen, dass in Berlin-Lichtenrade ein Mann erschossen worden war, der versucht hatte, aus Ost-Berlin zu fliehen. 270 Kugeln aus den Maschinenpistolen der Grenzposten hatten den Mann und einige Gebäude im Westen durchsiebt.

»Die Mauer steht in Ost-Berlin«, klärte Jarre sie mit gut gespieltem Hochmut auf. »Hier im Harz haben sie bislang nur wenige Grenzbefestigungen gebaut. Es gibt zwar Wachtürme und Zäune, aber keine Minen oder Selbstschussanlagen.«

»Es reicht mir, wenn ich von einem Grenzposten

erschossen werde, danke. Glaub mir, das will ich nicht. Das kann einem den ganzen Abend ruinieren.«

Jarre verstand ihre Aufregung, da er ihr nicht von Anfang an reinen Wein eingeschenkt hatte, trotzdem stellte sie sich ein bisschen an, fand er. »Kennst du die Geschichte der vier bundesdeutschen Gefreiten, die letztes Jahr in die DDR einmarschiert sind?«, fragte er daher.

Verblüfft sah sie ihn an. »Nein, die kenne ich nicht. Haben wir wirklich schon einmal die DDR überfallen?«

»Ja. Es geht in der Geschichte um vier Bundeswehrgefreite, die einen Orientierungsmarsch gemacht haben. Sie waren im dicken Nebel unterwegs, der ihnen die Sicht nahm. Irgendwann kamen sie zu einem Zaun, den sie wohl für einen Viehzaun hielten, jedenfalls kletterten sie kurzerhand darüber. Dann wurden sie auf einen Zivilisten aufmerksam, der ihnen mitteilte, dass sie völlig verrückt sein müssten und sich inzwischen in der DDR befänden. Da sie kein weiteres Aufsehen erregen wollten, beschlossen die vier Gefreiten nach langen Diskussionen, sich dem Feind zu stellen. In Feldmontur mit Helm und Nato-Gewehr gingen sie in die nächste Militärbaracke, die sie finden konnten. Der Kommandant der Grenzbrigade sah sie ungläubig an und alarmierte schließlich einen Oberst des Staatssicherheitsdienstes, dessen Angebot, doch in der DDR zu bleiben, die vier Gefreiten allerdings ausschlugen. Nach zwei Tagen schickte der Oberst die vier über die Grenze zurück.«

»Und diese Geschichte soll mich beruhigen?«

»Natürlich. Wenn noch nicht einmal den Invasionstruppen etwas geschehen ist …«

»Sie wurden verhaftet, oder?«

»Aber nicht erschossen.«

»Da hast du nun auch wieder recht.« Für eine Weile verfiel Anna ins Schweigen, dann sah sie auf, und Jarre bemerkte einen hellen Glanz in ihren Augen. »Auf jeden Fall klingt es spannend. Wie sieht dein Plan im Einzelnen aus?«

»Ich dachte, wir essen etwas in Goslar oder vielleicht in Bad Harzburg und wärmen uns auf, danach fahren wir so dicht an die Eckertalsperre heran, wie wir können, warten, bis es dunkel ist, und marschieren dort durch den Wald, bis wir Stollen VII gefunden haben.«

»Die erste Hälfte des Plans klingt gut, die zweite nicht. Wie willst du den Stollen finden, wenn es dunkel ist? Das ist doch die Suche nach der Nadel im Heuhaufen.«

»Na ja, es bleibt ja nicht sehr lange dunkel, und ich habe eine ziemlich genaue Ahnung, wo der Stollen sein könnte.«

»Und woher das?«

Jarre fischte etwas aus der Innentasche seines Jacketts und hielt es triumphierend hoch. »Daher. Das ist das Notizheft von Kendrick-Wales' Vater. Der Colonel hat es am Montag in meinem Auto gelassen. Darin befindet sich eine Karte, aufgrund der der Colonel überhaupt erst auf die Idee gekommen ist, dass es so etwas wie den Stollen VII gibt. Sein Vater hatte die Skizze damals angefertigt. Der Colonel hatte sie mir schon vor ein paar Wochen geschickt und mich gebeten, nach Möglichkeit herauszufinden, wo dieser Stollen ist.«

Anna stieß einen leisen Pfiff aus. »Jetzt wird es wirklich spannend.«

»Nicht wahr? Die Karte hat sonst keine Ortsangaben, aber es sind einige Straßen eingezeichnet, deren Verlauf ich auf Anraten des Colonels mit alten Karten des Harzes verglichen habe. Und ich denke, dass ich die Straßen wiedererkannt habe und dass der Stollen nicht weit vom Südende der Talsperre in einem schmalen Tal liegt, das nur schwer zugänglich ist – außer durch eine alte Holzfällerstraße, die in dem Tal endet.«

Anna ließ sich das, was Jarre gesagt hatte, durch den Kopf gehen, und als sie Bad Harzburg erreichten, war sie bereits Feuer und Flamme für seinen Plan. Sie stärkten sich in einem kleinen Restaurant, das leckere Wildspezialitäten anbot, und besprachen die ganze Sache noch einmal im Detail. Gegen elf Uhr abends, nachdem die Dämmerung schließlich der Dunkelheit Platz gemacht hatte, brachen sie auf.

Gegen halb zwölf bogen sie von der Bundesstraße 4 ab, die Bastesiedlung hinter sich lassend, und fuhren auf einer schmalen Forststraße die letzten dreieinhalb Kilometer bis zum Eckertal.

Dort parkte Jarre den VW unter Bäumen abseits der Straße und sah Anna im Licht der Scheinwerfer bedeutungsvoll an.

»Und jetzt?«, fragte sie verwundert.

»Jetzt wird es ernst.«

Anna nickte knapp, denn das hatte sie auch so gewusst.

Während Jarre sich seine schäbigsten Klamotten anzog, warf Anna Winter einen erstaunten Blick in den Kofferraum seines Autos. Sie registrierte das Sammelsurium an Geräten und fand es höchst bemerkenswert, an was Jarre alles gedacht hatte. Gummistiefel, einen Klappspaten, eine Drahtschere und allerlei anderes Werkzeug, das sich unter dem einen oder anderen Umstand als nützlich erweisen könnte. Sogar eine Metallsäge hatte er eingesteckt, wenn sie auch nicht wusste, warum. Vermutlich um die Türme der Grenzposten zu Fall zu bringen, dachte sie. Sie würden sich sicher mit dem Sägen abwechseln müssen, wenn es so weit war. Sie schüttelte den Kopf. Wer konnte denn schon ahnen, was dieser ungewöhnliche Mann vorhatte! Seine Voraussicht war gewiss ein Riesenvorteil, aber der Nachteil dabei war, dass sie das alles jetzt auf dem Rücken tragen mussten.

Sie brachen kurz nach Mitternacht auf und schlugen sich gleich von Anfang an in die Büsche. Jarre ging voran, wobei er hin und wieder eine eckige grüne Taschenlampe benutzte, deren Licht mit verschiedenen Schiebern gedämpft werden konnte. Im Moment verbreitete die Lampe ein unheimliches grünes Licht, das nur wenige Meter weit reichte, jedoch erstaunlich hell war. Damit kämpften sie sich durch den mehrere hundert Meter breiten Wald, der sie von der innerdeutschen Grenze trennte.

Es dauerte ein paar Minuten, ehe sie den Grenzfluss, die Ecker, erreicht hatten. Jarre verharrte plötzlich vor einem Schild, das ominös verkündete: ›Achtung! Bachmitte Grenze!‹ Das Ganze war vom Bundesgrenzschutz unterzeichnet, was die Botschaft nicht freundlicher erscheinen ließ. Ein Wachturm war vor dem dunklen Himmel jedoch nirgends auszumachen.

»Noch kannst du zurück«, bemerkte Jarre, als er auf den flachen Bachlauf wies, der sich zwischen niedrigen Büschen dahinwand. Er hatte seine Taschenlampe ausgeschaltet, aber ihre Augen hatten sich bereits so an die Dunkelheit gewöhnt, dass das Licht des Mondes ausreichte, um das schmale Flussbett zu erkennen.

»Das wäre ja noch schöner«, brummte sie, stapfte in den kleinen Fluss und betrat die sowjetisch besetzte Zone Deutschlands. Dann winkte sie Jarre zu sich. »Wo bleibst du?«, flüsterte sie heiser. »Kneifen gilt nicht.«

Jarre zog eine Grimasse und kam hinterher. Er ersparte sich eine Erwiderung, da von nun an jedes Geräusch ihre Anwesenheit auf dem feindlichen Territorium verraten könnte. Zum Glück begann gleich hinter der Ecker wieder dichter Wald, von dem Jarre wusste, dass er sich bis zum Brocken zog, dem schwer bewachten Horchposten der DDR, dem sie auf keinen Fall zu nahe kommen durften.

Jarre hatte eine Metallscheibe mit einem dünnen Schlitz vor das Glas seiner Taschenlampe geschoben. Ab jetzt durften sie die Lampe nur anschalten, wenn es unerlässlich war, um nicht die Aufmerksamkeit der Grenzposten auf sich zu ziehen. Er baute jedoch darauf, dass die Gegend so einsam und undurchdringlich war, dass es nicht viele Posten und Streifen geben würde. Aber man wusste ja nie.

Sie bewegten sich vorsichtig von Baum zu Baum, während Jarre anhand eines Kompasses ihre Richtung korrigierte. Wenn sie den immer steiler werdenden Hang, den sie gerade querten, zu ihrer Rechten behielten, wären sie richtig, behauptete er.

Sie waren noch nicht lange in der anderen Hälfte Deutschlands unterwegs, als sie unvermittelt auf den Grenzzaun stießen, der sich mitten durch den Wald zog. Nirgendwo war eine Spur der bedrohlichen Grenzanlagen, die sich zwischen dem Brocken und dem Wurmberg befanden.

»Jetzt wird es interessant«, murmelte Jarre und holte tief Luft. Er flüsterte Anna zu, dass sie einen Moment hier ausharren müsse, während er den Zaun inspizierte. Da sie keinen Wert darauf legte, von Selbstschussanlagen zersiebt zu werden, willigte sie gerne ein. Nervös lauschte sie auf die Geräusche der Nacht, aber sie hörte nur das Rauschen des Windes in den Fichten um sie herum, keine Schritte, keinen Alarm und kein Hundegebell – keines der Geräusche, die sie mit einer unmittelbar bevorstehenden Gefangennahme verband.

Nach etwa zehn Minuten kam Jarre zurück, unversehrt und breit grinsend. Anna erkannte ihn erst im letzten Moment.

»Alles klar«, verkündete er. »Ich habe nirgendwo einen Schussapparat gesehen. Etwas weiter hinten ist ein Wachturm, aber die Grepos können uns von da nicht sehen. Die kontrollieren das Tal, das aus dem Osten direkt zur Ecker führt.«

»Also gut«, flüsterte Anna. »Dann los.« Einen Augenblick später kam die Drahtschere zum Einsatz und schon waren sie drüben.

»Gut, dass der Zaun nicht elektrifiziert war …«, meinte Anna, während sie auf das kleine Loch zurückblickte, durch das sie gekrochen waren.

»Keine Sorge, das hatte ich schon ausprobiert, mit einem alten Schraubenzieher. Später müssen wir mit einem elektrischen Signalzaun rechnen, der Alarm auslösen könnte. Also Vorsicht!«

»Und was ist mit Minen?«

»Sieht es so aus, als hätten sie in diesem Wald Minen gelegt?«

Anna musste zugeben, dass das sehr unwahrscheinlich war. Einen gerodeten Streifen, der entlang der Grenze verlief, hätten sie sicher nicht so problemlos überquert. Vorsichtig gingen sie weiter, bis sie nach einer geraumen Weile in ein Waldstück kamen, das etwas lichter war. Jarre blieb einen Moment im Schutz der letzten hohen Bäume stehen und hielt Anna mit einer Handbewegung zurück.

»Warten wir, bis die Wolken aufreißen«, murmelte er und wies nach oben. Die ersten funkelnden Sterne waren bereits zu sehen und der Mond ließ die zerfaserten Ränder der Wolken hell aufleuchten. Dann brach er endgültig durch und die Landschaft vor ihnen wurde vom Mondlicht fahl beleuchtet. Jarre studierte eingehend die Umgebung und verglich sie mit der Karte, die er zweimal kurz beleuchtete.

»Die Forststraße, zu der wir wollen, ist dort drüben, etwas weiter unten.« Er wies in eine Richtung, in der Anna einen schmalen Einschnitt zwischen den bewaldeten Bergen erkannte. »Dort hinten, wo der Wald wieder anfängt, ist der Signalzaun. Den müssen wir irgendwie überwinden, ohne dass wir Alarm auslösen. Das dürfte das schwierigste Stück unserer Expedition sein. Dort sind die dazugehörigen Wachttürme.« Er zeigte auf die beiden hohen, viereckigen Türme, die in der obersten Etage rundum schwach erleuchtete Fenster hatten. Etwas weiter weg glänzte die Eckertalsperre im Mondlicht. »Ich denke, dass die Grepos nicht sehen können, was in dem Wald vorgeht, der dort unten liegt. Da müssen wir hin.«

Anna nickte, dann machten sie sich an den Abstieg und achteten darauf, immer im Schutz der Bäume zu bleiben. Nachdem sie gut 50 Höhenmeter hinabgestiegen waren und eine östliche Richtung eingeschlagen hatten, kamen sie zu dem berüchtigten Signalzaun, der ersten Barriere, die DDR-Flüchtlinge überwinden mussten, und der letzten, die sie selbst vor sich hatten.

Auch diesmal dauerte es nicht lange, bis Jarre das gefunden hatte, was er gehofft hatte. Rasch holte er Anna und deutete auf eine Stelle zwischen zwei Bäumen, wo blanker Fels unter dem Signalzaun zu sehen war. Zwischen dem Fels und dem Zaun war Platz genug, dass sie hindurchkriechen konnten. »Hier hatten die Grenzer es offenbar schwer, einen ebenen Verlauf für den Zaun zu finden, und den Rest dürfte das Schmelzwasser der letzten paar Jahre erledigt haben. Der Boden ist jedenfalls auf einem breiten Stück weggeschwemmt.«

Anna fixierte ihn mit einer säuerlichen Miene. »Und deshalb die abgetragenen Sachen, oder? Weil du wusstest, dass wir kriechen müssen?«, erkundigte sie sich.

»Es war jedenfalls nicht auszuschließen«, erwiderte er. »Geologische Karten sind eine wahre Fundgrube an Informationen.«

Dann machten sie sich an die Arbeit. Erst kroch Jarre auf dem Rücken und mit dem Kopf voran unter dem Draht durch. Anschließend zog er die Rucksäcke hinterher, die Anna ihm entgegenschob. Zum Schluss tat es Anna Jarre gleich. Für eine Minute lauschten sie angestrengt, aber es war nichts zu hören, kein Alarm, keine Schüsse, und niemand rief nach ihnen.

»Sieht so aus, als hätten wir es geschafft«, verkündete er. »Von jetzt an ist es ein Kinderspiel. Die Forststraße ist dort oben, und dahinter ist das Tal, in dem der Stollen sein soll. In einer halben Stunde sind wir da.«

»Und dann?«, wollte Anna wissen, die langsam müde wurde. »Es ist gerade einmal drei Uhr morgens und stockfinster.«

»Es wird bald hell, und bis dahin machen wir eine lange Pause. Ich habe Brötchen dabei und ein paar Dosen Cola. Die sollten uns wieder aufmuntern.«

»Dein Wort in Lenins Ohr«, murmelte Anna, stapfte weiter und nahm den nächsten Hügel in Angriff. Jarre kam leise pfeifend hintendrein.

Jarre und Anna hatten die Forststraße, die sich am Hang entlangzog, längst hinter sich gelassen, als der Regen einsetzte. Der Hang, den sie herabstiegen, war dadurch nicht nur steil, sondern auch rutschig, und sie mussten vorsichtig sein, wenn sie nicht den Halt verlieren und hinunterrutschen wollten. Das würde bedeuten, dass sie unweigerlich auf die Felsen tief unter ihnen schlagen würden. Auf den Regen hätten sie gut verzichten können, dachte Anna.

Jarre hingegen war bester Laune, denn sie hatten die Grenze sicher hinter sich gebracht, und er war überzeugt, dass er die Karte von Kendrick-Wales' Vater richtig gedeutet hatte und in dem Tal unter ihnen der Stollen lag, der die lapidare Bezeichnung ›VII‹ trug. Jetzt mussten sie ihn nur noch erreichen.

Langsam, Fuß für Fuß, setzen sie also ihre Schritte und versuchten dabei, zwischen den Fichtennadeln auf dem rutschigen Erdboden Halt zu finden.

»Es ist nicht mehr weit«, behauptete Jarre wenig

später und streckte Anna seine Hand entgegen, die sie jedoch energisch abwehrte.

Natürlich, jemand wie sie würde vor solch einer Herausforderung nicht zurückschrecken und brauchte nicht die Hand eines Mannes, um einen Hang wie diesen zu bewältigen, erkannte Jarre. Reumütig ließ er sie gewähren.

»50 Meter im freien Fall«, schätzte Anna und klang dabei weniger ironisch, als sie wollte. Jarres Hand wäre ihr jetzt willkommen gewesen, aber sie musste sich so sehr darauf konzentrieren, wo sie hintrat, dass sie ihren Blick nicht vom Boden wenden konnte.

»Das sind höchsten 30 Meter«, beschwichtigte Jarre sie, bevor er auf der Wurzel einer Kiefer ausrutschte und den Hang ein paar Meter hinunterschlitterte. Seine alten Jeans waren inzwischen mehr als reif für die Reinigung, dachte er, während sich Anna in ihren Turnschuhen erstaunlich gut hielt. Sie mussten allerdings noch zwei besonders steile Stellen hinter sich bringen, ehe sie in der Talsohle anlangten.

»Jetzt müssen wir den Stollen finden. Das wird nicht einfach«, erklärte Jarre, nachdem sie endlich unten angekommen waren und sich halb rutschend, halb gehend am Boden der Schlucht vorarbeiteten. »Der Colonel hat damals explizit geschrieben, er wolle Stollen VII besichtigen, wenn das denn irgendwie möglich sei. Der Stollen war also ungemein wichtig für ihn.«

»Ich denke, du weißt, wo der Stollen ist? Hast du nicht gesagt, wir sind gleich da?«

»Das war gelogen«, gestand er. »Ich dachte, du bräuchtest etwas Motivation.«

Anna hätte eigentlich wütend sein müssen, aber sie nickte nur. Jarre hatte es nur gut gemeint, und jetzt, wo die Sonne aufgegangen war und sie drei Brötchen im Bauch hatte, stellte sie fest, dass er nicht übertrieben hatte – das hier war ein echtes Abenteuer. Sie erlaubte sich ein leichtes Lächeln, als er immer weiterredete. Er hatte eine wohltuend dunkle Stimme, war äußerst charmant und machte seine Arbeit als Führer für Abenteuertouren wirklich gut. Soweit sie das einschätzen konnte. Deshalb nahm sie ihm seine kleine Schwindelei nicht übel.

Noch einmal schob sie den Rucksack auf ihren Schultern zurecht, dann folgte sie Jarre, der mit langen Schritten voranging. Währenddessen untersuchte Jarre jede Erhöhung, jede Wölbung, ob sie nicht menschlichen Ursprungs war. Es war aber selten, dass er dabei eine künstliche Konstruktion entdeckte, bis auf einen schmalen Schacht, aus dem ein kleines Rinnsal kam. Rasch sahen sie, dass dieser Spalt viel zu klein war, um Stollen VII sein zu können.

Nachdem sie ein gutes Stück Weg unter schwierigen Bedingungen zurückgelegt hatten, erregten drei Fichten Jarres Aufmerksamkeit, da sie bemerkenswert regelmäßig zu sein schienen. Die Bäume waren alle gleich hoch, standen in Form eines symmetrischen Dreiecks nebeneinander und waren so ineinander gewachsen, dass sie eine Einheit bildeten. Interessiert hielt Jarre an und ließ seinen Rucksack zu Boden sinken.

»Das sieht ungewöhnlich aus«, stellte er fest und wies auf die Fichten und die dahinter liegenden Felsen. Neugierig ging Anna um die Felsen herum, kam aber gleich darauf zurück.

»Da ist kein Stollen«, erklärte sie und zog einen Schmollmund.

»Nicht so voreilig. Diese Bäume sehen so aus, als wären sie angepflanzt worden, und zwar von jemandem, der sie viel zu dicht nebeneinander gesetzt hat.«

Anna musste ihm recht geben. »Ja, das war wohl so, und zwar vor etwa 20 Jahren, zumindest der Größe der Bäume nach zu urteilen.«

»Was bedeutet, dass hier jemand vor 20 Jahren drei kleine Fichten gepflanzt hat, um etwas zu verstecken.«

»Du denkst, dahinter liegt der Stollen?«, wunderte sich Anna. Es sah aus der Nähe so aus, als erhöben sich die Felsen direkt hinter den Bäumen. Wenn sie es recht bedachte, sprach alles für Jarres Theorie.

»Schauen wir doch einfach nach«, murmelte Jarre, dann drängte er sich zwischen zwei Fichten hindurch und war gleich darauf im Dunkel dahinter verschwunden. Auch sie zwängte sich zwischen den Ästen hindurch, die nur widerwillig nachgaben, und gelangte in einen schmalen Raum, der sich zwischen den Felsen und den Bäumen verbarg.

Jarre stand grinsend vor ihr und machte eine Bewegung wie ein Showmaster. Verblüfft sah sie auf den Stollen, der vor ihr in den Berg ging. Ein eisernes Tor hielt Unbefugte davon ab, den Stollen zu erkunden. Jarre sah sich neugierig um, bis er auf den Felsen über ihren Köpfen wies. In den Fels war eine krude römische ›VII‹ eingemeißelt.

»Bingo!«, murmelte Anna, dann machten sie sich mit neuer Energie daran, einen Weg in den Stollen zu finden. Das Tor hatte seinen roten Schutzanstrich schon halb verloren und das schwere Schloss war von Rost überzogen. Behrend rüttelte vergeblich an dem alten Gitter, das nicht nachgeben wollte.

»Ich glaube, ich brauche die Metallsäge«, meinte er. »Das Tor bewegt sich keinen Millimeter.«

Anna kletterte wieder ins Freie und reichte ihm die brandneue Metallsäge. Gleich darauf ertönte das hohe Geräusch der Säge, als Jarre die Angeln des Tores bearbeitete. Anna und er lösten sich mehrmals beim Sägen ab, bis schließlich die Angeln der Konstruktion nachgaben, Jarre das Tor aufziehen konnte und mit einem Ächzen gegen die Wand lehnte.

»Vandalismus im Dienste der Wissenschaft«, erklärte er etwas kleinlaut, als er Annas Blick sah, doch sie war nur über seine Effizienz erstaunt, nicht über seine Methoden. Sie bezweifelte, dass das rostige Tor irgendeinen historischen Wert hatte.

Langsam betraten sie den Stollen und sahen sich um. Der Gang vor ihnen war zwar nicht hoch, aber eben, sodass sie keine Ausrüstung anlegen mussten. Anna strich mit einer Hand über den Fels und spürte dessen raue, wenig bearbeitete Oberfläche.

»Der Gang war anscheinend erst gesprengt und danach per Hand nur so weit verbreitert worden, dass man ihn passieren kann«, vermutete Jarre, der ihre Geste sah. »Eine äußerst behelfsmäßige Konstruktion.«

»Was hat das zu bedeuten?«

Er zuckte mit den Schultern. »Das hätte ich auch gerne gewusst. Er wurde jedenfalls nicht für den Bergbau genutzt. Wahrscheinlich ist er viel jünger. Wir werden das sicher herausfinden, denn dazu sind wir ja hier.« Dann zwinkerte er. »Komm, das Abenteuer wartet.«

In geduckter Haltung gingen sie voran, wobei Anna Jarre den Vortritt ließ. Beide hatten Taschenlampen und sahen sich den engen Gang genau an, doch es gab nichts, was auf dessen Alter oder Zweck schließen ließ. Außer ein paar feuchte Stellen, wo Wasser in dünnen Rinnsalen aus der Wand floss, sahen sie nichts, was ihre Aufmerksamkeit erregt hätte. Doch nach gut 15 Metern wurde der Gang plötzlich breiter und mündete in einen Raum mit einer niedrigen Decke, der kaum größer war als ein geräumiges Zimmer.

Im Licht von Jarres Taschenlampen, bei der er mittlerweile schon einmal die Batterie gewechselt hatte, sahen sie bald, dass dies bereits das Ende des Ganges war, denn nirgendwo zweigte ein weiterer Tunnel ab.

Insgeheim hatte Jarre ja darauf gehofft, hier ein Dutzend alter Holztruhen zu finden, die den seit 1574 verlorenen Teil des Welfenschatzes enthielten. Aber er wusste auch, dass das keine realistische Hoffnung war. Außerdem hätte er diesen Fund bestimmt nicht freiwillig den DDR-Behörden überlassen, also war er ganz froh, dass er sich mit diesem speziellen Problem nicht befassen musste. Trotzdem fragte er sich, warum der Colonel so sehr darauf bestanden hatte, gerade diesen Schacht anzusehen. Es war erstaunlich, wie wenig es hier zu sehen gab.

Mit ein paar Schritten vermaß er den Raum in zwei Richtungen, bis er an der Rückwand stehen blieb. Anna gesellte sich zu ihm und beide sahen sich gründlich um. Auf dem Felsboden lag ein dicke Staubschicht und Kies und Anna entdeckte die undeutlichen Spuren einiger Katzen, die offenbar durch das Gitter geschlüpft waren und den Stollen erkundet hatten. Ansonsten waren kaum Spuren zu erkennen, jedenfalls nicht in Form von Fußabdrücken oder geheimnisvollen Linien und Symbolen, die den Weg zu geheimen Gängen wiesen. Dennoch begann sich bald ein Muster abzuzeichnen, das Jarres Aufmerksamkeit erregte und für ihn nur einen Schluss zuließ.

»Hier wurde irgendwann einmal etwas gelagert«, erklärte er. »Hier an der Wand, diese kleinen, langen Anhäufungen von Sand … Die sind wahrscheinlich entstanden, als etwas Schweres hin und her geschoben wurde.«

»Vermutlich Kisten«, überlegte Anna. »Oder Paletten. Jedenfalls etwas mit langen, scharfen Kanten.« Noch einmal bückte sie sich, um die Spuren anzusehen, dann richtete sie sich plötzlich auf. »Warte, was ist das?«

»Was ist was?«, fragte Jarre und sah zu ihr hinüber. Sie bückte sich und hob vorsichtig etwas auf, das für Jarre zuerst wie ein Stück Papier aussah. Er trat neben sie, während sie vorsichtig Staub und Sand von einem kleinen Quadrat schüttelte.

»Es ist eine Zigarettenpackung«, erkannte er, als Anna die kleine weiße Schachtel in ihren Händen drehte. Sie wies auf den Namen ›Stambul‹, der in sperrigen Buchstaben unter einem türkisch anmutenden Turm prangte. Ein Mond und ein Stern flankierten den Turm. »So eine Packung habe ich noch nie gesehen ...«

»Offenbar eine orientalische Zigarettenmarke«, meinte Jarre. Anna warf ihm daraufhin einen Blick zu, der wohl besagen sollte, dass sie das auch ohne seine Hilfe bemerkt hätte. Rasch redete Jarre weiter: »Orientalische Zigaretten waren vor dem Krieg in Deutschland sehr beliebt, fast alle Marken benutzten türkischen Tabak. In Dresden gibt es meines Wissens sogar eine Zigarettenfabrik aus den Zwanzigerjahren, die wie eine Moschee aussieht. Orientalische Zigaretten waren damals der Renner.«

»Aber jetzt nicht mehr, oder?«

»Nein, und daran sind die Amerikaner schuld. Als sie ihre typisch amerikanischen Lucky Strikes mit nach

Deutschland brachten, kamen die Deutschen bald auf den Geschmack und der hellere amerikanische Tabak wurde immer beliebter.«

Anna betrachtete die Schachtel interessiert. »Du meinst also, die Schachtel ist schon älter? Sie stammt aus der Zeit des Zweiten Weltkriegs und nicht aus der DDR?«

»Ich kann mir nicht vorstellen, dass es hier eine Zigarette namens Stambul gibt. Die rauchen alle f6«, behauptete Behrend.

»Geschützt vor Licht und Wasser hat die Schachtel hier ja recht lange überlebt«, stellte Anna fest. Sie war noch nicht ganz überzeugt.

»Ja. Ich möchte fast glauben, dass im Zweiten Weltkrieg zum letzten Mal jemand hier war. Jemand, von dem diese Zigarettenpackung stammt.«

»Kendrick-Wales' Vater?«

Jarre nickte. »Könnte sein, aber ich denke, es war noch jemand anderes hier«, murmelte er abwesend und rieb sich das Kinn. Anna sah sich im Schein der Taschenlampe weiter in dem Raum um, gab jedoch bald wieder auf, da es wirklich nichts zu entdecken gab. Als sie sich wieder zu Jarre gesellte, hatte sich seine Miene deutlich aufgehellt.

»Was ist los?«, fragte sie.

»Ich denke, ich weiß jetzt, was hier geschehen ist. Mir fehlen nur die Beweise dafür«, erklärte er.

»Und der Schatz?«

»Jedenfalls ist er nicht hier.«

»Aber er war hier?«

»Ja, ganz bestimmt«, behauptete Jarre und machte sich unvermittelt auf den Weg nach draußen. Anna zog die Augenbrauen hoch, folgte ihm dennoch. Nachdem sie sich durch die Fichten gequetscht hatte, sah sie in den Himmel, der inzwischen deutlich schwärzer geworden war. Der leichte Regen von vorhin war einem echten Unwetter gewichen.

»Es scheint, als würden höhere Mächte verhindern wollen, dass wir uns heute noch viel ansehen«, meckerte sie, während sie eine Hand ausstreckte, auf die schwere Regentropfen prasselten.

»Es ist zu früh, um uns auf den Rückweg zu machen«, gab Jarre zu. »Wir könnten im Stollen bleiben, dort ist es wenigstens trocken.«

»Wir könnten aber auch in Richtung Grenze gehen und die Lage sondieren. Wenn uns im Wald keiner sieht, können wir ja schon eher versuchen, die Grenze zu überwinden.« Sie zog die Kapuze ihres Parkas über den Kopf. »Das wird bestimmt lustiger, als in dem dunklen Stollen zu hocken«, meinte sie, dann griff sie sich ihren Rucksack und machte sie sich an den Aufstieg. Verblüfft schnappte sich Jarre seinen Rucksack und kletterte hinter ihr her.

Sie hatten die Forststraße fast erreicht, als Jarre plötzlich anhielt und Anna am Arm fasste. »Anna, dein Rucksack, setz ihn ab. Jetzt, sofort.«

Anna zögerte für einen Augenblick, doch der Klang seiner Stimme überzeugte sie, dass Diskussionen nicht angebracht waren. Sie ließ den Rucksack von ihren Schultern gleiten und sah nach hinten. Jarre hatte seinen Rucksack bereits abgesetzt und warf beide Säcke in ein kleines Dickicht unterhalb von einigen schmalen Fichten.

»Lass uns noch etwas weiter klettern«, verlangte er. »Ich erkläre alles später.«

Nach wie vor klang seine Stimme ernst, sodass Anna nicht einen Moment daran dachte, ihm zu widersprechen. Sie mühte sich, ein paar Meter Höhe zu gewinnen, aber sie kam nicht weit. Der Ruf »Halt! Stehenbleiben!« in unverkennbarem Sächsisch ließ sie in ihrer Bewegung erstarren. Auf einmal wusste sie, was Jarre bemerkt hatte. Vermutlich hatte er die Männer gehört, bevor er sie gesehen hatte.

»Grenzpolizei«, zischte Jarre durch die Zähne. »Tu, was sie sagen!«

Angesichts der Maschinenpistolen, die auf sie zielten, war das ein Rat, den sie sowieso befolgt hätte.

»Was du nicht sagst«, knurrte sie, dann hob sie ihre Hände. Jarres Hände folgten nur einen Augenblick später.

ACHT: SONNTAG, 7. AUGUST 1966

Als Anna Winter und Jarre Behrend am frühen Sonntagmorgen eine kleine Landstraße durch die Harzer Berge entlangfuhren, war keiner von beiden besonders guter Laune. Sie saßen in einem P3 der ostdeutschen Grenztruppe und rechts und links von ihnen befanden sich bewaffnete Soldaten, die sie bewachten. Zwar wirkten die jungen Männer keineswegs bedrohlich, eher im Gegenteil, aber sie unterhielten sich die ganze Zeit in einer Sprache, die Jarre nur mit größten Bedenken dem Deutschen zugerechnet hätte. Und das irritierte ihn maßlos. Außerdem waren sie auf dem Weg zu einem Rendezvous, auf das sich keiner der beiden Abenteurer so recht freute. Besonders Jarre fühlte sich in seine Schulzeit zurückversetzt, so als befände er sich auf dem Weg zu einem Gespräch mit dem Direktor, nachdem er wieder einmal dabei erwischt worden war, wie er etwas ausgefressen hatte. Bei dem Zusammentreffen mit der Patrouille des Bundesgrenzschutzes würde er sich sicher genauso fühlen, das wusste er.

Da half es auch nicht, dass er sich eigentlich freuen sollte, denn Anna und er würden bald nicht mehr in den Klauen des Staatssicherheitsdienstes sein. Aber irgendwie war das kein echter Trost, denn die Grenzposten der DDR hatten sich erstaunlich freundlich benommen, und er wusste nicht, was beim Bundesgrenzschutz auf sie zukommen würde. In der DDR waren sie reichlich mit Kaffee versorgt worden, der allerdings furchtbar geschmeckt hatte, und die Soldaten hatten ihnen großzügig ihre Zigaretten angeboten. Ein Oberst des Staatssicherheitsdienstes war nach Ilsenburg gekommen und hatte sie gleich zu Beginn seines Verhörs auf äußerst zuvorkommende Art gefragt, ob sie nicht in der DDR bleiben wollen, was offenbar die Standardfrage in solchen Situationen war. Beide hatten höflich abgelehnt und wichtige Termine im Westen angeführt, die sie nicht verschieben konnten.

Natürlich waren auch Anna und Jarre exquisit freundlich zu ihren Bewachern, genauso wie es sich für Wanderer gehörte, die sich bei Einbruch der Nacht verlaufen hatten, sodass sie ganz unabsichtlich auf das Gebiet der DDR vorgedrungen waren. Das war jedenfalls die Geschichte, die sie unabhängig voneinander dem Stasi-Oberst erzählt hatten. Als Jarre ihm im Brustton der Überzeugung gesagt hatte, dass er die Zäune, die er gesehen hatte, nur deswegen überklettert habe, da er sie für Weidezäune gehalten hatte, hatte der Oberst ein Stirnrunzeln nicht unterdrücken können. Allerdings war es ihm nicht gelungen, in den beiden verdreckten jungen Leuten irgendetwas anderes zu sehen, als ein Paar völlig verwirrter Wanderer aus dem dekadenten Westen. Etwas einfältig waren sie ja vielleicht, aber nicht gefährlich. Schließlich hatten sie nichts dabei, was auf irgendwelche subversiven Umtriebe deutete, und Fluchthelfer waren die beiden bestimmt nicht, denn Fluchthelfer waren raffiniert, nicht konfus.

Daher hatte sich der Oberst nach den Verhören, die sich bis in die späte Samstagnacht hinzogen, entschlossen, die beiden jungen Leute wieder in die BRD zurückzuschicken und an die Verantwortlichen des Bundesgrenzschutzes zu überstellen. Das war der beste Weg, um eine riesige Menge Arbeit und bürokratischen Aufwand zu vermeiden, und wer legte am Wochenende schon Wert auf so etwas? Nach einem Telefonat mit dem Bundesgrenzschutz hatte man sich auf dem kurzen Dienstweg verabredet, die Übergabe an der Bundesstraße, die von Stapelburg Richtung Westen führte, stattfinden zu lassen. Mittlerweile waren sie auf dem Weg dahin.

Annas und Jarres Laune steigerte sich auch nicht, als sie im ersten Licht des Morgens einen Blick auf Ilsenburg und das noch kleinere Stapelburg werfen konnten. Die Kopfsteinpflasterstraßen führten durch die kleinen Ortschaften, deren Häuser meist schäbig und vernachlässigt wirkten. Manche hatten sogar Einschusslöcher aufzuweisen, die aus dem Zweiten Weltkrieg stammen mussten. Der Anblick war durch und durch deprimierend. Jarre freute sich insgeheim, dass er in Richtung Westen unterwegs war.

Anna fand ihre Überstellung an der Grenze gleich hinter Stapelburg etwas enttäuschend und längst nicht so spannend wie in dem Film, der ihr Anfang des Jahres so gut gefallen hatte. Richard Burton spielte darin einen Geheimagenten, der an der Berliner Mauer erschossen wurde. Jarre hingegen verließ die DDR zwar mit gemischten Gefühlen, aber er betrat die Bundesrepublik mit einem Anflug echter Panik, als er sah, wer ihn dort erwartete. Der Mann, der an einem Streifenwagen lehnte, hatte ungepflegtes Haar, trug einen schlecht sitzenden hellen Anzug und sog gierig an einer Zigarette.

»Mist«, fluchte Jarre und zeigte auf den dunkelgrünen Mercedes 190C mit dem weithin sichtbaren Polizeischriftzug. »Der Grenzschutz hat gepetzt!«

»Wieso?«, fragte Anna. »Was will die Polizei von uns?«

»Hatte ich nicht erwähnt, dass ich von der Polizei gesucht werde?«, staunte Jarre.

Anna sah ihn finster an. »Nein. Du sagtest nur, dass die Polizei nicht unbedingt wissen müsse, wo du im Augenblick bist …«

»Ist das nicht das Gleiche?«, fragte Jarre unschuldig.

»Nein, ist es nicht.« Ihr Ton war pures, klirrendes Eis. »Ich wurde an diesem Wochenende schon einmal verhaftet, das reicht. Es ist weniger lustig, als ich gedacht habe.«

»Da hast du natürlich recht, aber im Moment ist es etwas problematisch, darüber ausführlich zu diskutieren. Das da vorn ist jedenfalls Kommissar Wertrichter, der alte Yeti. Er hasst mich und möchte mich bei Wasser und Brot hinter schwedischen Gardinen sehen.«

»Ich auch«, fauchte Anna, doch ehe Jarre etwas sagen konnte, hatte Wertrichter sie erreicht.

»Behrend«, fauchte der Kommissar. »Mitkommen.«

»Guten Morgen, Herr Kommissar«, erwiderte Jarre honigsüß. »Sie hätten sich nicht extra die Mühe machen brauchen. Mir ist schon schlecht.«

Anna wusste sofort, dass die Situation sich von hier an nur verschlechtern konnte.

»Sie sind verhaftet«, knurrte Wertrichter. »Dort ist mein Wagen. Steigen Sie ein. Blondchen kann gerne mitkommen.«

Als Behrend das Wort ›Blondchen‹ hörte, wusste er, dass Wertrichter einen Fehler gemacht hatte. Und tatsächlich, Annas Blick verhieß wenig Gutes, während sie einen Notizblock aus ihrem Parka fischte, auf dem sie rasch etwas notierte. Jarre fragte sich, was sie vorhatte, denn er ahnte, dass es Wertrichter nicht freuen würde.

»Wie lautet Ihre Dienstnummer?«, fragte sie den Kommissar mit schneidender Stimme, als der fast an dem Streifenwagen angekommen war, wo zwei weitere Polizisten auf ihr Stichwort warteten.

Wertrichter blieb vor seinem Wagen stehen und drehte sich langsam um. »Wie bitte?«

»Wenn Sie Ihre Dienstnummer nicht mehr wissen, auch gut. Für die Anzeige ist sie nicht nötig. Es hätte die Sache nur vereinfacht.«

Wertrichter kam drohend auf sie zu. »Jetzt hören Sie einmal zu, Fräulein …«, grollte er.

Wieder ein Fehler, dachte Behrend.

»Frau Doktor, bitte.« Mehr sagte sie nicht, musste sie auch nicht, denn ganz gegen seine Natur riss sich Wertrichter zusammen und bleckte sogar die Zähne, sozusagen als Ersatz für ein Lächeln. Offenbar hatte er gemerkt, dass er zu weit gegangen war.

»Also gut ... Frau Doktor. Ich gebe zu, ich bin heute etwas schlechter Laune. Wissen Sie auch, warum das so ist? Weil Ihr Freund da ...«

»Doktor Behrend.«

Wertrichter ließ sich nicht beirren. »Weil Ihr Freund da meint, er müsse uns verarschen. Erst erzählt er uns eine Räuberpistole über ein angebliches Attentat, dann entzieht er sich unserem Zugriff, besitzt danach aber die Dreistigkeit, am heiligen Sonntag hier herumzugurken, obwohl er weiß, dass seit Tagen eine Fahndung nach ihm läuft.«

»Und warum wird nach ihm gefahndet?«, fragte Anna sachlich, während sie mit einem ausgestreckten Arm Jarre davon abhielt, auf Wertrichter loszugehen.

»Wegen zweifachen Mordes. Ich denke, das ist Grund genug für eine Fahndung. Das werden sogar Sie einsehen, oder?«

»Aufgrund welcher Beweise?«, fragte sie und machte sich wieder Notizen, misstrauisch beäugt von Wertrichter.

»Er hat doch selbst zugegeben, dass es zwei Tote gegeben hat. Er weiß, dass wir die Leichen irgendwann finden werden und dass wir ihn dann am Haken haben.«

»Am Haken?«

»Ja. Weil er die beiden umgebracht hat und uns dann ein Märchen darüber erzählt hat.«

Jarre dachte kurz, dass der Blick, den Anna jetzt Wertrichter zuwarf, eher einem eitrigen Abszess hätte gelten können.

»Sie meinen also, Doktor Behrend hat sich mit seinen Opfern am Werk Tanne getroffen, was beide freiwillig mitgemacht haben, dann hat er sich von ihnen abgesetzt und ein vorher im Werk verstecktes Gewehr an sich genommen, hat beide Männer erschossen und sich danach mit demselben Gewehr und illegaler Munition aus großer Distanz einen Streifschuss zugefügt? Die Wunde, die ich behandelt habe, kann er sich jedenfalls nicht selbst beigebracht haben. Statt sich abzusetzen, hat er erst die Leichen versteckt und sich dann ins Krankenhaus bringen lassen, nur damit er von dort aus besser vor Ihnen fliehen konnte.« Sie sah den Kommissar kalt an. »Habe ich das richtig zusammengefasst?«

Wertrichter grunzte etwas, das Jarre nicht für Zustimmung hielt.

»Klingt das wirklich wie eine wahrscheinliche Geschichte, die eine Verhaftung rechtfertigen würde?«, fuhr Anna ungerührt fort. »Wenn Sie Doktor Behrend nicht glauben, dann haben Sie erst recht nichts in der Hand. Wenn Sie ihm aber glauben, dann gibt es auch keinen Grund, ihn zu verhaften.«

Wertrichter atmete tief ein. »Wir müssen seine Aussage überprüfen«, knurrte er. »Deswegen kommt er jetzt mit.« Er zeigte auf Behrend, der gerade Luft holte, um etwas zu sagen. Anna hob einen Finger an den Mund und unterband Jarres Kommentar.

»Sie wissen, dass das lediglich eine polizeiliche Vorladung ist, die sie gerade ausgesprochen haben. Doktor Behrend ist nicht verpflichtet, ihr Folge zu leisten.«

»Dann verhafte ich ihn, weil Fluchtgefahr besteht, nachdem er illegal die Grenze überquert hat.«

»Welche Grenze denn, bitte?«, fragte Anna mit unschuldigem Blick.

»Die da«, knurrte Wertrichter verächtlich und zeigte auf den unübersehbaren Grenzzaun.

»Und wie heißt das Land, in das er eingedrungen ist?« Sie sah Wertrichter sofort an, dass er begriffen hatte, worauf sie hinauswollte.

»Deutschland«, stieß er zwischen den Zähnen hervor. Als Polizist durfte und wollte er nicht von der DDR sprechen, da die Bundesrepublik die Existenz des deutschen Nachbarn nicht anerkannt hatte. Deswegen gab es in der Theorie gar keine Grenze, die man illegal hätte überqueren können. Anna überlegte, dass es sowieso nicht sehr viele Menschen geben konnte, die so etwas freiwillig versuchen würden – Anwesende natürlich ausgenommen.

»Vielen Dank für die Klarstellung. Er ist also illegal in Deutschland eingedrungen. Die Anzeige gegen Sie wird auf Beleidigung und Amtsmissbrauch lauten. Zum einen haben Sie mich ›Blondchen‹ genannt und zum anderen wollen Sie Herrn Doktor Behrend willkürlich verhaften, ohne dass ein Haftbefehl vorliegt oder Gefahr im Verzug ist. Sie haben doch keinen Haftbefehl, oder?«

Jetzt drohte Wertrichter erneut mit einem Finger. »Hören Sie mal, wenn Sie Ihre Tage haben, ist mir das egal, aber ich werde Ihren Freund vernehmen, ob er Lust hat oder nicht. Also, los jetzt. So etwas lasse ich mir doch nicht bieten.«

»Dann sind wir schon zwei.« Sie machte sich wieder eine Notiz. »Sie haben mich gerade ein weiteres Mal beleidigt und mir gedroht, was ich alles in meinem Gesprächsprotokoll festgehalten habe. Ich denke, die Anzeige wird sehr umfangreich.«

»Das können Sie mit mir nicht machen!«, fuhr Wertrichter fort. »Ich werde Sie …«

»Nein, ich denke, das werden Sie nicht.« Pure Autorität sprach nun aus ihren Worten. »Sie gehen lieber.«

Wertrichter schnappte nach Luft wie ein Fisch auf dem Trockenen, aber er wusste, dass er keinerlei Handhabe hatte, sie hier vor Ort zu verhaften. Vor Wut kochend kletterte er in den Polizeiwagen. Ehe er die Tür zuschlug, wandte er sich allerdings noch einmal an Behrend. »Sie sollten morgen in Ihren Briefkasten schauen. Sie werden Post vom Gericht darin finden, eine offizielle Vorladung, die Sie nicht so einfach ignorieren können. Dann werde ich ein ganz offizielles Gespräch mit Ihnen führen, das auch aufgeschrieben wird, und danach wandern Sie in den Knast. Ich freue mich darauf.« Er bellte einen Befehl und der Polizeiwagen fuhr los. Jarre und Anna sahen ihm verwundert hinterher.

»Ist der immer so?«, fragte sie entgeistert.

»Ich habe ihn nie anders kennengelernt«, erklärte Jarre wahrheitsgemäß.

»Der ist doch irre!«

»Kann schon sein. Nur leider ist er auch Polizist, und in dieser Rolle kann er mir viel Ärger machen.« Er seufzte. »Darum kümmern wir uns, wenn es ernst wird.«

Sie sah ihn an. »Das klingt schon ziemlich ernst …«

Jarre dachte daran, dass er früher Polizisten getroffen hatte, die wirklich böse auf ihn waren, und schüttelte daher den Kopf. »Hunde, die bellen, beißen nicht«, sagte er.

Anna hob angesichts dieses alten Spruchs die Brauen. Etwas Besseres war ihm nicht eingefallen? Da konnte sie locker mithalten. »Du vergisst ein noch älteres Sprichwort: Hunde, die beißen, bellen nicht mehr«, erklärte sie. Irgendwie fand Jarre das gar nicht komisch.

*

Als der dreiköpfige inoffizielle Kriegsrat, wie er sich selbst nannte, am späten Sonntagnachmittag zusammenkam, waren Anna und Jarre wieder in einem vorzeigbaren Zustand. Sie hatten sich geduscht und umgezogen und waren zu allerlei neuen Taten bereit. Werner Heidenreich war weniger enthusiastisch, aber er hatte eingesehen, dass er keine andere Wahl hatte, als zu der Sitzung zu kommen.

Obwohl Anna weiter Einwände gegen Jarres Verschwiegenheit hinsichtlich seiner Rolle als Schwerverbrecher hatte, hatte Jarre die lange Heimfahrt mit dem Taxi und seinem eigenen VW dadurch verkürzen können, dass er ihr seine Theorie erzählt hatte, was seiner Meinung nach 1945 mit dem Schatz der Welfen geschehen war. Annas Begeisterung für die Schatzsuche war dadurch neu erwacht, und wie Jarre konnte sie es nicht erwarten, ihre Untersuchungen fortzusetzen. Daher war sie Feuer und Flamme für Jarres Vorschlag gewesen, sich am Nachmittag erneut zu treffen, um die Ergebnisse von Werners Recherche zu sichten.

Werner traf sich mit ihnen in seinem Büro in dem alten Archivgebäude nahe dem Waterlooplatz, wo sie besser mit den Unterlagen arbeiten konnten. Er saß hinter seinem Schreibtisch und sah Jarre. Mahnend hielt er einen Umschlag hoch, der das charakteristische Logo der Royal Mail trug.

»Weißt du, was das hier ist?«, fragte er.

Ein Briefumschlag natürlich, was sonst, dachte Jarre, der sich plötzlich wie ein Fünfjähriger fühlte. Er behielt seinen Kommentar jedoch für sich, da er Werners Frage für einen Trick hielt. Werner brauchte auch gar keine Antwort, da er sie sich selbst gab.

»Das ist ein sehr teurer Express-Umschlag mit Mikrofilmen, die mir ein guter Bekannter geschickt hat, der im Public Records Office in der Chancery Lane in London arbeitet. Da wir hier viele wichtige Unterlagen aus der Zeit der Personalunion des hannoverschen und des englischen Königshauses haben, kennen wir uns gut. Ich habe ihn Mittwoch angerufen und all meine Würde verloren, als ich ihn auf Knien gebeten habe, mir doch bitte, bitte einen besonderen Gefallen zu tun, und mir stante pede die einschlägigen Mikrofilme über die ALIU und die ihr zugeordneten Truppen per Express zu schicken.«

»Dein Freund konnte gar nicht sehen, dass du auf den Knien warst«, wandte Jarre ein, was Werner aber geflissentlich überging.

»Also ist er, obwohl er sowieso eine lange Liste von Anfragen zu bearbeiten hatte, sofort in den Keller des Archivs gegangen, hat dort lange nach den Filmen gesucht und sie persönlich am gleichen Nachmittag per Express an mich geschickt, damit ich sie so schnell es geht in den Händen habe. Und hier sind sie! Also, was sagst du dazu?«

Jarre schnitt eine Grimasse. »Danke, schätze ich.«

»Oh nein, so leicht kommst du nicht davon. Solche Daten innerhalb von nur drei Tagen zur Verfügung zu haben, kommt einem Wunder gleich. Normalerweise darfst du auf solche Fernleihen mehrere Wochen warten. Mein Bekannter hat so ziemlich alle Regeln übertreten, die es gibt, indem er mir die Sachen geschickt hat, obwohl ich ihm die Leihanfrage nur per Telex zukommen ließ.«

Jarre sah ihn weiterhin missgelaunt an. »Du meinst also, ich schulde deinem Freund einen Lunch, wenn ich wieder einmal in London bin?«

Werner nickte mit einem Grinsen. »Genau das. Und mir eine Kiste Barolo, da ich die Portokosten aus eigener Tasche bezahlt habe.« Dann gab er Jarre den Umschlag. »Viel Spaß damit.«

Wenig später saß Jarre an einem Lesegerät für Mikrofilme, das Werner auf einem Rollwagen in sein Büro geholt hatte. Anna war an seiner Seite, während Werner sich mit einem weiteren Satz unverfilmter Dokumente beschäftigte. Jarre erklärte Anna, dass die Filme aus dem britischen Schatzamt stammten, da sie mit einem ›T‹ für ›Treasury‹ gekennzeichnet waren. Er wusste auch, dass sich die Nummer 209 auf das ›British Committee on the Preservation and Restitution of Works of Art‹, also den ›Britischen Ausschuss für die Erhaltung und Rückgabe von Kunstwerken‹ bezog. Er hatte einige dieser Unterlagen bereits eingesehen, als er auf der Jagd nach im Weltkrieg verschollenen Kunstwerken war, und er wusste, dass sie eine zuverlässige Quelle waren.

Der Ausschuss hatte eng mit den amerikanischen Einheiten zusammengearbeitet, die ab Juli 1945 die Sammelstellen für geraubte Kunst in München und Wiesbaden betrieben hatten. Jarre kannte einige der Memoranden der ›Art Looting Investigation Unit‹, die beschrieben, in welchem Umfang Hermann Görings Privatsammlung oder das Hitler-Museum in Linz mit geraubter Kunst ausgestattet waren. Besonders die Salzbergwerke in Alt Aussee im Salzkammergut hatten es den Amerikanern angetan, da die oberste Riege der Nazis in den letzten Tagen des Kriegs dort mehr als 6.500 gestohlene Gemälde versteckt hatte, darunter so rare Werke wie Jan van Eycks ›Genter Altar‹, der eines der wertvollsten Kunstwerke der Welt war.

Behrend war froh, dass die Briten diese Akten in ihren Archiven hatten, da alle mit der Wiederbeschaffung von Beutekunst beauftragten Truppen eigentlich dem amerikanischen ›Office of Strategic Services‹ untergeordnet waren, selbst die britischen. Das OSS war ein direkter Vorläufer der CIA, und die waren nun wirklich nicht bekannt dafür, dass sie ihre Akten freiwillig herausgaben.

Jarre mühte sich von Mikrofiche zu Mikrofiche, um die zahlreichen Dokumente durchzusehen, die Werners Freund geliefert hatte. Erst spät am Nachmittag wurde er endlich fündig. Gegen 17 Uhr entdeckte er eine Zusammenfassung von Dokumenten, die ein hohes Mitglied der SS, einen Gruppenführer namens Hoffmeister, betraf.

›Interrogation Report No IX/12 by the Art Looting Investigation Unit of the OSS on Peter Werner Hoffmeister divided into seven sections, dated 12 July 1945‹.

Parts I and II include an introduction noting that Hoffmeister had been interrogated at Hanover between June and August 1945 and an overview of Hoffmeister's personal life and career as SS-Gruppenfuehrer. Part III describes Hoffmeister's activity in looting various historical places or dispossessing Jewish families to build up and shape a personal collection of considerable value ...‹

Dies war die erste Erwähnung Hannovers in den Akten, überhaupt des ersten Ortes nördlich des Mains, wenn man Berlin nicht mitrechnete, und das Datum lag zehn Tage vor dem Tod von Kendrick-Wales' Vater. Vielleicht gab es einen Hinweis auf die Tätigkeit des Majors und die Leute, mit denen er zusammenarbeitete. Gespannt las er weiter.

›Part V provides an overview of Hoffmeister's personal possessions and lists six repositories where his collection was kept.

Parts VI and VII summarise Hoffmeister's role and recommend he be prosecuted as a war criminal since as regards looting, Hoffmeister is as guilty as other looters such as Goering or his art dealer Hofer ...‹

Offenbar hatte er es mit einem besonders skrupellosen Kunsträuber zu tun, wenn der Ausschuss empfahl, Hoffmeister wegen Kunstraubes als Kriegsverbrecher zu betrachten und anzuklagen. Jetzt konnte er nur hoffen, dass die Liste der Plätze, an denen Hoffmeister seine Kunstwerke versteckt hatte, so ergiebig war, wie er hoffte.

›This includes five attachments [some in German with English translation]. Attachment 1 is a list of the artworks kept hidden in ›Stollen VII‹, being an artificial extension of a dam building project in the Ecker

Valley. Attachment 2 is a report by Major Kendrick-Wales, liaised to the ALIU, detailing the recovery of the artworks and their transportation.‹

»Ja!«, stieß Jarre hervor und ließ eine Faust auf den Tisch krachen. Nicht nur Kendrick-Wales wurde in den Papieren erwähnt, sondern auch Stollen VII! Jetzt war er auf der richtigen Spur. Keine Nachricht über einen Lottogewinn hätte schöner sein können. Anna beugte sich gespannt vor, voller kaum unterdrückter Neugierde. Sogar Werner kam herüber und sah ihnen über die Schulter.

Jarre wies auf das nächste Dokument des Datensatzes. »Das hier ist ein Bericht von Major Kendrick-Wales, der im Auftrag der ›Art Looting Investigation Unit‹ einen gewissen Peter Werner Hoffmeister befragt hat. Hoffmeister war ein Gruppenführer bei der SS, also im Generalsrang. Er besaß eine große Kunstsammlung, die er offenbar im Wesentlichen durch Enteignung von jüdischen Familien gestohlen hat. Gegen Ende des Krieges, als abzusehen war, dass die Alliierten den Krieg gewinnen würden, hat er in der Nähe seines Heimatdorfes einen Stollen in die Berge sprengen lassen, um seine Sammlung in Sicherheit zu bringen.«

»Stollen VII?«, fragte Werner.

»Ja. Er hat den Stollen dort bauen lassen, wo er vor einer Entdeckung relativ sicher war, in einem abgelegenen Tal unterhalb des Brockens. Hätte nicht einer seiner Sekretäre im Gegenzug für seine Freiheit das

Versteck verraten, so würde seine Sammlung noch immer da liegen. Major Kendrick-Wales war der ALIU gegenüber dafür verantwortlich, die Sammlung zu sichern und abtransportieren zu lassen. Das geschah am 10. Juli 1945, eine Woche bevor er den Welfenschatz entdeckte.«

»Also kannte er tatsächlich den Stollen ...«

»Ja, und das ist der Beweis, der mir gefehlt hat. Major Kendrick-Wales hat der ALIU außerdem berichtet, dass seine Einheit in den von ihr untersuchten Bereichen keine Spuren von unrechtmäßig erworbenen Kunstschätzen gefunden hätte, außer der Sammlung von Hoffmeister natürlich. Der Colonel hat mir am Montag eine Kopie dieses Berichts gezeigt.«

»Was?« Anna sah ihn an. »Das war doch glatt gelogen.«

»Zum Teil, ja. Sein Vater hat ja wirklich nichts gefunden, was einem Nazi gehört hatte. Und genau das ist mein Punkt ... Wenn Soldaten wenige Wochen nach einem entbehrungsreichen Krieg einen enormen Goldschatz entdecken, von dem niemand weiß, dann kann das schon sehr verführerisch sein ...«

»Du meinst also, dass der Major und seine Leute tatsächlich den Fund verschwiegen haben, um den Schatz zu klauen?«

»Ja, genau das denke ich.«

»Ist das nicht etwas weit hergeholt? Es ist schließlich nicht einfach, eine Ladung gefundener Kunstschätze zu klauen«, protestierte Anna.

»Im Gegenteil. Denk an den Quedlinburger Domschatz, der zwar 1945 in einer Höhle entdeckt wurde, aber nicht mehr komplett ist. Es fehlen mindestens zwölf Teile, und niemand weiß, wo sie sind. Irgendjemand hat sie also unbemerkt beiseitegeschafft.«

Heidenreich nickte. »Jarre glaubt ja, dass ein GI sie mitgenommen hat, nur kann er es nicht beweisen. Außerdem hat er ›Tarquinius und Lucretia‹ von Rubens bis nach Moskau verfolgt. Er weiß, dass ein sowjetischer Major 1945 das Gemälde in Rheinsberg aus seinem Rahmen genommen hat, es auf Koffergröße gefaltet und nach Hause geschmuggelt hat. Heute ist das Gemälde Millionen wert, aber es hängt in einer Moskauer Privatwohnung. Und leider kann man nicht einfach Breschnew fragen, ob er es zurückgibt.«

Anna hob die Brauen. »Offenbar nicht …«, murmelte sie. Sie hatte sich nie Gedanken darüber gemacht, wie verworren und chaotisch die ersten Monate nach dem Kriegsende gewesen sein mussten. »Demnach verfiel auch der Vater des Colonels dem Lockruf des Goldes und wollte den Schatz für sich behalten«, stellte sie fest. »Nur wie hat er das angestellt?«

»Ich denke, er hat ihn versteckt – und zwar hier.« Er tippte auf die Kopie des Berichts, in dem der Major das Versteck des Gruppenführers beschrieben hatte.

»In Stollen VII?«, fragte Anna aufgeregt.

»Der Stollen ist über die Forststraße, die wir gesehen haben, leicht zu erreichen.«

»Leicht ist relativ«, wandte Anna ein und dachte an ihre Kletterpartie.

»Na ja, allzu einfach durfte das Versteck nicht zu finden sein, und was schert es einen Major, wenn ein paar gemeine Soldaten ein bisschen klettern müssen. In jedem Fall wusste der Major, dass der Stollen leer war – und ihm war klar, dass sonst nur wenige Leute von dem Stollen wussten.«

Heidenreich nickte. »Also requirierte er einen Lastwagen – was kein Problem für einen Major gewesen sein dürfte – und schaffte den Welfenschatz fort, um ihn in Stollen VII zu verstecken. Doch was geschah danach?«

»Gute Frage. Der Major war bis zum 14. Juli in Ilsenburg, danach in Blankenburg, das wissen wir vom Colonel. Anschließend war er in Herzberg, später in Clausthal. Am 22. Juli wurde er ermordet, auch das wissen wir vom Colonel. Also hat er am 18. oder spätestens am 19. Juli den Schatz in den Stollen schaffen lassen.«

»Ja«, stimmte Heidenreich ihm zu. »Und dabei hat er die Skizzen des Schatzes angefertigt, die sein Enkel dir gezeigt hat.«

»Nur zwei Tage später hat er plötzlich den Russen einen Grund gegeben, ihn umzubringen ...«

Anna verstand, worauf er hinauswollte. »Soll das heißen, er hat sie verraten?«

Jarre nickte. »Vermutlich.«

»Wodurch?«

»Er hat jedenfalls nicht die Behörden eingeschaltet, denn der Schatz blieb verschwunden«, stellte Werner fest.

»Also hat er ihn selbst beiseitegeschafft!«

Auch Heidenreich folgte jetzt ihrer Logik. »Natürlich, Anna hat recht. Deswegen ist der Schatz weiterhin verschwunden, und deswegen sind die Russen hier – weil sie nach dem Schatz suchen. Der Major hat ihn noch einmal verlegt, und diesmal wusste nur er, wo er war.«

»Und deswegen haben seine Komplizen ihn umgebracht – um ihn für seinen Verrat zu bestrafen«, ergänzte Anna. »Sie waren nur etwas voreilig, da sie den Schatz ohne den Major offenbar nicht gefunden haben. Sie hätten ihn besser vorher befragen sollen.«

»Warum hat er ihn noch einmal verlegt?«, wunderte sich Jarre. »Was hat ihm das gebracht?«

»Wer weiß? Vielleicht wollte er ihn einfach nur nicht teilen, vielleicht wollte er ihn den Behörden übergeben. All das wären gute Gründe, um den Schatz erneut aus dem Weg zu räumen, damit niemand sonst aus dem Trupp herankam«, meinte Anna, die nun völlig in dem Kriminalfall gefangen war.

»Gut. Fehlt nur der Name der Person, die den Major umbringen wollte. Wir wissen leider nichts über den Kerl, außer dass er einen russischen Lkw fuhr«, kam ein Einwand von Heidenreich.

Jarre stimmte zu. »Das ist genau das Problem. Ich habe keinerlei Spuren hinsichtlich der Besetzung des Trupps gefunden, mit dem Kendrick-Wales unterwegs war. Bislang waren alle Berichte und Protokolle nur von dem Major unterschrieben. Wir haben also niemanden, den wir befragen können.«

»Und die britischen Archive haben keine Informationen darüber?«, fragte Heidenreich.

»Vermutlich nicht, Informationen über die Besetzung der Trupps dürften beim OSS als verantwortlicher Instanz liegen.«

»Beim OSS?«, fragte Anna. »Das hast du vorhin schon einmal erwähnt. Was ist das?«

»Das ist das ›Office of Strategic Services‹. Das war im Krieg der Nachrichtendienst der Amerikaner. Sie haben eigentlich die ALIU ins Leben gerufen, als sie anfingen, die Sammelpunkte für gestohlene Kunstwerke einzurichten.«

»Ein Nachrichtendienst? So etwas wie die CIA?«, fragte Anna.

»Genau das. Das OSS war sogar der Vorläufer der CIA.«

»Und die Akten des OSS sind bei der CIA?«

»Vermutlich, denn die CIA hat direkt die Aufgaben des OSS übernommen, besonders die der ›Special Activities Divison‹. Falls es die Akten noch gibt, sind sie entweder im Nationalarchiv in Washington oder bei der CIA in Virginia.«

Plötzlich grinste Anna breit. »Warum fragen wir nicht einfach Onkel Josh?«

»Onkel Josh? Wer ist denn Onkel Josh?«, fragte Jarre verwundert.

»Mein Onkel Josh. Josh Bingham, er ist bei der CIA.«

Jarre starrte sie eine Weile an. »Dein Onkel ist bei der CIA?«, brachte er schließlich heraus. Er wusste, dass das nicht besonders intelligent klang, aber das war alles, was er sagen konnte. Werner war weitaus weniger in der Lage, etwas zu sagen.

»Ja, ist er. Ist das ein Verbrechen?«, fragte Anna empört.

Jarre hätte natürlich gerne Ja gesagt, jedoch wusste er nicht, ob Onkel Josh einer von denen war, die unbequeme Staatschefs ermordeten. Also beherrschte er sich und sah Anna ruhig an. »Nein, das ist kein Verbrechen. Aber vielleicht verstehst du unsere Verblüffung, denn nicht jeder hat einen Onkel, der für die CIA arbeitet. Du weißt, wir reden von der CIA, die keinen besonders guten Ruf hat, weil sie sich ständig in Dinge einmischt, die sie nichts angehen?«

Anna wirkte verlegen. »Und das ist genau der Grund, aus dem ich nicht damit hausieren gehe. Meine Mutter ist gebürtige Amerikanerin und ihr Bruder ist eben bei der CIA.«

»Und deine Mutter hieß Bingham?«

»Ja, sie ist eine Nichte von Hiram Bingham III.«

Erneut starrte Jarre sie an. Es fiel ihm schwer, die vielen Neuigkeiten zu verdauen, die Anna ihm so nebenbei mitteilte. Vielleicht hatte sie ja auch Wahnvorstellungen. Vielleicht würde sie gleich mit dem Messer auf sie losgehen. Vielleicht hatte er ja Wahnvorstellungen.

Er riss sich zusammen. »Deine Mutter ist eine Enkelin des Entdeckers von Machu Picchu?«

Anna schenkte ihm ihr schönstes Lächeln. Jarre war beruhigt. Wer so lächelte, konnte nicht wahnsinnig sein. »Natürlich. Hiram Bingham ist mein Großonkel und er hat tatsächlich als Erster von einer vergessenen Inkastadt berichtet, die die Indianer Machu Picchu nannten. Aber er war kein Archäologe und sicher nicht der Entdecker von Machu Picchu. Er war in erster Linie Politiker. Er war Gouverneur und acht Jahre lang Senator in Washington. Einige seiner Kinder und Neffen sind seinen politischen Ambitionen gefolgt, und mein Onkel ist einer von ihnen. Onkel Josh ist jetzt 61 und nach einer Militärkarriere ein hohes Tier bei der CIA geworden.«

»Und du meinst, er würde uns helfen?«, fragte Heidenreich sachlich, ehe Jarre etwas sagen konnte.

»Ich kann es ja versuchen, immerhin bin ich seine Lieblingsnichte.« Sie strahlte die beiden an. »Ich habe ihn das letzte Mal vor zwei Jahren in Langley besucht. Er hat da ein echt schickes Büro.«

»Du meinst … im CIA-Hauptquartier?«, fragte Behrend tonlos.

Anna nickte.

»Ich kann mich nie wieder in Gesellschaft meiner Revoluzzer-Freunde blicken lassen«, stöhnte Jarre daraufhin.

»Kannst du sowieso nicht«, brummte Heidenreich. »Du bist reich, kein Revoluzzer, vergiss das nicht.

Nimm lieber das Angebot von Anna an und lass sie bei ihrem Onkel anrufen.«

»Na also. Hör auf deinen Freund«, stellte Anna fest und blickte auf die Uhr. »Natürlich werde ich ihn anrufen, aber lieber von zu Hause aus. Ich möchte die Bibliothek nicht mit den Kosten für ein Überseegespräch belasten. Ist das okay?«

»Das wäre wunderbar«, behauptete er.

»Tja, so bin ich«, erwiderte Anna feixend und stand auf. »Dann will ich mal nach Hause gehen, der Tag ist ja fast schon vorbei.« Mit einem herzlichen Lächeln verabschiedete sie sich von den beiden Männern, die ihr verblüfft hinterhersahen.

»Sie lässt sich, ohne zu mucken, von ostzonalen Grepos einsperren, und dabei ist ihr Onkel bei der CIA«, murmelte Jarre fasziniert. »Unglaublich, nicht?«

»Wenn du das sagst …«

»Ich finde es jedenfalls unglaublich …«, seufzte Jarre. »Und was machen wir jetzt?«

»Na, was wohl? Feierabend natürlich.«

Da Werner in diesem Moment das Licht ausschaltete, konnte Jarre kaum etwas erwidern. Daher ließ er es dabei bewenden, sehr zu Werners Verblüffung.

NEUN: MONTAG, 8. AUGUST 1966

Leutnant Lew Tzarkas hörte das Splittern, bevor er den Grund für den Lärm sah. Oberst Leonid Leonow stand abseits der Land Rover, die seine Truppe an der üblichen Stelle jenseits der Pfauenteiche geparkt hatte. Er gestikulierte wild, obgleich er nur mit sich selbst sprach, und man konnte den Zorn spüren, der in seinen Worten lag.

Tzarkas rannte in seine Richtung und sah Chang Lin Wang, der für die Kommunikation zuständig war. Der junge Chinese stand neben einem Baum und sah Tzarkas unglücklich an. »Es war ... Er hat einen Funkspruch erhalten, und dann ist er davongerannt und war ganz aufgeregt«, erklärte er mit dünner Stimme. Tzarkas nickte und hastete weiter.

Tzarkas entdeckte den Grund für das Geräusch, das er gehört hatte. Eine Seitenscheibe des Land Rover, neben dem Leonow stand, fehlte und vor Leonows Füßen lagen die Splitter genau dieser Scheibe. Seine Hand wies einige hässliche Schnitte auf. Tzarkas wusste sofort, was geschehen war. Offenbar hatte der Oberst seine unbändige Wut, die seit Tagen in ihm kochte, an der Scheibe ausgelassen. So erregt war Leonow schon lange nicht mehr gewesen und Tzarkas versuchte, sich wieder in den Schutz der Bäume zurückzuziehen, ehe der Oberst ihn entdeckte. Doch es war zu spät, Leonow hatte den Schatten bemerkt, der sich ihm genähert hatte, und riss sich nun spürbar zusammen, als er mit langen, energischen Schritten auf Tzarkas zukam.

»Unser Auftraggeber ist unzufrieden«, bellte er. »Er ist ungehalten darüber, dass es uns noch nicht gelungen ist, den einzigen Zeugen zu eliminieren. Ich musste mir sagen lassen, dass wir versagt haben! Versagt! Ich!«

Tzarkas dachte, dass dem Oberst in seiner Wut eigentlich Schaum vor dem Mund stehen müsste.

»Aber das wird sich ändern. Ich werde mich jetzt selbst darum kümmern. Und du kommst mit!«

Tzarkas sah ihn an, und fast blieb ihm seine Frage im Hals stecken. »Und wohin?«

»Nach Hannover. Ich werde diesen Behrend töten – ganz langsam, und dann werde ich unserem Auftraggeber seinen Kopf schicken.«

»Jetzt gleich?«

»Natürlich!«, fauchte Leonow.

Tzarkas war entsetzt. »Ohne einen Plan ist das Wahnsinn. Wir können ihn doch nicht einfach auf offener Straße erschießen!«, versuchte er seinen Oberst zu beschwichtigen. In dieser Stimmung war Leonow zu allem fähig, das wusste Tzarkas. Er würde keine Rücksicht nehmen, weder auf sich noch auf andere. Das Ganze konnte leicht in einem Massaker enden, das sie alle hinter Gittern oder ins Grab bringen würde.

»Wenn du ein Feigling sein willst, dann bleib hier«, donnerte der Oberst. »Wehe, du bist noch da, wenn ich zurückkomme. Dann werde ich dir zeigen, was ich von Feiglingen halte.«

Tzarkas nickte langsam. Es war eine lange Nacht gewesen und er wusste, dass er mitfahren musste, wenn er eine Chance haben wollte, das Schlimmste zu verhindern. Also überprüfte er seine Pistole und stieg in den Land Rover, den Leonow bereits gestartet hatte. Als der Oberst mit quietschenden Reifen losfuhr, wusste Tzarkas, dass es heute zu einer Entscheidung kommen würde – so oder so.

*

Jarre fragte sich, ob werdenden Vätern das gleiche Schicksal drohte, wenn sie einen Parkplatz vor der Landesfrauenklinik suchten. Er zwängte sich zwischen einer Baustelle und einem Taxistand in eine geradezu winzige Parklücke. Wenn ja, würden viele ihre Kinder erst sehen, wenn sie schon gehen konnten, dachte er grimmig. Er sah auf die Uhr und stellte fest, dass er gerade noch pünktlich war, um Anna Winter im benachbarten Nordstadtkrankenhaus abzuholen.

Sie hatte ihn und Werner gestern Abend angerufen, um ihnen mitzuteilen, dass sie ihren Onkel erreicht hatte. Obwohl Josh Bingham nicht begeistert war, hatte er ihr versprochen, einen Blick in die Archive zu werfen, um ihr alle wichtigen Daten telefonisch durchzugeben. Anna hatte den Kriegsrat nicht vergessen und ihren Onkel gebeten, erst später am Abend unter Werner Heidenreichs Nummer anzurufen, damit sie alle einen Blick auf die Ergebnisse werfen konnten. Begeistert über dieses Arrangement, hatte Jarre Anna angeboten, sie vom Krankenhaus abzuholen, um danach zu Werner zu fahren, da er in der Gegend zu tun hatte. Das stimmte zwar nicht, aber das musste Anna nicht wissen. Anna hatte rasch eingesehen, dass das ein Angebot war, das sie nicht ablehnen konnte, und hatte zugesagt.

Daher hatte Jarre sich pünktlich vor dem Eingang des Krankenhauses eingefunden und passierte das schmale Tor, durch das man das Krankenhaus eigentlich nicht betreten sollte. Er ging über den Hof zur chirurgischen Ambulanz, aber ehe er sie erreichte, sah er Anna, die strahlend auf ihn zukam. Sie hatte ihm schon gestern gesagt, wie sehr sie sich auf einen weiteren spannenden Abend mit ihrer gemeinsamen Jagd nach dem Welfenschatz freue. Diesen Eifer sah man ihr an, fand Jarre.

Anna trug ein einfaches Sommerkleid mit einem Muster aus ineinander verwobenen lila und weißen Blumen, das ihre Figur betonte. Jarre fand, dass sie hinreißend aussah, und sagte es ihr, wofür sie ihm ein mindestens ebenso hinreißendes Lächeln schenkte.

»Wie war der Dienst?«, fragte er höflich.

»Zwei Beinbrüche, ein langer Schnitt an einem Schienbein, ein Schlüsselbeinbruch«, antwortete sie klinisch. »Nichts Aufregendes also, eine ruhige Schicht.«

Nachdem das geklärt war, sagte Jarre Anna, dass er einen kleinen Umweg zu seiner Wohnung in Linden machen wolle, damit er dort nach dem Rechten sehen und seine Post einsammeln könne.

»Ist das klug?«, fragte Anna, während sie in Jarres VW einstieg. »Vielleicht wird deine Wohnung noch immer beobachtet …«

»Meinst du nicht, dass die Typen nach drei Tagen ohne Erfolg nicht langsam die Schnauze voll haben? Immerhin haben sie schon einmal einen Platzverweis von der Polizei bekommen.«

Sie zog die Augenbrauen hoch. »Ich wäre mir da nicht so sicher.«

Jarre sah das etwas anders, und sie sprachen weiter darüber, als sie schon den großen Kreisverkehr am Königsworther Platz hinter sich gelassen hatten. Letztendlich gab sich Jarre geschlagen.

»Also gut, du wirst mein Schutzengel sein. Ich werde nach oben laufen und nachsehen, ob nicht jemand versucht hat, einzubrechen – auszuschließen wäre das jedenfalls nicht, und ich möchte wissen, ob alles heil ist. Dann sammle ich meine Post ein und bin schon nach drei Minuten wieder draußen. Sollten inzwischen irgendwelche Schurken auftauchen, warnst du mich mit der Hupe und ich rufe sofort die Polizei.«

Anna blieb skeptisch, aber schließlich machten sie es genau so. Tatsächlich brauchte Jarre für seine Expedition nur ein paar Minuten, und Anna war froh, dass nichts weiter geschehen war, als er etwas außer Atem wieder hinter dem Lenkrad Platz nahm.

Das Lächeln, das er ihr schenkte, sollte sie bestimmt beruhigen, aber Jarre konnte die Anspannung, unter der er stand, nur schlecht verbergen. Dann startete er den Wagen und nahm die Davensteder Straße, doch im nächsten Moment erstarrte er hinter seinem Lenkrad.

»Was ist?«, fragte Anna.

»Dort«, murmelte er und wies auf die andere Straßenseite. »Ein dunkelgrüner Land Rover mit zwei Quadratschädeln darin ...«

Anna sah den Wagen, der auf der anderen Seite der Straße stand, und lächelte. »Das sind jedenfalls nicht die Kerle, die auf dich gewartet haben«, verkündete sie erleichtert, als sie den Wagen passierten.

»Das mag sein«, stieß Jarre zwischen den Zähnen hervor. »Trotzdem haben sie gerade aus dem Stand gewendet und folgen uns!« Im Rückspiegel hatte er das gewagte Manöver gesehen, das die anderen Autofahrer auf der Straße gezwungen hatte, scharf zu bremsen.

»Was!« Anna hörte das empörte Hupen der anderen Autos und fuhr herum. Durch die Heckscheibe beobachtete sie, wie der Wagen zu ihnen aufschloss. Und noch etwas fiel ihr auf. »Oh, oh«, sagte sie leise, als sie sich wieder nach vorn wandte. »Sie haben Waffen, jedenfalls der Typ auf dem Beifahrersitz. Sieht unangenehm aus.«

»Das dachte ich mir«, behauptete Jarre und suchte nach einem Weg, ihren Verfolgern in den engen Straßen zu entkommen. »Schauen wir doch einmal, wie entschlossen die Herrschaften sind. Schnall dich lieber an.« Mit einer raschen Handbewegung wies er auf die neueste Errungenschaft seines Autos, ein Paar verflixt teure Sicherheitsgurte. Anna musterte die Gurte für einen Moment mit skeptischem Blick, schnallte sich aber rasch an. Als Ärztin wusste sie, was bei einem Autounfall geschehen konnte.

Dann gab Jarre Gas und bog zweimal rasch hintereinander rechts ab, bis er direkt auf die St. Martinskirche zu hielt. Seine Manöver wurden mit lautem Hupen der anderen Verkehrsteilnehmer quittiert, aber er hatte nun wirklich keine Zeit, sich um Verkehrsregeln zu kümmern.

Er donnerte an der Kirche vorbei und hielt sich rechts, sodass er den Lindener Berg hochfuhr. Mit knapp 90 schoss er über die Schnellwegbrücke, schaltete runter und nahm die nächste Linkskurve auf zwei Rädern – jedenfalls kam es Anna so vor. Mit schmalen Lippen klammerte sie sich an ihren Sicherheitsgurt, sagte aber nichts, während Jarre wieder Gas gab und unterhalb des Lindener Stadions entlangraste. Sie bemerkte, wie er immer wieder in den Rückspiegel blickte und bald war ihr klar, dass der Land Rover dank seiner Motorkraft sie bald eingeholt haben würde.

»Ich dachte, ich kann sie auf der Bornumer Straße abhängen, aber das wird nichts«, stieß Jarre zwischen den Zähnen hervor. »Halt dich fest!«

Anna sah ihn entsetzt an. »Was hast du …?« Aber

da stieg er auch schon auf die Bremse, bretterte mit einem unerfreulichen Satz auf den Fußweg und brachte den VW vor einem kleinen Gehölz unterhalb des Stadions zum Stehen. Sie würden den Land Rover mit seinem starken Motor nicht entkommen können, wenn sie weiter versuchten, im Auto zu fliehen. Zu Fuß hatten sie jedoch noch eine Chance, selbst wenn sie gering war.

»Los, raus!«, herrschte er Anna an, die ohne Zögern aus dem Auto sprang und ihm auf den kleinen Fußweg folgte, der von der Straße abzweigte und zurück zum Stadion führte.

Während sie bergauf sprinteten, suchte Jarre fieberhaft nach einer Möglichkeit, ihre Verfolger abzuhängen, die nicht lange auf sich warten lassen würden. Doch dann hörte er ein Geräusch, das das Blut in seinen Adern gefrieren ließ.

*

Die Anspannung der Verfolgung zeichnete sich deutlich auf dem Gesicht von Oberst Leonid Leonow ab, sogar der Leutnant konnte seine Aufregung nicht mehr beherrschen.

»Zur Hölle!«, fluchte Lew Tzarkas laut, als er einsehen musste, dass er Behrend und die blonde Frau nicht erwischen würde. Seit sie die Ziele gesichtet hatten, war es ihm nicht einmal gelungen, für einen Augenblick ein freies Schussfeld zu haben, selbst dann nicht, als Leonow mit dem arg strapazierten Land Rover kurz vor der Brücke dicht zu dem VW aufgeschlossen hatte. Die beiden verdammten Radfahrer, die wie aus dem Nichts aufgetaucht waren, hatten alles verdorben und sie wertvolle Zeit gekostet, bis sie den VW wieder vor sich hatten.

Als er gerade angelegt hatte, stoppte der dunkelrote Wagen plötzlich, sodass Leonow bremsen musste, wenn er nicht an ihm vorbeifahren wollte. Dabei hatten ihm nur Zehntelsekunden gefehlt, um einen guten Schuss auf die Flüchtenden abzugeben. Mit Hass in den Augen sah er ihnen hinterher, als sie zwischen den Büschen am Straßenrand verschwanden.

»Und jetzt?«

»Na, was wohl?«, fauchte Leonow. »Wir verfolgen sie. Halt dich fest!«

Damit riss er das Steuer herum und holperte auf den Gehweg. Der schmale Pfad, auf dem die Ziele flohen, wurde von Behrends VW blockiert, aber das war jetzt egal. Mit dem Land Rover würde er sich problemlos Platz verschaffen, das wusste Leonow. Mit einem kalten, Unheil verheißenden Blick gab er Gas und Lew Tzarkas lud vorsichtshalber ein neues Magazin in seine Waffe.

*

Jarre Behrend sah fassungslos zu, wie der Land Rover sich einen Weg in ihre Richtung bahnte und dabei den hinteren Kotflügel seines VW 1600 zu einem Klumpen Blech zerquetschte. Die Kerle wollten sie mit dem Auto verfolgen!

»Komm jetzt! Keine Zeit zum Trauern.« Anna zog an seinem Ärmel und löste ihn damit aus seiner Starre. Rasch drehte er sich um und folgte ihr, während sie weiter bergauf sprintete und dabei die Wiese überquerte, die unter dem Hochbehälter lag, dem großen Wasserspeicher, der wie eine mittelalterliche Burg über Linden thronte. Eine Treppe führte zu einem schmalen Weg, der unterhalb des Speichers verlief, aber Anna hatte nicht vor, auf dieser ebenen Strecke jeden Vorsprung, den sie hatten, zu verspielen.

Sie hastete stattdessen weiter, bis sie den Hochbehälter erreicht hatte. Jarre, der regelmäßig in den Felsen oberhalb des Gardasees klettern ging, und Anna, die sich mit Kampfsport fit hielt, waren beide nur etwas aus der Puste, doch sie wussten, dass sie nicht lange der Verfolgung durch einen Geländewagen standhalten würden. Wenn ihnen nicht bald etwas einfiel, wie die sie Kerle von ihrer Spur abbringen konnten, waren sie geliefert.

*

Nervös sah Leutnant Lew Tzarkas zu Oberst Leonow hinüber, der laut lachend immer mehr Gas gab, als er den dunkelroten VW des Deutschen beiseiteschob. Die Stoßstange des Land Rover knirschte und ächzte laut, während sie sich in das dünne Blech der Limousine grub, doch dann gab der kleinere Wagen nach und machte den Weg frei.

Oberst Leonow beschleunigte, bis sie nur ein paar Meter von den Deutschen trennten, die eine steile Wiese hochkletterten. Der Soldat konnte ihre Angst riechen, ihre Panik fast schmecken. Es würde Spaß machen, sie zu fassen und vor Schmerz wimmern zu hören.

Verbissen trieb er den Land Rover über die Wiese. Wütend gruben sich die Räder in den weichen Untergrund, immer steiler wurde der Winkel, den der Land Rover meisterte, bis er es endlich geschafft hatte. Voller Wut riss Leonow den Geländewagen nach links, auf den Weg, den die Ziele genommen hatten, sodass er gerade noch sah, wie sie hinter dem massiven Gebäude des Hochbehälters nach rechts liefen, in Richtung eines massiven Turms aus grauen Steinquadern.

Einen Augenblick später brachte Leonow den Land Rover vor einem kleinen Restaurant zum Stehen, das im Schutz des grauen Turms und der roten Mauern des Wasserspeichers lag, wo ein paar Gäste auf der Terrasse saßen. Auf ein Zeichen von Leonow sprang Tzarkas aus dem Wagen und rannte zu der großen Terrasse, die ein Schild als ›Biergarten‹ auswies. Wieder so ein typisch deutscher Unsinn, dachte Tzarkas, dann betrat er den sogenannten Biergarten und hielt nach den beiden Deutschen Ausschau.

*

Jarre und Anna hatten sich in dem Biergarten unterhalb der alten Lindener Mühle nicht lange aufgehalten. Sie hatten ihn sofort wieder durch den schmalen Eingang verlassen, der von dem trutzigen Mühlenturm gut verborgen wurde. Sie hasteten weiter in Richtung des ehemaligen Friedhofs auf dem Lindener Berg. Jarre wusste, dass er mehrere Ausgänge hatte und ihnen daher die beste Chance bot, der Verfolgung zu entgehen.

Sie rannten so schnell sie konnten direkt auf das große Tor des Friedhofs zu, aber sie wussten, dass sie keine echte Chance hatten, dem Land Rover zu entkommen, der gerade in diesem Moment hinter ihnen um die Ecke bog.

»Meinst du, der fällt auf einen Trick herein?«, fragte Jarre atemlos, während er für einen Augenblick direkt neben Anna die Straße entlanglief.

»Hast du gesehen, wie fanatisch der Kerl ausgesehen hat? Der kennt nichts mehr, außer dass er uns töten will«, behauptete sie keuchend. Jarre nickte kurz, da er ihre Meinung teilte. Wieder sah er sich um. Er musste jetzt handeln, sonst war es zu spät.

»Also gut. Egal was gleich passiert, lauf einfach weiter«, rief er, bevor er ausscherte und auf die andere Seite zu den Kleingärten gelangen wollte. Doch bei dem Versuch, einen Haken zu schlagen, stolperte er und fiel hin. Anna schrie entsetzt auf, denn der Land Rover war nur wenige Meter von ihnen entfernt und hielt genau auf sie zu.

Jarre wusste natürlich, dass sein Timing perfekt sein musste. Sein einziger Vorteil war, dass der Land Rover von einem Fahrer gelenkt wurde, der durch einen unglaublichen Hass auf sie geblendet war, einen Hass, der es ihm unmöglich machen würde, die Lage rechtzeitig zu begreifen. Das war gut so, denn jetzt ging es um Sekundenbruchteile ...

*

Leonow sah, wie Jarre Behrend fiel, und er wusste, dass er sein Ziel erreicht hatte. »Jetzt werde ich diesen huesos kriegen!«, triumphierte der ehemalige Oberst lautstark. Nur ein paar Meter trennten ihn von Jarre!

Lew Tzarkas, der am zweiten Ausgang des Biergartens angekommen war, sah den Land Rover beschleunigen und schüttelte ungläubig den Kopf. Was hatte der Oberst vor? Sobald er Jarre auf der Straße vor ihm erkannte, war ihm klar, dass etwas nicht stimmen konnte. Denn wieso war er ausgerechnet jetzt gestürzt, auf einer ebenen Strecke? Er hatte bestimmt etwas vor. Das musste eine Falle sein!

Oberst Leonow lachte nur, als er sich bereit machte, Jarre Behrend zu töten. Der Deutsche würde ... Verdammt, was war das? Dieses Schwein hatte ... Er konnte den Gedanken vor dem Aufprall nicht mehr zu Ende bringen.

*

Anna Winter blieb wie versteinert stehen, während sich die Szene vor ihren Augen wie in Zeitlupe abzuspielen schien. Sie beobachtete, wie Jarre fiel und der schwere Land Rover nur wenige Meter von ihm entfernt beschleunigte. Ein Schrei blieb ihr in der Kehle stecken, da Jarre schon im nächsten Moment wieder aufsprang und auf das Friedhofstor zulief. Wollte er durch das schwere eiserne Tor fliehen, das vor dem Eingang stand? Aber er würde es nie rechtzeitig aufkriegen. Er würde ...

Plötzlich sah sie Jarre direkt vor dem Tor hochspringen und nach dem Kapitell des großen Steinpfeilers greifen. Er zog sich hoch und war im nächsten Augenblick erst auf, dann hinter dem schweren Steinpfeiler. Ein wahres Kletterkunststück! Als er sprang, war der Land Rover gerade einmal zwei Meter von ihm entfernt gewesen, und im selben Atemzug, in dem Jarre von dem Pfeiler wieder hinabsprang, raste der Land Rover ungebremst in die Steinsäule. Die Säule schwankte durch den Aufprall und knickte ganz langsam ein. Die schwere Steinurne oben auf der Säule löste sich und fiel mit einem hässlichen Laut auf die Fahrerseite des Autos, und gleich darauf folgte der gesamte obere Teil der Säule.

Als habe dieses Geräusch sie aus ihrer Erstarrung gelöst, wandte Anna ihren Blick von dem zerstörten Wagen und dem schrecklichen Unfall ab. Ihre Augen suchten Jarre. Sie wusste, dass der Unfall nur Sekunden gedauert haben konnte, aber es fühlte sich an, als seien

Stunden vergangen. Endlich fand sie ihn, er tauchte fröhlich grinsend und unverletzt hinter dem völlig verbogenen Zaun auf und winkte ihr zu.

Anna winkte zurück, jedoch konnte sie sich nicht über ihr Entkommen freuen. Ein paar junge Leute waren inzwischen dabei, den Fahrer aus dem Land Rover zu befreien, nachdem sie die Tür aufbekommen hatten.

»Ich muss sehen, ob ich ihm helfen kann«, murmelte sie zu sich selbst und ging um das Auto herum, wo zwei junge Männer gerade dabei waren, Oberst Leonow vorsichtig aus dem Auto zu ziehen. Er war blutüberströmt und hielt seinen Kopf merkwürdig schräg. Anna kniete sich neben ihn, um Erste Hilfe zu leisten, aber es war zu spät. Sie spürte keinen Puls und keinen Atem des Mannes, der sie so unerbittlich gejagt hatte. Offenbar hatte er sich das Genick gebrochen.

Ehe Anna sich gefasst hatte, kam Jarre zu ihr herüber. Er sah einen Augenblick auf den toten Mann herab und fing unvermittelt an, ihm seine Lederjacke auszuziehen. Ungläubig sah sie zu, wie er sich damit abmühte, bis er sie schließlich in den Händen hielt und die Jacke mit mehr Pietät, als sie erwartet hatte, über den Kopf des Toten ausbreitete. Sie nickte anerkennend, doch auf einmal fiel ihr der andere Mann ein, der in dem Wagen gesessen und auf sie geschossen hatte. Wo war er? Was ...?

Jarre schüttelte den Kopf. »Mach dir keine Sorgen,

der andere Kerl ist bestimmt längst über alle Berge. Im Moment sind wir sicher vor ihm.«

Sie sah, wie bereits der erste Polizeiwagen vorfuhr. Offenbar hatte jemand in der Gaststätte die 110 gewählt. Und obwohl sie erschöpft war und weiche Knie hatte, wusste Anna, dass es ein langer Tag werden würde …

*

Der selbsternannte Kriegsrat war weiterhin ziemlich angeschlagen, nachdem er sich an diesem Abend um Werner Heidenreichs Esstisch versammelt hatte. Jarre und Anna waren erst heimgekommen, nachdem Werner schon längst Feierabend gehabt hatte.

Die Polizei hatte Ihnen eine Million Fragen gestellt, von denen sie nur die wenigsten beantworten konnten. Unter den Fragen, die sie nicht beantworten konnten, war die wichtigste von allen, nämlich wie der flüchtige Mann hieß, der jetzt mit einer Pistole in der Hand und einer echt schlechten Laune durch Hannover lief.

Erst als sie erkennbar erschöpft waren und kaum mehr auf die Fragen eingehen konnten, ließen die Polizeibeamten sie gehen, obgleich sie es gar nicht mochten, dass Jarre und Anna dazu beigetragen hatten, Linden in ein Tollhaus zu verwandeln. Jarre fand diese Sichtweise übertrieben, sagte aber nichts, da er nach Hause wollte. Da machte es ihm auch nichts mehr aus, dass sein Auto längst abgeschleppt worden war und er es erst am nächsten Morgen bei dem Abschleppunternehmen abholen konnte. Das war zumindest das, was ihm die Polizei gesagt hatte. Was soll's, dachte er, dann würde er halt eine Taxe nehmen …

Anna erinnerte ihn jedoch daran, dass sie beide eine Taxe nehmen mussten, denn schließlich warteten sie darauf, dass Onkel Josh anrief – falls er nicht schon längst mit Werner Heidenreich gesprochen hatte. Jarre war froh, dass Anna bei ihm blieb, weil er nicht vorhatte, Werner allein von dem Überfall zu erzählen.

Werner sah jedoch, als er den beiden öffnete, dass die Geschichte, die Jarre und Anna zu erzählen hatten, nicht lustig sein würde, und so war er in besonders großmütiger Laune, während er ihnen zuhörte. Er war froh, dass sie ihr Abenteuer heil überstanden hatten, und nachdem er sich den ersten Schwall ihrer Erlebnisse angehört hatte, war ihm nur eines eingefallen, was er dazu sagen konnte.

»Pasta«, meinte er. »Das ruft nach Pasta. Am besten mit Parmaschinken und Rauke. Und Lambrusco, ich habe gerade gestern ein paar schöne Flaschen in den Kühlschrank gestellt.« Da wusste Jarre, dass der Abend gerettet war.

Es dauerte zwei Stunden, bis alle gestärkt waren und Werner die Teller abräumte. Nur Anna blieb weniger Zeit, ihr Essen zu genießen, denn bald, nachdem sie angefangen hatte zu essen, klingelte das Telefon und sie entschuldigte sich, um das Ferngespräch mit Washington zu führen. Sie sprach eine gute halbe Stunde mit ihrem Onkel und kam mit einem siegessicheren Lächeln wieder. Werner und Jarre besaßen den Anstand, sie nicht gleich nach dem Ergebnis ihres Telefonats zu fragen, sondern sie erst essen zu lassen, ehe sie mit ihren Fragen über sie herfielen.

Schließlich konnten sie ihre Beratungen beginnen, und Jarre fasste die Lage zusammen: »Also, schauen wir uns die ganze Affäre noch einmal an. Wir wissen, dass sie kurz nach dem Zweiten Weltkrieg angefangen hat, als im Juli 1945 bisher unbekannte Stücke des Welfenschatzes von Major Kendrick-Wales unter dem Schloss in Herzberg gefunden wurden. Der Colonel und ich haben das vermutliche Versteck gesehen, und wir haben Fotos, die den Schatz zeigen, wie er dort lagerte. Wir haben auch die Skizzen des Schatzes, die der Major angefertigt hat, sodass für mich bewiesen ist, dass es sich wirklich um einst verschwundene Teile des Welfenschatzes handelt. Wir wissen weiter, dass der Fund nie an eine höhere Stelle gemeldet wurde, was darauf hindeutet, dass Major Kendrick-Wales in irgendeine dunkle Sache verwickelt war.«

»Nicht ganz«, unterbrach ihn Werner. »Es war ja keine Beutekunst. Was immer der Major gefunden hat, dürfte das Originalversteck des Schatzes gewesen sein. Ich denke, dass kein Nazi je damit zu tun hatte. Selbst wenn irgendein Obermotz der SS die Stücke illegal erworben hätte, wüsste man doch sicher von ihrer Existenz.«

»Ja, natürlich. So sehe ich das auch. Er hat also einen Schatz gefunden, aber keinen, den er erwartet hatte. Keine Vorschrift verlangte von ihm und seinen Leuten, die gefundenen Stücke zu melden, und so beschloss der Trupp anscheinend, den Schatz zu behalten.« Werner und Anna nickten. »Also haben sie ihn beiseitegeschafft, und damit wird es eine verworrene, um nicht zu sagen finstere Angelegenheit. Mit einem Lkw haben sie den Schatz ins Eckertal geschafft und im Stollen VII versteckt. Kendrick-Wales wusste schließlich, dass der Stollen leer war und dass er ein ideales Versteck darstellte.«

»Nur ist der Schatz da nicht mehr …«, bemerkte Anna.

»Stimmt. Der Schatz wurde wieder fortgeschafft.«

»Vermutlich von Major Kendrick-Wales«, ergänzte Werner. »Aus welchen Gründen auch immer.«

»Und irgendjemand aus seinem Trupp hat ihm das mächtig übel genommen …«

»Nur wer?«

Auf dieses Stichwort hob Anna ihren Notizblock. »Zu dem Thema konnte Onkel Josh uns mehr sagen. Zu Anfang hat er mir allerdings klar gemacht, dass ich nicht mehr seine Lieblingsnichte sei und dass er mir 232 Dollar für seine Zeit in Rechnung stelle«, erzählte sie mit einem Lächeln, nachdem sie ihre Notizen noch einmal überflogen hatte. »Offenbar hat er den ganzen Tag im Archiv verbracht und es gab wohl ein paar Schwierigkeiten. Allerdings war es recht einfach, die

Zusammensetzung des Trupps herauszubekommen, da die Personalregistratur der Briten schon damals ziemlich gründlich war, und das OSS sie einfach von den Briten übernommen hat.«

Jarre nickte, Anna hatte die Liste auf einen Zettel geschrieben und vor ihm auf den Tisch gelegt. »Es war eine kleine Einheit, die der Major geführt hatte«, erklärte Jarre. »Sie bestand aus ihm, Second Lieutenant James Armory und Leutnant Michail Rishkov. Ihr Fahrer war ein russischer Feldwebel namens Gennadi Karimov. Nach dem Tod des Majors wurde diese spezielle Einheit aufgelöst, da auch Karimov inzwischen tot ist oder zumindest als vermisst gilt. Second Lieutenant James Armory und Leutnant Michail Rishkov wurden anderen Einheiten zugeteilt.« Er seufzte. »Das sind also die Männer, mit denen zusammen Major Kendrick-Wales seinen Fund gemacht haben dürfte.«

Anna stimmte zu. »Genau. Onkel Josh hat mit einem Kollegen in England telefoniert und herausgefunden, dass Second Lieutenant James Armory 1955 bei einem Autounfall ums Leben gekommen ist. Er ist bei Schneematsch und schlechter Sicht von der Straße abgekommen.« Jarre hatte interessiert zugehört, als Anna bereits die Antwort auf seine noch nicht gestellte Frage lieferte. »Und nein, es gab keinerlei Hinweise auf ein Fremdverschulden, und er hinterließ keine Familie.«

»Das war's, was ich wissen wollte«, grummelte Jarre und Anna fuhr fort.

»Nun, die CIA-Akten haben auch etwas über Michail Rishkov ausgespuckt. Er ist Anfang letzten Jahres mit 69 gestorben. Er hat Karriere beim Militär gemacht und sich 1962 mit dem Rang eines Oberstleutnants zur Ruhe gesetzt. Er war einer der Hardliner der alten Armee. Angaben zu Kindern oder Verwandten konnte Onkel Josh nicht auftreiben.«

»Und der Nächste auf der Liste?

»Es gibt kaum etwas über den letzten der vier Männer. Alles, was Onkel Josh über Gennadi Karimov, den Fahrer, herausbekommen konnte, ist, dass er nicht aus dem Krieg heimgekommen ist.«

»Also sind alle tot, die damals an dem Fund beteiligt waren?«, wunderte sich Jarre und sah erst Heidenreich, dann Anna entgeistert an.

»So sieht's aus ...«

Es herrschte Stille, während alle über das eben Gehörte nachdachten. Jarre kritzelte Notizen auf einen Zettel, die er gelegentlich wieder ausstrich. Schließlich grinste er und sah seine Freunde an.

»Ich glaube, ich sehe jetzt klar. Wir wissen doch mit Bestimmtheit, dass Major Kendrick-Wales den Welfenschatz gefunden und seinen Nachfahren Unterlagen darüber hinterlassen hat. Wir wissen, dass weder sein Mörder noch sein Sohn Erfolg damit hatten, den Schatz zu lokalisieren. Das heißt, dass der Major ab einem gewissen Zeitpunkt vielleicht selbst nicht mehr wusste, wo der Schatz war, oder dass er keine Zeit mehr hatte, vor seinem Tod irgendwen darüber zu informieren.«

Heidenreich und Anna stimmten zu. »Offenbar Letzteres, denn sonst hätte dich der Colonel nicht gebraucht und hätte den Schatz allein geborgen.«

Jarre hob die Brauen. »Das ist Spekulation«, wandte er ein. »Der Colonel brauchte Hilfe, um zu gewissen Orten Zutritt zu erlangen, das ist klar. Wie viel er tatsächlich wusste, kann ich nicht sagen.«

Werner seufzte. »Natürlich nicht. Aber hier kommt schon das nächste Rätsel. Warum suchen ausgerechnet jetzt plötzlich noch andere nach dem Schatz?«, fragte Werner. »Außer dem Colonel scheint es ja noch jemand auf den Schatz abgesehen zu haben.«

»So sieht es zumindest aus. Vielleicht habe ich ja die Antwort auf deine Frage.« Jarre stand auf und holte das Oktavheft, das der Colonel so sehr behütet hatte. »Das hier ist das Notizheft von Major Kendrick-Wales«, erklärte er Werner. »Anna kennt es schon. Der Colonel hatte es am Dienstag ins Handschuhfach gepackt, weil er es immer dabeihaben wollte, ohne es zu sehr zu beschädigen. Darin ist ein Zettel, offenbar die Kopie eines Artikels aus einer kyrillisch gedruckten Zeitung.«

»Und worum geht es in dem Artikel? Hat dir der Colonel das erzählt?«

»Hat er nicht, er hat den Artikel gar nicht erwähnt. Das war offenbar eines der Geheimnisse, die er nicht teilen wollte. Der Text beinhaltet ein paar deutsche Worte.« Er wies auf die Stellen. ›Welfenschatz‹ stand in einer Spalte und etwas später ›Werk Tanne‹.

»Jetzt dürfte klar sein, warum Kendrick-Wales zum Werk Tanne wollte …«, murmelte Werner. »Offenbar zieht der Artikel eine überzeugende Verbindung zwischen dem Welfenschatz und Werk Tanne.«

»So viel ist auch ohne Übersetzung klar«, meinte Jarre. »Deswegen nehme ich an, dass dieser Artikel nicht nur den Colonel dazu gebracht hat, den Schatz zu suchen.«

»Es muss also jemand sein, der diesen Artikel kennt.«

»Ja. Lass uns überlegen, wer dafür infrage kommt, dass er jetzt nach dem Welfenschatz sucht und dafür Killer mit slawischem Akzent anheuert?« Jarre zählte an den Fingern auf. »Jemand aus der Familie von Kendrick-Wales, den wir nicht auf der Rechnung haben? Wohl kaum. Second Lieutenant James Armory? Auch nicht. Er ist früh gestorben und hatte keine Familie. Leutnant Michail Rishkov? Vielleicht ist seine Familie aktiv geworden, aber ich glaube nicht daran. Rishkov hatte es bis zum Oberstleutnant in der Sowjetarmee gebracht, und ich habe Schwierigkeiten damit, mir vorzustellen, dass er insgeheim weiter nach dem Schatz gesucht hat und dass seine Familie das noch immer tut.«

»Stimmt. Ich würde annehmen, dass ein hoher Soldat der Sowjets solch eine Suche nicht heimlich erledigen musste«, warf Anna ein.

»Dann bliebe Feldwebel Gennadi Karimov über. Er war der Fahrer des Trupps und konnte einen Lastwagen fahren. Er wird seit dem Krieg vermisst, danach hat niemand etwas von ihm gehört.« Jarre legte eine bedeutungsvolle Pause ein. »Das ist die Geschichte, die von allen am merkwürdigsten klingt. Deswegen habe ich mir überlegt, ob wir uns nicht täuschen ließen. Was wäre denn, wenn er gar nicht tot ist? Was wäre, wenn er es war, der Major Kendrick-Wales wegen des Schatzes getötet hat? Wenn er dadurch in eine so bedrohliche Lage gekommen ist, dass er fliehen musste und sich seitdem versteckt, weshalb er als vermisst gilt?«

»Das ist ja ein halber Roman!«, protestierte Werner.

»Aber die Geschichte passt zu den Fakten, die wir kennen«, überlegte Anna. »Außerdem passt es zu dem, was Onkel Josh über die Familie Karimov finden konnte.«

Jarre sah sie erstaunt an. »Wieso? Was sagt er denn?«

»Das ist der Punkt, wo seine Schwierigkeiten begonnen haben. Der Name Karimov ist der CIA nicht unbekannt, aber nicht wegen Gennadi Karimov, sondern wegen Wladimir Karimov.«

Die beiden Männer tauschten fragende Blicke. Keiner von ihnen hatte je von einem Wladimir gehört.

»Ein Verwandter?«, vermutete Jarre.

»Kann sein. ›Wladimir Karimov ist Kasache, vermutlich Jahrgang 1920 oder früher. Er ist eine der schillerndsten Figuren Kasachstans‹«, las sie vor. »»Er ist ein bekannter Kunstsammler, aber auch wegen möglicher illegaler Aktivitäten im Waffen- und Uranhandel aufgefallen. Seine Familie war nach dem Krieg zu bescheidenem Wohlstand gekommen, den sie offenbar sogar mehren konnte. Jedenfalls ist Karimov als Verdächtiger bei mehreren illegalen Waffenverkäufen Anfang der Fünfzigerjahre ins Visier der CIA geraten, doch niemand konnte ihm etwas nachweisen. Sein Lebensstil und seine Kunstsammlung haben jedoch immer wieder für Aufsehen gesorgt.‹«

»Das muss alles mit Duldung des Parteiapparats geschehen sein«, meinte Jarre.

»Nun ja, mit den entsprechenden Mitteln kann man bestimmt auch in der Sowjetunion alle nötigen Leute schmieren«, wandte Heidenreich ein.

»Alles in allem ist er jedenfalls kein sympathischer Zeitgenosse«, sagte Anna.

»Nein, wohl nicht. Aber wieso hat dein Onkel eine Verbindung zu Gennadi Karimov gezogen?«

»Onkel Josh schreibt, dass Wladimir zum ersten Mal 1947 in Aktjubinsk, oder Aktöbe, wie es eigentlich heißt, in Erscheinung getreten ist. Damals war er etwa Ende 20, und davor war er offenbar ein unbeschriebenes Blatt. Das ist genau das, was Onkel Josh stutzig gemacht hat.«

Neuer Glanz kam in Jarres Augen. »In Aktöbe sagst du?« Rasch kramte er den Zeitungsartikel hervor. »Die Zeitung hier stammt anscheinend aus Aktöbe. Das ist so ziemlich das einzige Wort, das man erkennen kann. Hier, seht ihr?« Er zeigte auf die Datumszeile, in der das Wort Ақтөбе stand. Werner blieb skeptisch und besah sich daraufhin noch einmal den Artikel. Nach einer knappen Minute reichte er ihn an Jarre zurück und zeigte auf ein Wort, das ihm aufgefallen war.

»Wenn ich mich richtig an meine paar Stunden Russisch erinnere, dann bedeutet das hier ›Rishkov‹.«

Jarre sah es und staunte.

»Rishkov? Und der Artikel ist in Aktöbe erschienen, wo dieser Karimov lebt.« Er überlegte kurz. »Also gibt es eine Verbindung zwischen Karimov und Rishkov. Sie leben zumindest in der gleichen Stadt. Außerdem ist Karimov gerade im richtigen Alter, damit ein Feldwebel der siegreichen Roten Armee sein Vater sein könnte«, schloss er. »Ich glaube, dein Onkel hat recht mit seinem Verdacht. Gelobt seien die Instinkte eines alten Geheimdienstlers.«

»Du glaubst also, dieser Wladimir Karimov ist der Sohn von Gennadi Karimov?«, fragte Heidenreich.

»Das glaube ich, und ich bin überzeugt, dass Gennadi Karimov tief in die Geschichte verwickelt ist. Vermutlich hat er den Major umgebracht und ist danach geflohen. Er hat weiter als vermisst gegolten, obwohl er schon längst wieder zu Hause war, wo er sich versteckt hielt, um einer Mordanklage zu entgehen.«

»Und das alles ist jetzt öffentlich geworden?«

»Nein, aber dieser Artikel ist das letzte Glied in der Beweiskette. Hier geht es um Rishkov, den Welfenschatz und Werk Tanne. Der Artikel hat dem Colonel klargemacht, was damals geschehen ist. Und als Kendrick-Wales plötzlich in Aktöbe auftauchte, hat auch Karimov begriffen, was 1945 los war. Deswegen schickte er einen Trupp los, um den Schatz zu finden.«

»Das ist ja alles eine sehr schöne Theorie ...«, brummte Heidenreich. »Aber wie willst du das beweisen?«

»Das zeige ich dir.« Jarre stand auf und holte seine Jacke. Auf seinem Gesicht stand ein schon fast unerträgliches Grinsen, während er etwas aus seiner Jackentasche fischte und es auf den Tisch legte.

»Ein Notizbuch?«, wunderte sich Heidenreich.

»Nicht irgendein Notizbuch. Ich habe es dem Fahrer des Land Rovers abgenommen.«

»Was?«

Anna starrte ihn an, dann fiel es ihr ein. »Deswegen hast du dem Mann die Jacke ausgezogen! Das war gar keine noble Geste, sondern schnöder Diebstahl!«, regte sie sich auf.

»Nennen wir es lieber Beweissicherung«, wandte Jarre etwas verletzt ein.

»Und du hast das die ganze Zeit gehabt? Auch als die Polizei uns verhört hat?«

Irgendwie war sie noch nicht viel ruhiger, stellte Jarre fest. »Ja. Ich habe es ganz spontan an mich genommen. Ich sah das Ding aus seiner Jacke ragen sah und wollte die Polizei nicht unbedingt darauf aufmerksam machen, dass ich unerlaubt Beweismittel an mich genommen habe«, erklärte er kleinlaut.

Anna sah ihn finster an. »Wertrichter würde dich dafür kreuzigen.«

»Eben, und darauf kann ich gut warten.«

»Und was soll der ganze Zauber?«, erkundigte sich Heidenreich, der etwas ungehalten war, aber Anna trotzdem eine beruhigende Hand auf den Arm legte.

Jarre grinste wieder. »Nun, sagen wir einfach, dass ich einen Plan habe …«

Noch ehe seine Freunde über ihn herfallen konnten, begann er, ihnen sein Plan zu erklären …

ZEHN: DIENSTAG, 9. AUGUST 1966

Am nächsten Morgen saß Jarre recht nachdenklich hinter dem Lenkrad seines VW, den er auf der A7 erneut Richtung Süden steuerte. Sein Plan hing von vielen Unwägbarkeiten ab, das wusste er. Viel hing allein schon davon ab, ob es ihnen heute gelingen würde, zu beweisen, dass der Welfenschatz wirklich im Harz versteckt war. Daher war er froh, dass sowohl Anna als auch Werner ihn an diesem Morgen begleiteten. Es war Annas freier Tag, das wusste er, aber er freute sich besonders, dass sich auch Werner entschlossen hatte, mitzukommen, und sich deshalb in der Bibliothek abgemeldet hatte, wegen eines ›Notfalls in der Familie‹. Einen davon habe man im Jahr zur freien Verfügung, erklärte er trocken.

Als die Ausfahrt Seesen immer näher kam, wuchs seine Unruhe. Bald merkte er, dass sogar seine Freunde diese Unruhe spürten, denn sie fingen an, über belanglose Dinge zu plaudern, um ihn und natürlich sich selbst von ihrer Aufregung abzulenken.

Doch Jarre ertappte sich dabei, dass er immer wieder über die Ereignisse des Jahres 1945 nachdachte. Hatte Major Kendrick-Wales wirklich den Welfenschatz aus dem Stollen VII in ein anderes Versteck geschafft? Und hatte das Werk Tanne, das sein Enkel so dringend hatte sehen wollen, wirklich etwas damit zu tun? Sicher, das Werk war eine der größten Sprengstofffabriken im

Dritten Reich gewesen und damit sicherlich auch bei den alliierten Besatzungstruppen berühmt und berüchtigt. Aber würden sie dort wirklich auf etwas stoßen, dass diesen Ort mit den Plänen des Majors verband? Nun, bald würden sie es wissen, dachte Behrend, während er am Fuße der Serpentinen, die sie nach Clausthal führen würden, heruntersschaltete.

Mit gewohnten Bewegungen brachte Jarre die Kurven hinter sich, dann fuhren sie zügig durch die Stadt, wobei Werner und Anna nach möglichen Verfolgern Ausschau hielten. Sie nahmen den Weg zum Werk Tanne, den Jarre mittlerweile fast zu gut kannte und stets mit den schrecklichen Ereignissen von vor einer Woche verbinden würde. Aber vielleicht gelang es ihm wenigstens, die Mörder des Colonels und des Professors für immer hinter Gitter zu bringen.

Am Werk angekommen bewaffneten sie sich und legten die Ausrüstung an, die Jarre am Tag zuvor zusammengesucht hatte. Er hatte Spitzhacken, Äxte, Brecheisen, Spaten und Schaufeln eingeladen, die sie jetzt untereinander aufteilten. Alles Weitere würde man besorgen können, wenn es so weit war.

Sie ignorierten geflissentlich alle Absperrungen und marschierten direkt in die Höhle des Löwen, wobei Jarre auf jedes ungewöhnliche Geräusch achtete. Ein weiteres Mal würde man ihn nicht in die Falle locken. Auch Werner und Anna wirkten angespannt, als sie hinter Jarre den Waldweg entlanggingen, der sie ins Herz der alten Fabrik führte.

Dort stellten sie ihre Werkzeuge ab und Jarre fühlte die erwartungsvollen Blicke seiner Freunde mehr, als dass er sie sah, denn er hatte schon begonnen, die Lage der einzelnen Gebäude und deren Überreste in sich aufzunehmen. In Gedanken versetzte er sich in die Rolle des Vaters von Colonel Kendrick-Wales. Was könnte einen englischen Major, der einen Schatz zu verstecken hatte, hier angesprochen haben? Er hätte bestimmt gewusst, dass eine Fabrik, die Sprengstoff hergestellt hatte, keine Chance hatte, unversehrt zu bleiben. Die Sprengung der Gebäude hatte er als unausweichlich ansehen müssen. Es war also nicht sinnvoll, die einzelnen Häuser, die noch standen, nach geheimen Kammern zu durchsuchen. Außerdem war sich der Major bewusst gewesen, dass sein Versteck so gut hatte verborgen sein müssen, dass es niemand auf Anhieb fand. Deswegen hätte sich der Major bestimmt nicht für so offensichtliche Verstecke wie die Versorgungsschächte oder die Säuretanks interessiert, die kaum geeignet waren, den Schatz lange zu verbergen. Was also hatte er dann hier gewollt? Wieso war er ausgerechnet hierhergekommen?

Plötzlich erinnerte Jarre sich an einen Blick des Colonels, eine Geste, die ihm vor einer Woche für einen Moment zu denken gegeben hatte. Professor Morgenstern hatte von dem schrecklichen Unglück berichtet, bei dem 1941 über 60 Zwangsarbeiter ums Leben gekommen waren. Dabei hatte er von den Sprengmauern erzählt, die die anderen Gebäude geschützt hatten.

Er erinnerte sich, dass der Professor erzählte, wie auf den Betonkern der Mauern ein hoher Erdwall aufgeschüttet worden war, der die Druckwelle einer Explosion ableiten sollte. Dieser Betonkern war hohl und hatte dem Schutz vor Luftangriffen gedient. Kendrick-Wales war diesen Ausführungen besonders aufmerksam gefolgt, und Jarre ahnte, warum.

»Die Sprengmauern«, stieß er hervor. »Wir müssen uns die Sprengmauern angucken!«

Heidenreich sah ihn verständnislos an. »Was meinst du damit?«

Rasch erklärte Jarre ihnen, woran er sich eben erinnert hatte, dann machten sie sich auf die Suche nach den Gebäuden, in denen das TNT hergestellt worden war. Es würde leicht sein, deren Überreste zu finden, denn sie waren es gewesen, die von den Alliierten zuerst zerstört worden waren.

Bald fanden sie die erste Anlage, die nahezu vollständig in Trümmern lag. Ein bizarrer Haufen großer Betonteile markierte den Platz, wo einst der Sprengstoff für zahllose todbringende Bomben hergestellt worden war. Ein mannshoher Wall, der sich fast in die Landschaft eingepasst hatte, umgab die Ruine. In dem überwucherten Gelände dauerte es eine Weile, bis sie zwischen den Bäumen, halb verborgen unter herabgefallenen Ästen und alten Blättern, eine Bresche in dem Wall ausmachen konnten, in der ein Eingang aus Beton den Zugang zu dem alten Luftschutzbunker kennzeichnete. Die Tür, die es einst gegeben haben musste, war schon längst verschwunden, und Feuchtigkeit und vermodertes Laub hatten sich in dem dahinterliegenden Gang breitgemacht. Jarre holte eine Taschenlampe hervor und ging voran. Er teilte Anna und Werner bestimmt mit, dass sie am Eingang warten sollten, was beide nur zu gerne taten. Der schmale Gang war nicht gerade einladend.

Jarre war jedoch eher wieder zurück, als sie erwartet hatten. »Dahinter ist nichts weiter, nur ein schmaler Gang, der aus Betonteilen gebaut ist. Eng und finster, aber trocken, ideal also, um etwas zu verstecken. Leider gibt es dort keine Türen, keine Abzweigungen, nichts was meiner Meinung nach auf ein Versteck hinweisen würde.«

Anna zuckte mit den Achseln. »Wäre ja auch zu schön gewesen, wenn wir gleich beim ersten Mal Glück gehabt hätten. Ich hatte mich sowieso auf einen langen Tag eingerichtet ...«

Werner nickte. »Recht hat sie. Also, wo ist der nächste Eingang?«

*

Leutnant Lew Tzarkas legte sein Fernglas, ein Modell mit 15-facher Vergrößerung, beiseite und änderte seine Position. Er war auf sich allein gestellt, seit der Kretin Leonow in Hannover in die Mauer gefahren war. Der Exsoldat wusste jedoch, dass er froh sein konnte, überhaupt noch am Leben und in Freiheit zu sein. Wenn es nach den beiden Deutschen dort unten gegangen wäre, säße er jetzt sicher in einer Zelle. Aber das war eine Sache, die er später mit ihnen ausmachen würde ...

Grimmig verfolgte er, wie die kleine Gruppe die Ruinen untersuchte, die alle weitab der großen Halle lagen. Das war ein Sektor, in dem Chang Lin Wang noch nicht gearbeitet hatte. Offenbar hatte der Colonel sein Wissen doch weitergegeben, wenn die drei so zielsicher vorgingen. Nur gut, dass er nicht gezögert hatte, hierher zu kommen, denn er hatte gewusst, dass sie über kurz oder lang wieder auftauchen würden. Es sah so aus, als hätten sie einen Hinweis, der ihm und seinen Männern so lange verborgen geblieben war ...

*

Es war fünf Uhr nachmittags als Werner Heidenreich aus dem Tunnel einer abgelegenen Sprengmauer zurückkam. Sie hatten sich bei der Erkundung der Gänge abgewechselt, und so war es Werner, der die erlösenden Worte sagen konnte.

»Ich glaube, ich habe etwas gefunden«, stellte er fest und sein Gesicht strahlte Zuversicht und Freude aus. »Dort hinten endet der Gang in einer Art Verschlag. Ein paar schlampig zusammengehämmerte Bretter, ein paar aufgestapelte Steine, sonst ist da nichts. Es sieht alt aus, doch ich bin mir sicher, dass es da nicht hingehört.«

Wortlos reichte ihm Jarre ein Nageleisen, dann schnappten er und Anna sich den Rest ihrer Einbrecherausrüstung und folgten Heidenreich in den engen Tunnel. Im Licht ihrer Taschenlampen sahen sie, dass Werner mit seiner Einschätzung recht hatte. Die Bretterwand, auf die sie trafen, gehörte nicht hierher. Sie war äußerst grob gebaut und hauptsächlich ein Sichtschutz, keine echte Wand. Jarre überlegte sich, dass Major Kendrick-Wales nur ein Versteck für Tage oder Wochen gesucht haben dürfte, sodass sie sicher keine kunstvoll zugemauerte Kammer erwarten konnten. Er grinste Anna an, denn jetzt wusste er, dass sie auf der richtigen Spur waren.

Es dauerte nur ein paar Minuten, bis sie mit ihren Nageleisen und Spitzhacken die dünne Wand niedergerissen hatten. Jarre leuchtete in den Raum dahinter und entdeckte mehrere kunstvoll verzierte Holztruhen, die alle zum Teil in dunkelgraue Armeedecken gehüllt waren. Jarre leuchtete den ganzen Raum ab und zählte dabei acht Truhen.

»Verdammt, sollte es wirklich so einfach sein?«, murmelte Werner erstaunt.

Jarre sah ihn fröhlich an. Er verstand den Zweifel seines Freundes, aber er wusste, dass sie fündig geworden waren. »Wann wirst du mir endlich einmal glauben? Die trickreichen Fallen, mit denen vergrabene Schätze angeblich immer geschützt sind, gehören ins Reich der Fantasie.«

»Offenbar ...« Heidenreich war noch immer fassungslos, als er sich hinter Jarre an den Truhen vorbei in den Gang zwängte, um eine bessere Sicht zu haben. Nachdem sie sich versichert hatten, dass sie keine Truhe übersehen hatten, griff sich Jarre den Zipfel einer Armeedecke auf der Truhe direkt vor ihm und zog sie mit dem unvermeidlichen »Tad-daaa!« beiseite.

Die schwere Holztruhe hatte die 20 Jahre, die sie in dem Betongang verbracht hatte, anscheinend relativ unversehrt überstanden. Das Vorhängeschloss, das sie einst gesichert hatte, war spätestens von Major Kendrick-Wales und seinen Leuten aufgebrochen worden, sodass sie nur noch den Deckel der Truhe aufklappen mussten, um herauszufinden, ob sie den seit fast 500 Jahren vermissten Welfenschatz gefunden hatten. Als hätten sie sich durch unsichtbare Zeichen verständigt, griffen alle drei gleichzeitig nach dem Deckel und hoben ihn gemeinsam an.

*

Er hatte genug gesehen. Lew Tzarkas hatte keinen Zweifel mehr daran, was dort unten vorging. Das Werkzeug, das die drei geholt hatten, die aufgeregten Rufe, die lange Zeit, die sie schon in dem Tunnel verbracht hatten, das waren genug Hinweise. Tzarkas wusste nun, dass die drei Deutschen in wenigen Stunden das gefunden hatten, was ihnen über viele Wochen entgangen war.

Er ärgerte sich nicht darüber. Leonow hätte sich gewiss geärgert, und diese Emotionen hatten ihn zum Schluss so gefährlich gemacht. Er hätte diesen Behrend und seine Komplizen kalt lächelnd umgebracht, den Schatz an sich genommen und wäre verschwunden, ohne zu bedenken, dass der Tod des Mannes, der ihnen schon zweimal knapp entkommen war, nur ein Fehler sein konnte. Nein, Tzarkas ärgerte sich nicht. Er analysierte die Lage und kam zu dem Schluss, dass er es sich nicht erlauben konnte, jetzt einzugreifen, wenn er die Sache endgültig zu Ende bringen wollte. Aber es wurde dennoch Zeit, etwas zu unternehmen.

*

Werner klang fast beleidigt, als er sah, was in der Truhe war. »Stroh?«, war alles, was er voller Empörung herausbrachte.

»Natürlich Stroh«, brummte Jarre und fing an, das Stroh beiseitezuräumen. »Hier ist schließlich etwas Wertvolles verpackt worden.«

»Also gibt es hier keine Truhen randvoll mit Gold und Kunstschätzen«, seufzte Anna.

»Nein, sicher nicht. Truhen, die dekorativ bis eine Handbreit unter den Rand mit goldenen Dublonen gefüllt sind, gibt es nur im Film«, erklärte Jarre spitz. »Außerdem wiegt ein Kubikmeter Gold 19 Tonnen. Versuch mal, das wegzutragen …«

»Na gut, du hast natürlich recht. Etwas anderes als Stroh hätte ich dennoch erwartet. Das ist so … so unromantisch.«

»Wenn du Romantik willst, schau dir doch das hier einmal an«, murmelte Behrend ergriffen. Er hatte ein Bündel freigelegt, das in grobe Leinentücher eingewickelt war. Es war augenscheinlich schwer und Jarre platzierte es mit größter Vorsicht auf einer der anderen Truhen. Dann schlug er das Tuch beiseite und trat einen Schritt zurück. Im vereinten Licht ihrer Taschenlampen erstrahlte die Goldschmiedearbeit in einer Vollendung, die keiner von ihnen erwartet hatte.

Das fast einen Meter hohe, goldschimmernde Kunstwerk ähnelte dem Turm einer gotischen Kathedrale und wirkte trotzdem viel zarter. Es ruhte auf einem breiten Fuß, der von Emaillearbeiten und Edelsteinen umgeben war, so wie die Kammer aus Kristall in der Mitte des Gefäßes. Voller Ehrfurcht betrachtete Jarre das Stück, ehe er sich wieder aufrichtete.

»Eine Monstranz aus dem 14. Jahrhundert«, stellte er schließlich fest. »Nicht, dass ich ein Experte auf dem Gebiet wäre, aber so viel ist offensichtlich.«

»Sie ist wunderschön.« Auch Anna konnte dem Zauber, der von dem Fund ausging, nicht widerstehen.

»Ja, das ist sie«, bestätigte Werner mit trockener Kehle. »Das heißt also, dass wir tatsächlich den verlorenen Teil des Welfenschatzes gefunden haben?« Er konnte es selbst kaum glauben.

Jarre sah ihn mit hochgezogenen Brauen an. »Das heißt es wohl. Jedenfalls ist diese Monstranz eines Fürsten würdig, und Kendrick-Wales hat gesagt, dass die Stücke, die sein Vater fand, nirgendwo anders beschrieben wurden. Wir müssen nur prüfen, ob das für diese Stücke gilt.«

»Sehr schön ... Und was machen wir jetzt?«, stellte Werner die obligatorische Frage.

»Hier können die Truhen nicht bleiben. Wir müssen sie fortschaffen. Karimovs Leute dürfen sie nicht finden.«

»Da hast du recht. Aber wie stellst du dir das vor? Wir haben irgendwie vergessen, einen Lastwagen mitzubringen.«

»Kein Problem, ich habe da so eine Idee«, erklärte Jarre geheimnisvoll. »Lasst uns erst einmal die Truhen aus dem Tunnel bringen ...«

*

Als Anna, Werner und Jarre nach ein paar anstrengenden Stunden auf dem Rückweg nach Hannover waren, ließen sie die Ereignisse des Tages Revue passieren.

»Ich hätte lieber 20 gefunden«, meinte Werner, als sie gerade die Hildesheimer Börde hochfuhren.

Jarre, der vor ihm saß, nickte schlicht und dachte daran, wie rasch sich bei ihm nach diesem sensationellen Fund die Ernüchterung eingestellt hatte, nachdem sie alle Truhen geöffnet und festgestellt hatten, dass sie nur 18 Teile des Welfenschatzes gefunden hatten, nicht die 20, von denen der Colonel gesprochen hatte. Irgendwie war das nicht richtig, fand er.

Er wusste natürlich, dass ihr Fund dennoch einzigartig war, und er musste sich klar machen, dass es neben den bekannten 40 Teilen des Welfenschatzes in Berlin bald 18 weitere einmalige, nie zuvor gesehene Kunstwerke geben würde. Außerdem hatte er eine ziemlich klare Vorstellung, wo die anderen beiden Kunstwerke geblieben waren, auch wenn er es noch nicht beweisen konnte. Doch das würde er bald können, denn es fehlte nur ein Glied in der Beweiskette, um die Mörder von Professor Morgenstern und Colonel Kendrick-Wales zu überführen und den beiden Männern Gerechtigkeit widerfahren zu lassen.

»Glaubst du wirklich, dass dein Plan funktionieren wird?«, fragte Anna, nicht mit Skepsis, sondern voller Eifer. Sie war gewiss genauso daran interessiert, die Männer hinter Gitter zu bringen, die erst gestern versucht hatten, sie beide zu töten.

»Mein Plan wird funktionieren«, versprach er. »Alles, was ich jetzt noch brauche, ist ein Telefon.«

Es war schließlich Werners Telefon, das sie benutzen, da es ihnen ungefährlich schien, sich in seiner Wohnung aufzuhalten. Jarre holte das Notizbuch hervor, das der Fahrer des Land Rover bei sich gehabt hatte, und deutete auf eine Nummer. Sie war nicht mit einem Namen versehen und begann mit 0037 41, was Werner erstaunte.

»Ich ahne Böses«, murmelte er. »So eine Nummer habe ich schon gesehen, und es hat Stunden gedauert, bis ich eine Verbindung hatte. Die haben damals noch per Hand gestöpselt.«

»Wieso? Ist das eine Nummer in Kasachstan?«, wunderte sich Anna.

Jarre grinste. »Schlimmer. Leipzig. Und ich fürchte, dass Werner recht hat. Direktwahl in die DDR gibt es jedenfalls nicht. Ich bin gespannt, wer sich hinter der Nummer verbirgt. Aber ich bin mir sicher, dass derjenige wichtig ist, sonst hätte der Russe ihn nicht in seinem Notizbuch vermerkt.«

»Also wieder einmal ein Schuss ins Blaue?«

Jarre schüttelte den Kopf. »Eher eine berechtigte Annahme. Oder würdest du als Söldner einen Auftrag annehmen, wenn du gar keine Möglichkeit hast, mit deinem Auftraggeber in Kontakt zu treten?«

»Ich war noch nie Söldner«, wandte Werner ein.

»Dann wird es aber Zeit. Ich probiere es einfach, und danach sehen wir weiter.« Damit wählte er die Leipziger Nummer, und er spürte eine wachsende Anspannung, nachdem das Fräulein vom Amt ihn verbunden hatte und er es am anderen Ende der Leitung tuten hörte. Ungefähr ein Dutzend Mal vernahm Jarre das Freizeichen, bevor sich eine dunkle, brüchige Stimme auf Russisch meldete.

»Da?«

»Ich weiß, was Gennadi Karimov im Sommer 1945 gemacht hat«, sagte Behrend auf Englisch. Er wusste, dass das die einzige Chance war, die Aufmerksamkeit des Mannes am anderen Ende der Leitung zu erregen, wenn er recht hatte.

Für einen Moment blieb es still in der Leitung, ehe

eine Stimme, die wie Pergament klang, voller Kälte auf Deutsch antwortete: »Das weiß ich auch, Herr Behrend. Mein Vater war im Krieg und hat für die Freiheit gekämpft. Er hat diesen Kampf mit dem Leben bezahlt. Was hat Ihre Familie im Krieg gemacht?«

Jarre brauchte, um den Schlag zu verdauen. Eigentlich hätte er damit rechnen müssen, dass der Auftraggeber der Mörder seinen Namen kannte. Zumindest gab es keinen Zweifel mehr, mit wem er es zu tun hatte. »Ich weiß, dass keiner von ihnen je seinen Vorgesetzten überfahren hat«, knurrte er also. Wieder blieb es einen Atemzug ruhig.

»Was wollen Sie von mir, Herr Behrend? Meine Zeit ist kostbar.« Wladimir Karimov war ein zu gerissener Geschäftsmann, als dass er leicht aus der Ruhe zu bringen wäre. Daher überließ er Jarre die Initiative.

»Es ist Colonel Kendrick-Wales gelungen, die Monstranzen aufzuspüren, die Ihr Vater und Leutnant Rishkov gestohlen haben«, behauptete Jarre. Es war wieder ein Schuss ins Blaue, aber seit er wusste, dass zwei Teile des Welfenschatzes fehlten, war ihm klar, woher der plötzliche Reichtum der Karimovs stammte. Schon ein einzelner aus seiner Fassung gebrochener Edelstein hätte ausgereicht, um für die sichere Heimreise des Deserteurs Gennadi Karimov zu sorgen, und der Rest hatte bestimmt einen schönen Grundstock für ein ansehnliches Vermögen gebildet.

»Er und Leutnant Rishkov haben zwei Monstranzen gestohlen. Ihr Vater hat seinen Anteil genutzt, um nach Kasachstan zurückzukehren, nachdem er desertiert ist, aber Rishkov hat seine behalten.«

»Mein Vater ist kein Dieb«, bellte Karimov ins Telefon. In diesem Moment wusste Jarre, dass er gewonnen hatte, denn der Mann hatte von seinem Vater in der Gegenwart gesprochen. Die eiskalte Sicherheit war aus der Stimme verschwunden, verbissene Wut hatte ihren Platz eingenommen. Er hatte einen wunden Punkt getroffen. Jetzt hoffte er nur, dass er auch sonst die richtigen Schlüsse gezogen hatte. Unerbittlich redete er weiter, schnell und drängend, damit sein Gegenüber nicht auflegte.

»Ihr Vater hat im Juli 1945 zusammen mit drei anderen Soldaten einen Schatz an unermesslich wertvollen Kunstwerken gefunden. Zusammen haben die vier Soldaten diesen Schatz versteckt, um ihn später ungestört zu heben. Doch dann ist etwas schiefgegangen. Die vier waren sich plötzlich gar nicht mehr einig, was damit geschehen sollte, und einer von ihnen musste wegen dieses Streites sein Leben lassen. Er wurde von einem Fahrer der Sowjetarmee vorsätzlich überfahren und getötet. Dieser Feldwebel und sein Leutnant haben zwei Teile des Schatzes an sich gebracht. Der Feldwebel ist danach zum Deserteur geworden. Er floh nach Hause, nach Kasachstan. Dieser Feldwebel war Ihr Vater!«

»Und warum erzählen Sie mir das alles?«, fragte Karimov mit müdem Unterton.

»Nun, ich habe Unterlagen in meinen Händen, die dieses Ereignis betreffen, Briefe von Oberstleutnant

Rishkov, und ich würde sie gerne loswerden.« Jarre war sich sicher, dass er ein verächtliches Schnauben hörte, als er das sagte.

»Das ist ein Bluff. Solche Briefe gibt es nicht.«

»Wollen Sie es wirklich darauf ankommen lassen? Gegen ein gewisses Entgelt würden Sie die Originale bekommen ...«

»Erpressung also. Geht es Ihnen wirklich nur darum?«

»Es geht darum, dass Sie Ihr Gesicht wahren und das Ihres Vaters. Mir ist es einerlei, was die Leute über Sie und Ihren Vater denken, aber Sie werden nicht wollen, dass die ganze Welt weiß, dass Ihr alter Herr im Krieg ein Deserteur und Mörder war. Selbst ohne die Briefe des Generals ist das bestimmt eine Geschichte, die die Zeitungen interessieren wird. Dafür sollten Sie schon einen vernünftigen Preis zahlen ...«

Ein weiteres verächtliches Schnauben begleitete diese Feststellung. »Wie viel?« Die Stimme Karimovs war voller Verachtung.

»Eine halbe Million D-Mark. In bar. Sie liefern es mir persönlich ab. In Clausthal. Morgen.«

»Sie sind kein großmütiger Mann, Herr Behrend. Woher soll ich so schnell so viel Geld nehmen? Und wie soll ich so einfach in die Bundesrepublik einreisen? Ich bin ein einfacher Sowjetbürger.«

»Sie sind bis Leipzig gekommen, demnach werden Sie es ebenso bis in den Harz schaffen. Ich habe da vollstes Vertrauen in Sie, denn Sie sind bestimmt alles, nur kein einfacher Bürger.«

»Da mögen Sie sogar recht haben«, murmelte Karimov. »Ich treffe Sie im Werk Tanne. Um sechs Uhr abends.« Er legte auf.

Mit schweißnassen Händen legte auch Behrend den Hörer auf. »Er hat angebissen«, erklärte er.

»Einfach so?«, staunte Heidenreich. »Nicht schlecht!«

»Jedenfalls hat dein Trick funktioniert …«, meinte Anna, und es war beinahe Bewunderung in ihrer Stimme zu hören.

Sogar Jarre wusste, dass er schon lange nicht mehr mit so wenig in der Hand so viel gewagt hatte. Er war sich sicher gewesen, dass er die richtigen Schlüsse aus den Fakten gezogen hatte. Aber abzuschätzen, wie seine Forderungen auf einen Mann wirkten, den er noch nie gesehen hatte, war ihm nicht leicht gefallen. Dennoch hatte es funktioniert.

»Er konnte sich zumindest nicht sicher sein, ob ich nicht doch etwas in der Hand habe«, meinte er, als müsse er sich den Erfolg seiner Idee erklären.

Anna nickte. »Er wusste von den Recherchen des Colonels, und die haben ihn nervös gemacht. Er scheint zu glauben, dass Kendrick-Wales tatsächlich das herausgefunden hat, was du behauptet hast.«

»Es konnte ja auch gar nicht anders sein«, sagte Jarre. »Wenn es nichts gab, was er geheim halten wollte, dann war es nicht sinnvoll, den Colonel anzugreifen.

Es wäre einfacher gewesen, ihn den Schatz heben zu lassen, um ihn ihm abzunehmen. Aber Karimov war es anscheinend wichtig, dass Kendrick-Wales mundtot gemacht wurde ...«

»Und jetzt kommt er, um dich mundtot zu machen«, unkte Werner.

»Vermutlich.«

»Warum sollte er sonst kommen? Ich dachte jedenfalls, deine Behauptungen seien recht durchsichtig.«

»Waren sie auch. Aber ich habe Karimov da geschnappt, wo man Männer, die auf krummen Wegen reich geworden sind, immer erwischen kann.«

»Du hast Geld von ihm verlangt!«, stellte Werner fest, der nun verstand, was Jarre vorhatte.

»Ja. In dem Moment, als ich das Geld verlangte, vergaß er jeden Verdacht, den er vorher gehabt haben mochte. Geld regiert seine Welt, und es ist für ihn nur natürlich, dass andere Menschen alles anstellen, um an sein Geld zu kommen.«

»Trotzdem würde ich an seiner Stelle nicht herkommen«, wandte Anna nachdenklich ein.

»Und die Chance verpassen, einen arroganten Amateur wie mich, der es wagt, ihn, den großen Karimov, zu erpressen, zu erledigen? Nein, so wie ich mich als einfachen Erpresser zu erkennen gegeben habe, war klar, dass er sich sicher war, jede Falle, die ich ihm stellen würde, umgehen zu können. Vermutlich hat er sich zu dem Zeitpunkt entschlossen, mich persönlich zu erledigen.«

»Du hast dich da auf ein gewagtes Spiel eingelassen.« Anna sah ihn besorgt an.

»Ja, und damit es nicht ganz so gewagt ist, müssen wir noch einmal telefonieren.«

ELF: MITTWOCH, 10. AUGUST 1966

An diesem Mittwochmorgen war die Welt wieder in Ordnung. Oberkommissar Kramer lehnte sich zufrieden in seinen Sessel zurück. Fast hätte er die Füße auf den Tisch gelegt, aber er riss sich zusammen. Die Diskussion zwischen ihm und Kommissar Wertrichter hatte zum Glück nicht lange gedauert, und das freute ihn. Erstaunlich eigentlich, dachte der Oberkommissar. Wertrichter war sonst jemand, der einem immer widersprach, selbst wenn man ihm nur Gesundheit wünschte.

Andererseits war Wertrichter leicht zu manipulieren, und es hatte Kramer geradezu diebischen Spaß gemacht, die Geschichte von dem Einbruch in der Grube Samson in St. Andreasberg zu erzählen, bei der ein VW 1600 als Fluchtfahrzeug der Täter gesehen worden sein soll. Zwar hatte Frau Krähwinkel, eine pensionierte Lehrerin und respektable Anwohnerin, tatsächlich einen Einbruch gemeldet, aber das tat sie mindestens einmal pro Woche, in den Ferien auch öfter. Für Wertrichter sollte das ausreichen, dachte Kramer, er würde mit ihr einige Zeit zu tun haben. Und tatsächlich war er besonders eifrig gewesen, den Fall zu bearbeiten. Mit »Behrend!« war er aufgesprungen und hatte sich den Autoschlüssel geschnappt. Nur einen Moment hatte er gewartet, ob Kramer auf seine Frage: »Kommst du?«, reagieren würde, dann war er losgerannt, ohne auf seinen Kollegen Rücksicht zu nehmen, der einen anderen Fall zu bearbeiten hatte, wie er Wertrichter hinterherrief.

Kopfschüttelnd stand Kramer auf, nahm sich die Schlüssel für einen Dienstwagen aus dem Pool, steckte sich seine Waffe ein und machte sich auf den Weg.

*

Mit einem zufriedenen Lächeln sah Lew Tzarkas seine Leute an. Seit dem unglücklichen Tod des Obersts wirkten sie sichtlich entspannter, dachte er, und es schien, als würden sie seinen Anweisungen mit besonderem Eifer folgen. Da sollte noch einer sagen, Verbrechen würde sich nicht auszahlen, überlegte er kurz und voller Sarkasmus, dann konzentrierte er sich wieder auf die Aufgabe, die vor ihnen lag.

Vier Leute seines kleinen Trupps hatten genau wie er in der Armee gedient und waren an verschiedenen Waffen ausgebildet worden, und alle kannten das Awtomat Kalaschnikowa 47, das AK-47, in- und auswendig. Alle vier hatten sich sofort bereit erklärt, die Aufgabe zu übernehmen, zumal Tzarkas eine ansehnliche Prämie versprochen hatte. Rasch verteilte Tzarkas die Gewehre und jeweils ein Reservemagazin mit M43 Patronen, die ein 7.62er Kaliber hatten. Damit würde es ihnen gelingen, jede Situation unter Kontrolle zu bringen, ohne sich zeigen zu müssen, das wusste er.

Wenn dieser Behrend erst einmal erledigt war, würde er Karimov das Versteck des Schatzes zeigen und sich so eine schöne Prämie sichern. Danach würden sie alle Zeit der Welt haben, den Schatz abzutransportieren. Erst einmal ging es ihm darum, dass sie ihre Rechnung mit dem Deutschen beglichen.

Mit einem letzten Blick überprüfte er, ob die Tarnung der Männer irgendwie zu verbessern war, fand jedoch nichts daran auszusetzen. Er sah auf seine Uhr und stellte fest, dass ihm drei Stunden bis zum Treffen blieben. Zeit genug, um die Stellungen zu beziehen. Mit einer Hand gab er das Zeichen zum Abmarsch.

*

Jarre Behrend sah in das Gewölbe aus Blättern und Zweigen hinauf, das sich über ihnen erstreckte. Nach den Gewittern am Morgen hatte es wieder angefangen zu regnen, doch nur wenige Tropfen kamen bei ihnen an. Und das sollte der Sommer sein?, wunderte er sich erneut, da er die natürliche Abneigung eines Reiseveranstalters gegen schlechtes Wetter hatte. Heute war ihm der graue Himmel und der Regen noch weniger recht als sonst, da das trübe Wetter die Sicht im Wald beeinträchtigen konnte. Er wollte auf jeden Fall vermeiden, erneut in eine Falle zu tappen, und je heller es war, desto besser. Aber er konnte nicht alles verlangen.

Er sah zu Anna hinüber, die gerade dabei war, sich eine Regenjacke anzuziehen und die Kapuze überzuziehen. Fasziniert stellte er fest, dass sie nach wie vor umwerfend gut aussah. Er war froh, dass sie sich nicht davon hatte abbringen lassen, heute hier zu sein. Sie hatte dafür extra ihren Dienst getauscht. »Das wird mich nächste Woche grausam kosten«, hatte sie dazu gesagt. »Das ist jetzt egal, ich muss einfach sehen, wie es ausgeht. Ich glaube, der Colonel hat es verdient, dass du es diesen Kerlen richtig heimzahlst.«

Ob das so einfach sein würde, wusste Jarre nicht, doch er würde sich Mühe geben. Nicht nur wegen Anna, sondern wegen des Colonels und des Professors, und vor allem weil sein Leben in Gefahr war. Mit grimmiger Miene schulterte er einen Rucksack und sah zu Anna. »Bist du so weit?«

»Sicher.« Sie nahm sich den zweiten Rucksack, gleich drauf stapften sie durch das unwegsame Gelände in Richtung des Werks.

*

Sofort nach Jarre Behrends Anruf hatte Oberkommissar Kramer sich mit seinem Vorgesetzten kurzgeschlossen und sich seiner Unterstützung versichert. So kam es, dass er in Begleitung von sechs Schutzpolizisten unterwegs war, um den Fall, der sich letzte Woche im Werk Tanne ereignet hatte, endgültig zu den Akten zu legen. Wenn dieser Behrend seinen Beweis, den er versprochen hatte, schuldig blieb, konnte er ihn wenigstens verhaften und zur Verantwortung ziehen, sodass er keinesfalls mit leeren Händen ins Kommissariat zurückkehren würde.

Während die uniformierten Mitglieder seines Teams aus dem VW-Bus der Polizei kletterten, sah Kramer, wie jung die Männer eigentlich waren. Fast bedauerte er es, sie in Gefahr bringen zu müssen, aber er wusste natürlich, dass es unwahrscheinlich war, dass es zu einem Feuergefecht kommen würde. Dennoch hatten sie ihre schusshemmenden Westen angelegt und die Helme aufgezogen. Als sie schließlich mit ihren schussbereiten Waffen vor ihm standen und selbst auf ihn nahezu unheimlich wirkten, war das Bild einer Truppe von Profis beinahe perfekt.

Kramer war zufrieden. Er hatte ihnen auf der Fahrt die Lage erklärt und jedem einen Einsatzbereich zugewiesen. Jetzt mussten sie Stellung beziehen, dann würden sie warten, bis er ihnen das Zeichen gab, loszuschlagen.

*

Das Zentrum des Werks lag einige Hundert Meter vor ihnen, als Anna und Jarre, die jenseits aller Wege durch den Wald stapften, sich trennten. Dies war der Teil des Plans, der Jarre überhaupt nicht gefiel. Anna hatte jedoch vehement darauf bestanden, ihre Rolle als Wächter des Schatzes zu spielen. Sie wisse, dass ihr Gefahr drohe, und sie würde aufpassen, hatte sie ihm versichert, und daraufhin hatte er keine Einwände mehr erhoben. Wie auch? Ihm war klar, dass die einzige

Alternative gewesen wäre, sie festzubinden. Also ließ er ihr widerstrebend ihren Willen und hob nur noch eine Hand zum Gruß, dann war sie schon hinter zwei Fichten verschwunden.

Er selbst stapfte weiter, bis er das hohe, nasse Gras der Lichtung erreicht hatte, auf der das Werk lag. Er hielt bei jedem Baum, bei jeder Ruine Ausschau nach Scharfschützen, die im Hinterhalt lagen und ihm auflauerten. Glücklicherweise entdeckte er niemanden. Auf dem überwucherten Platz vor der großen Halle legte er seinen Rucksack ab. Er wusste, dass er von nun an in höchster Gefahr schwebte. Er ging jedoch davon aus, dass er nicht sofort erschossen werden würde, da Karimov nicht wusste, ob er nicht doch Unterlagen hatte, die seinen Vater belasteten. Der Kasache würde sichergehen wollen, dass er alle Unterlagen in den Händen hatte, ehe Jarre entbehrlich wurde. Mit dieser Zuversicht setzte er sich auf einen umgestürzten Baum und wartete.

*

Lew Tzarkas entdeckte Behrend sofort. Für einen Moment ärgerte er sich, dass der Deutsche aus einer anderen Richtung gekommen war, als er vermutet hatte, doch das war egal. Der Idiot war allein gekommen und augenscheinlich unbewaffnet. Nicht einmal das blonde Frauchen, das ihn sonst begleitet hatte, war in der Nähe. Sehr schön.

Er hob die Hand und gab damit seinen Scharfschützen den Befehl, sich zu positionieren, dann ging er zu Wladimir Karimov und informierte ihn, dass alles bereit war. Die Abrechnung stand dicht bevor.

*

Es dauerte nicht allzu lange, bis Jarre knackende Zweige im hohen Gras und Schritte hörte, die sich langsam näherten. Es war so weit! Er stand auf, atmete tief durch und ging bis zur Mitte der Lichtung, wo er die Ankunft Karimovs abwartete.

Der Mann, den er gleich darauf sah, wirkte auf den ersten Blick älter, als er es eigentlich sein dürfte. Sein Körper war schmal und gebeugt, tiefe Linien zeichneten sein Gesicht und das lockige Haar, das seinen Kopf wie ein Helm umgab, war dünn und von einem silbrigen Weiß. Doch Jarres erster Eindruck hatte ihn getäuscht. Der Schritt des Mannes war fest, seine Augen leuchteten voller Energie, und als er näher kam, wirkte Karimov so entschlossen und tatkräftig wie ein weit jüngerer Mann.

Behrend studierte Karimov jedoch nur für einen Augenblick, denn hinter ihm ging ein weit gefährlicherer Mann, der Mann, der auf dem Lindener Berg entkommen war. Die schwere Pistole, die er in der Hand hatte, war unübersehbar und bestätigte seine Annahme.

Karimov blieb am anderen Ende der Lichtung stehen. Er war misstrauisch und achtete darauf, dass Behrend für ihn keine Bedrohung werden konnte. Manche Leute waren einfach zu impulsiv, wenn man versuchte, sie umzubringen.

»Sind Sie Herr Behrend?«, rief er auf Deutsch, mit einem deutlichen Akzent.

Behrend nickte. »Und Sie sind Wladimir Karimov und … Wie hieß doch gleich Ihr Schoßhund?«

Tzarkas blickte ihn finster an, blieb aber ruhig. Für einen langen Augenblick sah Jarre ihm direkt in die Augen, aber Tzarkas Miene änderte sich nicht.

Karimov sprach gelassen weiter: »Ich bitte Sie, das ist doch unnötig. Es ist nicht zivilisiert, einander zu beleidigen.« Er breitete die Arme aus, um zu zeigen, wie harmlos er war. »Wir sind alles friedliche Menschen. Haben Sie die Sachen dabei, die Sie mir angeboten haben?«

»Gewiss.«

Karimov nickte. »Erstaunlich, wirklich …«

»Wieso das?«

»Sie haben viel über meinen Vater herausgefunden«, sagte der Mann mit emotionsloser Stimme. »Leider haben Sie nicht alles über ihn herausgefunden … Das wissen Sie doch, oder?«

Behrend erwiderte den herausfordernden Blick. »Wie meinen Sie das?«

»Ich möchte, dass Sie wissen, über was für ein Leben Sie reden. Mein Vater hat vier lange Jahre gegen die Unmenschlichkeiten der Deutschen gekämpft. Er hat viele seiner Kameraden sterben gesehen, gefallen durch deutsche Kugeln. Nur wegen Männern wie ihm können Sie jetzt in einem freien Land leben. Er ist nach dem Krieg nie wieder ganz er selbst geworden. Was er dort draußen gesehen hat, hat ihn zutiefst verändert. Sein Verstand konnte es nicht verarbeiten, und seit fast 20 Jahren dämmert er vor sich hin, und immer wieder spricht er von dem Verrat, der ihm angetan wurde. Irgendwann wurde es so schlimm, dass wir ihn in ein Heim bringen mussten.« Ein bitterer Zug verzerrte Karimovs Miene. »Es lässt ihn nicht los, wie er um einen Schatz betrogen wurde, den er nach so langen Entbehrungen rechtmäßig gefunden hatte. Es war der Vater Ihres Freundes, der ihn verraten hat, und jetzt kommen Sie her, ein Deutscher, und wollen mich mit dieser Geschichte um Geld erpressen. Das ist nicht gut.« Er schüttelte den Kopf.

»Ihr Vater hat einen Mann umgebracht!«, entgegnete Behrend kalt.

»Wie wenig Sie wissen. Es war Notwehr. Der Major seines Trupps, der sich erst ganz einfach überreden ließ, den Fund eines echten Schatzes für sich zu behalten, um sich und seinen Kindern eine gute Zukunft zu sichern, bekam plötzlich kalte Füße und entschloss sich zum Verrat. Er brachte die Kisten mit dem Schatz in ein anderes Versteck, damit mein Vater und die anderen leer ausgehen würden, während er vorhatte, den Fund den Behörden zu melden. Er wollte den Ruhm und das Geld für sich allein beanspruchen.« Verächtlich spuckte er auf den Boden.

Behrend sah den Hass in seinen Augen und unterbrach ihn. »Ihr Vater kam ihm dabei auf die Schliche und deswegen brachte er den Major um. Dann nahm Ihr Vater eine der Kisten an sich und verschwand Richtung Osten, wo er dank der Juwelen zu einem reichen Mann wurde«, endete Jarre.

Wütend funkelte Karimov ihn an und kam einen Schritt näher. »Oh nein. Es war ganz anders. Mein Vater stellte den Verräter und verlangte die Herausgabe des Schatzes, aber der Major lachte ihn nur aus. Sie stritten sich. Schließlich zog der Major eine Waffe, aber mein Vater war kein Feigling. Er kämpfte mit dem Major, der dabei stolperte und fiel. Der Engländer schlug sich den Kopf auf und plötzlich war überall Blut. Das war schlimm für meinen Vater. Er geriet in Panik, stieg in den Lastwagen des Majors und floh.«

Behrend sah die Bilder dieser Nacht förmlich auftauchen und verstand. »Und dabei hat er den Major überfahren?«

Karimov bestätigte seine Annahme. »Oh ja, als er sich gerade wieder aufrichtete. Es war ein Unfall. Die zwei Stücke dieses Schatzes, von denen Sie sagen, dass mein Vater sie gestohlen hat, waren auf diesem Laster. Es war alles, was auf dem Laster war.«

Behrend wusste nun, dass seiner These jede Begründung genommen worden war, und es gelang ihm nur mit Mühe, die Fassung zu wahren. Vermutlich war Major Kendrick-Wales auf dem Weg zu den Behörden gewesen, bevor er unweit des Werk Tanne von Karimov in einen Disput verwickelt wurde und durch ihren unglücklichen Streit ums Leben kam. Die Kisten hatten dem Major bestimmt als Beweis für seine Behauptungen gedient. Jetzt wurde Jarre klar, was Werner und Anna schon längst vermuten hatten.

»Sie sind also gar nicht wegen der Briefe hier?«, fragte er.

Karimov lächelte ihn freundlich an. »Nein, das bin ich natürlich nicht. Rishkov hätte nie so einen Brief geschrieben. Für seine Hilfe bei der Flucht hat mein Vater ihn fürstlich entlohnt, mit der Hälfte seines Schatzes, und das, obwohl sie einander schon als Kinder kannten. Nein, ich bin wegen des Schatzes hier, den Sie gestern gefunden haben. Ich werde ihn mir nehmen und dann werde ich Sie töten.« Das Lächeln verschwand plötzlich aus seinem Gesicht. Es machte einem Blick Platz, der so kalt war, dass Behrend unwillkürlich einen Schritt zurückwich. »Oder haben Sie wirklich geglaubt, dass Sie mich erpressen können? Haben Sie geglaubt, dass Sie meiner Familie nach all diesen Jahren weiteres Leid zufügen können? Nein! Das können Sie nicht!« Er machte ein Zeichen und Leutnant Tzarkas trat vor. Seine Pistole zielte genau auf Behrends linkes Knie.

»Endlich«, knurrte er. »Darauf habe ich zu lange gewartet. Wissen Sie was, Behrend? Ich fange damit an, Ihre Knie zu zertrümmern, daraufhin Ihre Ellenbogen. Erst danach werde ich mit meinen Fragen beginnen. Anschließend werde ich mit Ihren Füßen weitermachen.« Er grinste. »Glauben Sie mir, ich werde es genießen, wenn Sie schreiend verrecken. Also fangen wir an. Eins … Zwei …«

»Das würde ich an Ihrer Stelle nicht tun!«

*

Verwirrt sah Tzarkas zur Seite, von wo er die fremde Stimme vernommen hatte. Er sah, wie ein Mann in einem grauen Anzug zwischen den Bäumen hervortrat. Gleichzeitig erschienen vier Polizisten mit schussbereiten Waffen auf der Lichtung. Behrend, der Hundesohn hatte das Undenkbare getan! Der Erpresser und Dieb hatte Schutz bei der Polizei gesucht. Warum waren die Polizisten noch am Leben? Was war mit seinen Männern? Warum hatten sie diese Falle nicht verhindert? Das war doch ihre verdammte Aufgabe!

»Zählen Sie nicht darauf, dass Ihre Männer Ihnen zu Hilfe kommen. Wir haben Sie entwaffnet und in Gewahrsam genommen«, erklärte der Mann. »Sie hätten sie besser für eine Situation wie diese ausbilden sollen.«

Tzarkas biss die Zähne zusammen und verfluchte insgeheim Leonow. Die Rastlosigkeit und Unvorsichtigkeit des Obersts hatten offenbar auf ihn abgefärbt. Er selbst war so versessen darauf gewesen, diese Geschichte zu beenden, dass er nicht einmal mit dem Eingreifen der deutschen Polizei gerechnet hatte. Das war ein weiterer Fehler, der ihm unterlaufen war. Ein

Fehler, den er kaum korrigieren konnte. Jetzt gab es nur noch einen Ausweg …

*

Behrend beobachtete voller Anspannung den drahtigen Mann, der mit den nervösen Augen eines Wiesels erst ihn, dann Kramer und wieder ihn ansah. Für einen Moment glaubte er, dass der Söldner versuchen würde, sich seinen Weg freizuschießen, und dass seine erste Kugel ihm gelten würde. Sein Atem stockte. In weniger als einem Wimpernschlag würde sich zeigen, ob er zu viel auf eine Karte gesetzt hatte. Doch dann ließ der Mann seine Pistole fallen und hob die Hände. Langsam trat er einen Schritt vor. Er zeigte ein schiefes Lächeln und fixierte Behrend, der wieder anfing zu atmen.

»Gut gemacht«, murmelte Tzarkas und verbeugte sich. »Ich habe Sie unterschätzt.«

Für den Bruchteil einer Sekunde sahen Kramer und Behrend ihn verblüfft an. Diese Reaktion hatten sie nicht erwartet. Genau darauf hatte der Söldner gebaut. Er nutzte exakt diesen Sekundenbruchteil und sprang nach vorn. Dabei gab er Karimov einen Stoß, sodass der alte Mann stolperte. Unsicher taumelte dieser ein paar Schritte nach vorn, während der von ihm gedungene Mörder zur Seite lief.

»Nicht schießen!«, brüllte Oberkommissar Kramer, obwohl er wusste, dass das nicht nötig war. Seine Leute würden erst auf sein Kommando reagieren und weder Karimov noch Behrend wissentlich gefährden.

Behrend sah, wie der Killer hinter einem Busch verschwand, sodass es den Polizisten unmöglich war, einen gezielten Schuss abzugeben. Machtlos musste er mitansehen, wie der gefährlichste Mann entkam …

Aufgebracht hastete Behrend zu Oberkommissar Kramer hinüber, während zwei Polizisten an ihnen vorbei auf Karimov zuliefen und ihn festsetzten. Kramer sagte gerade etwas in ein Funkgerät, dann signalisierte er mit einem wilden Kreisen seines rechten Arms, dass seine Leute ausschwärmen sollten, um den Flüchtigen zu suchen. Als er Behrend auf sich zukommen sah, verfinsterte sich seine Miene.

»Das lief nicht so, wie wir gedacht hatten«, gab er zu. »Aber er kommt nicht weit.«

»Vermutlich nicht. Doch er ist gefährlich, und deswegen brauche ich einen Ihrer Männer. Dr. Winter ist allein beim Versteck des Schatzes!«

Kramer starrte ihn an. »Es ist noch jemand hier?«

»Ja, Dr. Winter wartet beim Schatz auf uns.«

Der Oberkommissar starrte ihn für einen Augenblick wutentbrannt an. Offenbar hatte er dem Mann zu Unrecht vertraut. Bislang hatte er immer nur davon gesprochen, dass er den Mann treffen würde, der für das Verschwinden von Professor Morgenstern verantwortlich sei. Es ginge dabei um einen Schatz, den die Verbrecher auf dem Gebiet der alten Munitionsfabrik vermuteten. Mit keinem Wort hatte Behrend erwähnt, dass es den Schatz wirklich gab und dass er noch andere Leute zu dieser Konfrontation mitbringen würde! Das hieß, dass er später noch ein Hühnchen mit ihm zu rupfen hatte.

Aber er durfte jetzt nicht zögern, und er wusste genau, was zu tun war. Rasch zog er seine Waffe und gab Behrend einen Wink. »Also gut, kommen Sie!«

So schnell es wegen des dichten Gestrüpps möglich war, liefen sie durch die Anlage zu einem abgelegenen Gebäude mit Fenstern aus Glasbausteinen und einem verwitterten Dach.

Hier hatten Werner, Anna und er die Truhen mit dem Welfenschatz gelagert. Jedem von ihnen war klar gewesen, dass sie die Kisten mit dem Schatz aus dem Tunnel bringen mussten, damit der andere Suchtrupp nicht in letzter Minute ihre Spuren und damit den Schatz fand. Da ihnen die Ausrüstung und die Zeit gefehlt hatte, den Schatz woanders hinzubringen, hatten sie einfach ein anderes Versteck innerhalb der Anlage gesucht und die Truhen dorthin getragen. Das war weitaus besser, als mit einem Lastwagen vorzufahren, die Aufmerksamkeit auf sich zu ziehen und unübersehbare Spuren zu hinterlassen.

Mit besonderer Vorsicht stellten sie sicher, dass sie nicht beobachtet wurden, während sie die Truhen über das Gelände trugen. Dennoch hatte ihnen die recht provisorische Natur des Verstecks eine unruhige Nacht beschert.

Anna, die wusste, dass sie bei dem Treffen mit Karimov nicht dabei sein konnte, hatte deswegen darauf bestanden, während des Austausches nachzusehen, ob der Schatz überhaupt noch da war. Sie hatte nicht ahnen können, dass Lew Tzarkas sehr genau wusste, wo er sie und den Schatz finden konnte …

In dem Augenblick, in dem Jarre und Oberkommissar Kramer an dem Gebäude ankamen, war alles ruhig. Zu ruhig. Anna hätte sie bestimmt gehört, als sie durch das Unterholz gerannt kamen, aber sie ließ sich nicht blicken.

»Und wo ist denn nun dieser Dr. Winter?«, knurrte Kramer ihn an.

»Frau Dr. Winter«, korrigierte Behrend. »Wir hatten verabredet, dass sie hier auf mich warten würde. Ich werde einmal sehen, wo sie ist …«

Kramer hielt ihn mit einem Griff an der Schulter zurück. »Sie werden nichts tun. Hier läuft ein mutmaßlicher Mörder herum, also tun Sie fürs Erste nur das, was ich sage. Das heißt, Sie warten hier.« Der Kommissar näherte sich dem Gebäude und suchte dabei stets die Deckung der Mauer. Als er am Eingang angekommen war, spähte er hindurch, wechselte mit einem Satz die Seite und spähte erneut ins Gebäude.

»Leer …«, brummte er, als niemand auf ihn schoss.

Jarre nickte, und ehe er sich überlegen konnte, was er nun tun sollte, wurde ihm die Entscheidung abgenommen.

»Jarre!«, rief Anna. Er fuhr herum und sah sie am Rande der Lichtung. Leutnant Lew Tzarkas stand neben ihr und hielt ihr seine Pistole an den Hals. Jarre wusste, dass das Grinsen des Mannes bedeutete, dass er dicht davor war, alle menschlichen Hemmungen zu verlieren.

»Lassen Sie die Frau los!«, verlangte Kramer.

Der Mann schüttelte den Kopf. »Irrtum, das werde ich nicht tun. Stattdessen werden Sie etwas tun. Sie werden Ihre Waffe fallen lassen, ebenso Ihr Funkgerät. Dann werden Sie fünf Schritte rückwärtsgehen, sich umdrehen, zu Ihren Leuten zurückgehen und Wladimir Karimov zu mir bringen. Sie können Ihren Leuten sagen, was Sie wollen, Hauptsache, Sie denken daran, ihnen mitzuteilen, dass ich eine Geisel habe und dass ich sie töten werde, wenn ich nur einen Ihrer Männer hier sehe.«

»Hören Sie, wir können ...«

Voller Wut funkelte Tzarkas den Kommissar an. »Haben Sie nicht gehört, was ich gesagt habe?«

Kramer nickte und hob die Hände, um den Killer zu beruhigen. Vorsichtig ließ er seine Ausrüstung zu Boden fallen. Schließlich ging er ein paar Schritte rückwärts, ehe er sich umdrehte und sich entfernte.

»So sieht man sich wieder«, zischte Tzarkas. »Sie sind schwer zu töten.«

»Bist du verletzt?« Jarre wusste, dass der Russe ihn nicht mit Anna reden lassen würde, also nutzte er die einzige Chance, die er hatte, um die wichtigste Information zu bekommen. Ein Kopfschütteln sagte ihm, dass sie in Ordnung war.

Tzarkas drückte seine Pistole stärker gegen Annas Hals. »Schluss jetzt!«, fauchte er. Er zog sie näher an sich, und Jarre sah, dass Tzarkas es offenbar genoss, einen so schönen Körper so dicht an seinem zu spüren. Nur mit Mühe gelang es ihm, die Beherrschung nicht zu verlieren.

»Ihr Versuch ist sinnlos«, stellte er tonlos fest. »Es wird schwer werden, Ihnen die Morde nachzuweisen, aber Menschenraub ist etwas anderes. Wenn Sie sich ergeben, kommen Sie glimpflicher davon.«

»Von wegen! Ich komme davon, ganz einfach so, und zwar mit ihr.« Noch einmal erhöhte er den Druck des Arms, den er um Annas Hals geschlungen hatte.

»Sie sind verrückt, genau wie Ihr Kollege«, stieß Behrend hervor.

»Leonow? Oh ja, der war verrückt. Er konnte die Wirklichkeit nicht mehr erkennen, sein Hass hatte ihn zu sehr geblendet. Glauben Sie nicht, dass ich den gleichen Fehler mache!«

»Sie haben schon einen Fehler gemacht, und zwar Ihren letzten. Sie haben sich mit mir angelegt.« Voller Verachtung spuckte Jarre auf den Boden, wobei er aus den Augenwinkeln beobachtete, dass diese gezielte Provokation ihre Wirkung nicht verfehlte. Der Mann, in dessen Augen Hass auflöderte, konzentrierte sich eher auf ihn als auf Anna.

Für einen Augenblick starrten sich die beiden Männer nur an, bis Schritte den Bann brachen. Oberkommissar Kramer kam mit Wladimir Karimov zurück.

»Sehr schön. Nehmen Sie ihm die Handschellen ab«, befahl Tzarkas. Kramer befolgte diese Anweisung. Er wusste, wie gefährlich der Mann war, mit dem sie es zu tun hatten.

»Das haben Sie fein gemacht. Und nun bleiben Sie stehen.« Tzarkas sah Karimov an und machte eine Geste mit dem Kopf. »Dort liegt die Waffe des Polizisten. Nehmen Sie sie und kommen Sie her«, rief er auf Russisch.

Karimov ließ seinen Blick schweifen, dann entdeckte er die Pistole, die Kramer fallen gelassen hatte. Er ging darauf zu, wobei er dicht an Jarre vorbeikam, dessen Blick ihn mit eiskalter Wut verfolgte.

Alles begann in dem Moment, in dem sich Karimov nach der Waffe bückte.

Tzarkas' Aufmerksamkeit richtete sich auf Karimov. Anna hingegen sah Jarre an, dem klar war, dass er jetzt handeln musste. Ohne zu zögern, warf er sich auf Karimov, der sich gerade nach Kramers Waffe bückte. Behrend landete auf dem Rücken des Mannes und riss ihn von den Füßen. Mit einem Stöhnen ging Karimov zu Boden, während Jarre zur Seite rollte. Der Schuss von Tzarkas, den er erwartet hatte, kam jedoch nicht.

Tzarkas sah Karimov zwar fallen und riss die Pistole nach vorn, aber er hatte nicht die Gelegenheit, abzudrücken, denn Anna hatte auf diese Bewegung nur gewartet. Sie nutzte ihre Chance, hieb dem Leutnant ihren Ellenbogen in den Leib und traf dessen

Solarplexus. Nahezu gleichzeitig trat sie ihm mit aller Kraft auf den Fuß. Beide Treffer kamen für Tzarkas völlig überraschend, vor Schmerz keuchend krümmte er sich. Von einer Frau hatte er keinen Angriff erwartet, und dafür musste er jetzt bezahlen.

Anna war noch nicht fertig. Ihre geballte Faust schwang nach oben und zertrümmerte die Nase des Exsoldaten. Als Tzarkas' Kopf unwillkürlich nach hinten schoss, löste sie sich aus seiner Umklammerung, wirbelte herum und riss ihr Knie hoch. Mit voller Wucht traf sie ihn an einer empfindlichen Stelle, was ihn vollends außer Gefecht setzte. Wimmernd ließ er seine Waffe fallen. Anna machte zwei Schritte zurück und ging in eine Verteidigungsposition, aber sie musste nichts mehr tun. Oberkommissar Kramer war schon da und hielt Tzarkas mit seiner eigenen Waffe in Schach, während er die Pistole des Killers mit dem Fuß beiseite stieß.

»Beachtlich«, murmelte er, dann löste er ein Paar Handschellen von seinem Gürtel und kümmerte sich um Tzarkas. Auch Jarre war da und umarmte Anna für einen kurzen, kostbaren Moment.

»Geht es dir gut?«, flüsterte er.

»Kein Problem«, befand Anna, die kräftig durchatmete, als sie spürte, wie immer weniger Adrenalin durch ihren Körper gepumpt wurde. »So etwas gehört zu meinen leichteren Übungen«, scherzte sie lahm.

»Ich fand das jedenfalls sehr beeindruckend.«

»Ja?« Sie strahlte ihn an. »Danke. Du warst auch nicht schlecht. Immerhin hast du einen alten Mann umgerannt und keinerlei Verletzungen davongetragen.« Sie grinste, aber ihre Augen verrieten, wie dankbar sie für sein Ablenkungsmanöver war, das ihm leicht eine Kugel von Tzarkas hätte einbringen können.

Jarre lächelte sie an und führte sie weg von Tzarkas und den Polizisten, die auf der Lichtung auftauchten. Um sie schien sich keiner zu kümmern, was Jarre irritierte.

»Meinst du, wir werden hier noch gebraucht?«, fragte er vorsichtig.

Anna sah sich um und zuckte mit den Schultern. »Offenbar nicht.«

Langsam machten sie sich auf den Weg, das Gelände zu verlassen, das sie mit so vielen widersprüchlichen Erlebnissen verbanden. In aller Ruhe gingen sie die schmale Teerstraße entlang, die sie zu ihrem Auto bringen würde, und redeten über alles Mögliche, nur nicht über das, was gerade vorgefallen war. An einer Stelle ließen sie einen Krankenwagen passieren, obgleich sie nicht glaubten, dass der wirklich gebraucht würde.

Als sie den Damm zwischen den oberen beiden Pfauenteichen überquerten, kamen sie schließlich zu der Wiese, wo nicht nur ihr Auto stand, sondern auch die Polizisten ihren VW-Bus abgestellt hatten. Anna meinte sogar, Wertrichters Opel auf der Straße gesehen zu haben, sagte sich allerdings, dass das eine Täuschung gewesen sein musste. Dann fiel ihr die

Abmachung ein, die Jarre mit Oberkommissar Kramer getroffen hatte.

»Kramer hat Wertrichter also wirklich zu Hause gelassen?«, fragte sie.

»Ohne die Bedingung hätte er keine Verhaftung vornehmen können. Das war meine einzige Forderung. Ich sagte ihm, er könne alles haben, den Schatz, die Killer, was auch immer, solange er uns nur Wertrichter vom Hals hält. Also hat er ihn auf eine falsche Fährte geschickt. Vermutlich sucht er noch immer irgendwo nach uns.«

»Irrtum«, meinte Anna. Sie hatte sich doch nicht getäuscht. Sie deutete auf den wohl bekannten Opel, der mit hoher Geschwindigkeit auf sie zu raste.

Schade, dass er doch noch auftauchte, aber jetzt konnte er sowieso nichts mehr ausrichten. Mit einem halben Powerslide brachte der Kommissar den Opel neben dem Polizeibus zum Stehen. Der Wagen stand nicht einmal, als schon die Fahrertür aufflog. Vor Wut kochend sprang Wertrichter aus dem Auto und kam zu ihnen.

»Ich wusste es doch!«, schrie er. »Sie stecken hinter der ganzen Sache. Sie … Sie …« Hilflos suchte er nach einem passenden Fluch. Behrend sah ihm dabei entspannt zu. Heute konnte ihn nicht einmal mehr Wertrichter aufregen.

»Falls Sie Ihre Leute suchen, die sind da hinten.« Jarre deutete in Richtung Werk Tanne. »Da Sie nicht dabei waren, ist der Fall sogar ohne Blutvergießen gelöst worden. Gehen Sie ruhig hin, Ihr Vorgesetzter wird Ihnen schon erklären, was los ist.« Es war viel zu schön, Wertrichter in Rage zu bringen.

Tatsächlich plusterte sich der Kommissar noch etwas mehr auf. »Dafür kriege ich Sie dran! Verlassen Sie sich darauf. Dafür kriege ich Sie dran.«

»Bestimmt«, sagte Jarre in beschwichtigendem Ton. »Ich fürchte mich schon.«

»Es reicht«, fauchte Wertrichter und stürzte auf Jarre zu. Anna schob sich dazwischen.

»Einen Moment, bitte. Haben Sie da nicht etwas übersehen?«

»Gehen Sie aus dem Weg, das hier geht nur Männer etwas an«, blaffte Wertrichter.

»Ach so«, murmelte Anna unschuldig. »Tut mir leid. Ich dachte es interessiert Sie, dass Sie vergessen haben, die Handbremse anzuziehen. Ihr Auto rutscht nämlich gerade in den Teich.«

»Was?« Wertrichter fuhr herum, aber es war schon zu spät. Er konnte nur noch sehen, wie der Opel einen kleinen Busch überrollte und mit leichtem Holpern und ohne großes Zeremoniell im See verschwand. Da der Kommissar die Fenster offen gelassen hatte, lief der Wagen mit einer erstaunlichen Geschwindigkeit voll.

Jarre sah Anna anerkennend an. »Gut abgepasst. Eher hättest du ihm nicht Bescheid sagen dürfen.«

»Na ja, ich wollte euch bei eurer Unterhaltung nicht stören. Du weißt schon, Männersachen und so …«

Sie genossen das Schauspiel, wie Wertrichter hilflos in den Teich watete, bevor sie einander unterhakten und sich auf den Weg nach Hause machten.

*

Werner Heidenreich sah die beiden ungläubig an, nachdem sie ihre Erzählung beendet hatten. Anna hätte er derartige Kampfkunst gar nicht zugetraut. Er schien überrascht und stolz zugleich. Vermutlich würden Karate kämpfende Frauen bald überall zu sehen sein, dachte er.

»Die Killer sind verhaftet, der Schatz ist gerettet und Wertrichters Auto ist im Teich gelandet?«, fasste er zusammen.

Behrend nickte, konnte sich aber ein Grinsen nicht verkneifen. »Ja, so war's. Die Polizei wird sich um Karimov und seinen Bluthund kümmern. Die Straftaten werden sich sicherlich leicht beweisen lassen, sobald der Killer gestanden hat, wo die Leichen des Colonels und von Professor Morgenstern sind.«

»Das heißt, der Colonel war auf der richtigen Spur?«

»War er. Der Artikel in der Zeitung hat ihm die letzten Hinweise geliefert. In Aktöbe hat er erfahren, dass es Rishkov war, der Karimov als Fahrer empfohlen hatte, und dass es wieder Rishkov war, der ihm die falschen Papiere für seine Flucht besorgt hatte. Dafür hat sich Rishkov fürstlich entlohnen lassen.«

»Mit einer Monstranz.«

»Genau. Von der Tochter hat Kendrick-Wales erfahren, dass der Unfall, bei dem der Major getötet wurde, sich nur wenige hundert Meter von Werk Tanne entfernt ereignet hat.«

»Deswegen hat er sich also für das Werk interessiert?«

»Nicht nur er. Auch Karimov ist offenbar drauf gekommen, dass man dort nach dem Schatz suchen muss. Sein Vater war wohl nie in der Lage, ihm etwas Zusammenhängendes über die Ereignisse zu erzählen.«

»Was wird mit dem Schatz geschehen?«

Jarre zuckte mit den Achseln. »Wer weiß? In den nächsten Tagen werden sich erst einmal ein paar Dutzend Experten mit ihm beschäftigen, aber es wird lange dauern, bis alle Gegenstände erfasst sind und ausgestellt werden können. Dann werden bestimmt die Welfen ihr Besitzrecht geltend machen. Dass der Schatz seinen Weg in die Tresore der Welfen macht, ist fast unausweichlich. Ich bezweifle sehr, dass die Öffentlichkeit viel von ihm zu sehen bekommen wird.«

»Und?«, fragte Anna mit traurigem Blick. »Hat es sich denn gelohnt, dass drei Menschen dafür ihr Leben gelassen haben?«

Jarre schüttelte den Kopf. Er war selbst Schatzjäger, aber er hatte sich nie von Gier leiten lassen. Er dachte daran, dass er vielleicht nur deshalb noch am Leben war. »Man lebt zumindest ruhiger, wenn man nicht ständig irgendwelchen Geistern der Vergangenheit hinterherjagt«, stellte er fest.

»Weise gesprochen.« Damit schloss Werner das Thema für sie alle. Erwartungsvoll sah er seine Freunde an. »Und – was machen wir jetzt?«, fragte er mit einem Grinsen.

Jarre lachte, denn er kannte die Antwort. »Pasta, was sonst?«

BEMERKUNG ZUM SCHLUSS

Die Geschichte in diesem Buch ist fiktiv und alle darin beschriebenen Personen sind frei erfunden, alle Institutionen und Orte wurden fiktiv verwendet. Dennoch möchte ich einige Quellen erwähnen, die bei meiner Recherche hilfreich waren:

Die Beschreibung der unsicheren geologischen Situation von Schloss Herzberg ist einem Artikel von Ernst Glazik und Holger Kulke über dieses Phänomen entnommen (http://www.karstwanderweg.de/publika/heimatbl/57/142-167/index.htm).

Der illegale Grenzübertritt Jarres und Annas orientiert sich an einem Artikel in ›Der Spiegel‹ (22/1965), der die Erlebnisse der Gefreiten Plumenbohm, Otte, Rudolph und Flemes beschreibt, und an einem anonymen Bericht über eine Flucht über die Ecker, die am 21. Mai 1967 stattfand (http://www.grenzerinnerungen.de/erlebnisse/flucht-eckertalsperre-harz).

Details über die Mode, das Wetter und die damaligen Charts entstammen der ›Hannoverschen Allgemeinen Zeitung‹ sowie den Seiten ›Was war wann?‹ (http://www.was-war-wann.de/1900/1960/1966.html) und ›Chronik 1966‹ (http://www.jahr1966.de/chronik.html).

Die Entwicklung des Flughafens Langenhagen wurde mir durch Fotos veranschaulicht, die man auf http://www.fliegerhorste.de/langenhagen.htm findet.

Die Ruinen von Werk Tanne stehen noch heute am Stadtrand von Clausthal-Zellerfeld. Zuletzt konnten sie bei einem ›Tag des Offenen Denkmals‹ besichtigt werden.

Mein Dank gilt meiner Frau Susanne – meinem Motor, meinem Mentor und meinem guten Geist in einem, die mehr Dank verdient, als sie wahrhaben möchte.

****

Harald Jacobsen
Mordsregatta
978-3-8392-1388-9

»Ein sympathischer Workaholic ermittelt im Rahmen des größten Segelsportereignisses der Welt.«

Während der Kieler Woche wird ein Toter aus der Förde gezogen, er wurde Opfer eines Gewaltverbrechens. Ausgerechnet jetzt, wo Kommissar Frank Reuter gerade begann, sich seiner Exfrau langsam anzunähern! Wieder einmal hat der Beruf Vorrang, und so begibt sich Reuter auf die Suche nach dem Mörder des jungen Bootsbauer-Azubi. Seine Ermittlungen führen schnurstracks zum Kollegen des Toten, dem Freund seiner Tochter. Ist etwa seine eigene Familie in den Fall verwickelt?

Wir machen's spannend

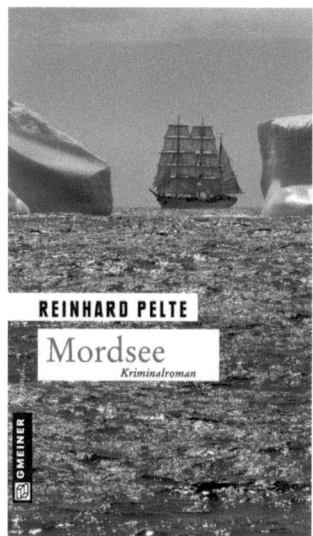

Reinhard Pelte
Mordsee
978-3-8392-1393-3

»Faszinierende Einblicke in die Welt der Marine!«

Die Untersuchungen zum Fall einer ertrunkenen Kadettin sind abgeschlossen. Lediglich eine Panne zwingt die Soko der Staatsanwaltschaft Kiel noch einmal zu Befragungen auf der »Gorch Fock«, dem Segelschulschiff der Marine. Kriminaloberrat Tomas Jung ist dabei, unterstützt von der Praktikantin Charlotte Bakkens. Je länger sich die beiden mit dem Fall beschäftigen, auf umso mehr Ungereimtheiten stoßen sie. War es wirklich ein Unfall?

Wir machen's spannend

Alida Leimbach
Villenzauber
978-3-8392-1376-6

»Die Autorin versteht es glänzend, Spuren
zu legen, die nicht zum Ziel führen.«
Magazin Streifzug

Neid, Missgunst und Intrigen sprengen einen seit Kindertagen bestehenden Freundeskreis. Muttersöhnchen Eberhard hat genau das, was die anderen begehren: eine repräsentative Villa in einem angesagten Osnabrücker Stadtteil, dem Westerberg. Frühere Konflikte und alte Wunden brechen auf, als eine von ihnen einem Verbrechen zum Opfer fällt. Die Kommissare Birthe Schöndorf und Daniel Brunner nehmen die Ermittlungen auf und finden sich bald in einem Netz aus zerstörten Träumen und Eitelkeiten wieder …

Wir machen's spannend

Hans-Jürgen Rusch
Gekapert
978-3-8392-1373-5

»Der Autor versteht es, die jeweiligen Situationen so bildlich zu beschreiben, als ob er persönlich dabei gewesen wäre.«
Vizeadmiral a.D. Hendrik Born; Chef der Volksmarine bis Oktober 1990

Nachdem die Raketenkorvette Hans Beimler 20 Jahre in Peenemünde lag, wird sie im August 2011 nach Dänemark überführt. Planmäßig verlässt der Schleppzug den Hafen und läuft an der Küste Rügens nach Norden aus. Kap Arkona ist passiert, da kapert eine Crew das Schiff, versenkt den vorausfahrenden Schlepper und die Korvette verschwindet in den Weiten der Ostsee. Bundespolizei und Marine starten eine groß angelegte Suchaktion – nicht wissend, dass ein verheerender Terroranschlag droht …

Wir machen's spannend

Unsere Lesermagazine
2 x jährlich das Neueste aus der Gmeiner-Bibliothek

Alle Lesermagazine erhalten Sie in Ihrer Buchhandlung oder unter www.gmeiner-verlag.de.

24 x 35 cm, 32 S., farbig; inkl. Büchermagazin »nicht nur« für Frauen

10 x 18 cm, 16 S., farbig

GmeinerNewsletter
Neues aus der Welt der Gmeiner-Romane

Haben Sie schon unsere GmeinerNewsletter abonniert?

Monatlich erhalten Sie per E-Mail aktuelle Informationen aus der Welt der Krimis, der historischen Romane und der Frauenromane: Buchtipps, Berichte über Autoren und ihre Arbeit, Veranstaltungshinweise, neue Literaturseiten im Internet und interessante Neuigkeiten.

Die Anmeldung zu den GmeinerNewslettern ist ganz einfach. Direkt auf der Homepage des Gmeiner-Verlags (www.gmeiner-verlag.de) finden Sie das entsprechende Anmeldeformular.

Ihre Meinung ist gefragt!
Mitmachen und gewinnen

Wir möchten Ihnen mit unseren Romanen immer beste Unterhaltung bieten. Sie können uns dabei unterstützen, indem Sie uns Ihre Meinung zu den Gmeiner-Romanen sagen! Senden Sie eine E-Mail an gewinnspiel@gmeiner-verlag.de und teilen Sie uns mit, welches Buch Sie gelesen haben und wie es Ihnen gefallen hat. Alle Einsendungen nehmen automatisch am großen Jahresgewinnspiel mit attraktiven Buchpreisen teil.

Wir machen's spannend